一览泰山小

——张成珠随笔选

张成珠 著

中国言实出版社

图书在版编目（CIP）数据

　　一览泰山小：张成珠随笔选 / 张成珠著 . -- 北京：
中国言实出版社，2016.12
　　ISBN 978-7-5171-2117-6

　　Ⅰ . ①一… Ⅱ . ①张… Ⅲ . ①随笔—作品集—中国—
当代 Ⅳ . ① I267.1

中国版本图书馆 CIP 数据核字（2016）第 316144 号

出 版 人：王昕朋
责任编辑：邓见柏
文字编辑：李　琳
封面设计：徐　晴

出版发行　　中国言实出版社
　　　　　　地　　址：北京市朝阳区北苑路 180 号加利大厦 5 号楼 105 室
　　　　　　邮　　编：100101
　　　　　　编辑部：北京市海淀区北太平庄路甲 1 号
　　　　　　邮　　编：100088
　　　　　　电　　话：64924853（总编室）　64924716（发行部）
　　　　　　网　　址：www.zgyscbs.cn
　　　　　　E-mail：zgyscbs@263.net
经　　销　　新华书店
印　　刷　　北京温林源印刷有限公司
版　　次　　2017 年 2 月第 1 版　2017 年 2 月第 1 次印刷
规　　格　　710 毫米 ×1000 毫米　1/16　16 印张
字　　数　　216 千字
定　　价　　45.00 元　　ISBN　978-7-5171-2117-6

自序

"随笔"即随思纵笔，我喜爱这样的写作。

记得 1986 年前后，《人民日报海外版》开辟了一个《望海楼随笔》专栏，感觉适合于我，便试投几篇。没想到竟被连续采用，翌年还被聘为"特约撰稿人"，并应邀出席"金陵笔会"和"太湖笔会"，笔会专版的头条文章，均出自我写的《望海楼随笔》。编辑先生说："你的作品具有散文笔调、杂文风骨，正适合本刊栏目的需求。"之后，几家报刊从《人民日报》发现了我的文章，且赏识这种风格，便相继来函约稿。

这种样式的作品，算是散文还是杂文？我刊发在《望海楼随笔》专栏上的文章中，有《挑夫、电缆车及其他》《佛外之佛》《还是吴中第一水》和《雁之恋》四篇，被选入由中国散文学会会长林非主编的《中国当代散文大系》文集；而其中的《挑夫、电缆车及其他》一文，继而又被选入《中国杂文鉴赏辞典》和人民教育出版社的《高中语文课本·现代文选读》。按说，不同样式的作品具备不同特质，魅力总出自特质。随笔的优势在于它的"随意"。就体裁特征，可说它是介于散文或杂文等样式之间。《都市晨报》曾经刊发过我的作品专版，并要求我表述自己的文学理念。我概括为："混血儿俊，嫁接果甜，杂交稻高产。文学创作，也需要融入非文学元素。""散文，情理兼备的心语。""散文散而不散，形散神不散。散文的特征和优势，还在于它那独有的边缘性。在种种领域的接壤带上耕耘，题材无界线，体裁无定型。或动之以情，或晓之以理，或传播文化不拘一格，都是个人心语的艺术表达。"

上述见解，也得到了评论界的认同。在《中国杂文鉴赏辞典》里，赵玉银先生赏析我的作品："有诗的意境，有散文的情致，有杂文的言理，但三者并不游离，而是你中有我，我中有你，融成有机整体。作者注意让形象说话，使杂文的深刻道理附丽于生动的形象。让读者在'物我感应'的神交和'物我交融'的境界中思而得之，感悟客观事物固有的真谛。"其时他还在《杂文报》和《杂文界》期刊述评我的艺术追求，文题就是《散文的笔调杂文的风骨》《赋理于形理随形现》。

作家李中国评价我的写作风格时说："笔下多是千字文，见诸报端，豆腐块大小，却堪称'大作'。其中有篇《一览泰山小》，最具'小中见大'的匠心。文章从平原或丘陵走来的人乍登泰山，称颂'高大之最'起笔，写他溯源黄河巡礼至青藏高原的发现，海拔高出泰山好几倍的约古宗列湖，仅作盆地；而和世界屋脊之顶珠峰比肩而立的13座海拔8000米以上的高峰，竟然低调得连名字都鲜为人知；回头再看'唯我独尊'的泰山，才感到大也是可以小而视之的，由此引人打开走天下看世界的视野，必然感到'一览泰山小'了。收尾则是，毛泽东之所以将地球视作'小小寰球'，就在于他的'坐地日行八万里，巡天遥看一千河'。"李中国评论我的小品之所以成其大，在于力行其"叙即议""一切景语皆情语"的艺术手法。或赋理于形，理随形现；或意在言外，计白当黑，省略一层笔墨，容量和意境反倒阔大宽舒；也自然离不开举重若轻、游刃有余的诗情画意闲笔。

1993年前后，我曾经两次应邀出席全国杂文界联谊会，一次在西安，另一次在南昌。在西安会议上，我的发言是《杂文的创意思维》，认为文章所写的就是作者之所想，想什么固然重要，而怎么想也很重要。是思维的创意给予作品好的意境、适宜的深度和广度。创意何来？来自运用怎样的思维方式，并列举了种种思维方式。这种见解赢得大家认同，随后这篇论文不仅在《杂文界》发表并获奖，还被选入《中国现代杂文百家百论》文集。我的写作实践经验表明：为人一生，不论谋篇作文还是处世做人，都应该勇于放飞思想，这种放飞是为了有所探求。

至于如何放飞思想，倒是可以从一个"悟"字领会其真谛：人为万物之灵，而"灵"全在"悟性"。"悟"字，由心和吾合成。从左看为"思吾"，即思考的是自我；从右看为"吾思"，即我是如何思考。意在客观地看待自我，自我地看待世界。把握了这柄"双刃剑"，既可以从大千世界认准自己的位置，又能以独特的视角，推出自己个性化的创见。悟性，由此生成。

本书集结了上百篇的随笔作品，均是我大半生写作的成果，也是我放飞思想、感悟生活的智慧结晶。若能以此为读者奉献出点滴的参考，都将是笔者的莫大欣慰。

目录

第一篇
万象写意

佛外之佛

　　游访徐州云龙山，步入兴化寺，伫立石佛前。人，显得矮小了。那佛仅就摊开的一只手掌，绰绰有余躺下一个汉子。这不禁使人想起《西游记》的神话，"孙悟空跳不出如来佛的手心"，莫非此处便是注脚？

　　佛大，殿更大。大雄宝殿包容着大佛，包容着香火腾升的袅袅轻烟，接纳鱼贯而入的信徒和游客。这神圣的殿堂所包容不下的，唯有我的思绪。此刻，神游万里关山，巡礼石佛的家族，我却发现这尊三丈有余的石佛，还只能算是一位"小弟弟"。常言"人外有人，天外有天"，又何尝不是"佛外有佛"？

　　喏，那是河南洛阳龙门奉先寺石佛，主佛卢舍那身高 17.14 米。相比起来，云龙山石佛是超不过它的胸口的。佛也有遭难的时日，这尊卢舍那石佛曾经被毁掉一只手，仅这一只手重达四千多斤；到达甘肃黄河水电站刘家峡水库，乘汽艇观赏炳灵寺石窟，一尊体高 27 米的石佛面迎碧波，倚山而坐，云龙山石佛大约与它齐腰，而偌大的汽艇驶至佛前，如同佛的一只小小玩具；抵达四川乐山，仰望凌云石佛，许是见识了大佛之"最"。这尊石佛通高 71 米，"山是一尊佛，佛是一座山；率领群峰来，挺立大江边"，这首诗歌恰是它的写照。仅这佛的脚背，就可以围坐一百多人。前些年，为这尊大佛整修一根手指，就用了四千多块砖。如将云龙山石佛拿来比，必定相当它的膝下了！可是，若论年纪，洛阳龙门卢舍那大佛和乐山大佛，皆始凿于唐代；而云龙山石佛却为北魏之作，硬是早了数百年，是当之无愧的兄长呵。时空纵横，莫衷一是，该当如何论其大小呢？

　　游访名山大川，观赏尊尊石佛，总遇佛之信徒匍匐礼拜。只因躬腰屈膝，唯唯诺诺，人在神的面前愈显渺小，而善男信女们心中的神，更比目睹的石佛高大。这也难怪，我们民族有一则古老的神话，说是人的祖先是补天的女娲用泥巴捏成的，"天地开辟，未有人民，女娲抟黄土作人"（据《太平御览》），"神"不仅创造了人，也主宰着人。大千世界，神话频出，偶像一个接一个地被人塑造出来，历经风雨的剥蚀，又一个接一个地被毁坏。可是，任凭神话奥妙，历史已经雄辩地证明：尊尊大佛无一不是人的创造，没有历代能工巧匠们的凌空飞锤，没有精巧的艺术构思，哪有石佛的诞生？活生生的现实，对比着虚无的神话，人，何须慑服于人所创造的"神"？由此，当有所悟。探问：面对虔诚的祈祷，石佛为什么怀着一颗僵冷的心？

忽然，想到石窟造像中的一种异常：在南京栖霞山千佛岩，那二百九十多座神龛、五百多尊石佛中的最后一座神龛称作"石匠殿"，而最后一尊佛像分明就是一个石雕的人。

关于石匠殿，有一则美丽的传说：勤劳的石匠雕凿到最后一尊石佛的时候，总是刻不成形，可是限期已到。无奈，他来不及放下手里的铁锤、钢錾，便纵身跳进了神龛，立地成佛，化作了石像……

撩开神话的雾纱，这石匠胆敢加入"神的行列"，本身就是一种现身说法。他向世人揭示"塑神匠不怕神"的深刻道理。

仰望尊尊大石佛，倍加崇敬人的尊严，不禁挺起胸脯，立直腰杆。试想，倘若佛外有佛，那"佛"是谁？

原载 1987 年 6 月 23 日《人民日报海外版》

1999 年选入《中国当代散文大系》

一览泰山小

乍登泰山，目睹它的高大，谁不叹服杜甫的称颂："会当凌绝顶，一览众山小。"由平原或丘陵走来的人，也总与孔老夫子同感：果然，"登泰山而小天下"。

从泰山脚下的岱庙至山顶，蜿蜒十余华里的山路旁，罗列的历代石刻数以千计。拾级而上，一一品味，我更发现那些各领风骚的文人雅士对于泰山的赞美，无不吟哦一个调子："东天一柱""拔地通天""日近云低""星月可摘"……在人们的心目中，泰山就是高大之最，就是当之无愧的唯我独尊。我这个生长在黄淮平原的人，自然不会例外，禁不住也为它的巍峨兴叹。

不过，攀上十八盘，穿越南天门，抬头仰望之际，但见天空还是那么深邃、那么高远、那么不见边际，我倒产生了怀疑：至此当真踏进了天的门槛？星月不是照样的遥远吗？于是开始琢磨，历代的赞美是否确切。后来，为撰写《黄河迎春》的书稿，得到黄河水利委员会的支持，使我有幸考察大河，深入青藏高原腹地考察。随着眼界开阔，愈发强化了这种奇思。

也怪，黄河源头一带的群山都似乎平庸无奇，与泰山相比简直是些低丘，总不能令人触发赞叹之情。多亏同路的一位学者提醒："可别忘记，你是站在世界的屋脊上看待这些山！"

这使我豁然明白其中的道理。思索攀登高原的来程，"翻过日月山，爬上九重天"，进入青藏高原，已走近地球之巅。即便在黄河源头的约古宗列盆地，海拔高度也达4500米左右，要比海拔1545米的泰山主峰还高出几倍！"约古宗列"，藏语意为炒青稞的锅，何况还是锅底洼地。

我们乘坐越野汽车赶路。那位学者又兴致勃勃地告诉我，假如乘坐航天飞机巡礼，从太空俯视，青藏高原的山脉就显得格外峥嵘。世界屋脊的顶端是珠穆朗玛峰，在地球上像这样超越海拔8000米的高峰，共有14座，而它们竟然列队似的密集着，分布在青藏高原西南部不足500公里的地域内。其中，珠穆朗玛峰最高（海拔8844.43米），引世人注目，而其他13座高峰虽与珠峰相差无几，却鲜为人知，除附近的居民和有关学者之外，几乎没人知道它们的名字。世界各大洲都有著名的山峰：麦金利山（今已更名为"德纳里峰"）

主峰海拔 6193 米，是北美洲最高峰，誉为"太阳之家"；乞力马扎罗山主峰海拔 5895 米，号称"非洲屋脊"；阿尔卑斯山的勃朗峰海拔 4810 米，为欧洲之最。"勃朗"法语意为洁白，因峰顶常年白雪皑皑而颂其壮美。其实，相对青藏高原那 13 座鲜为人知的高峰，它们都是低矮的弟兄，那唯我独尊的泰山，还不就似山之"侏儒"？

茅塞顿开，我想起一位哲人的告诫："连林人不觉，独树众称奇。"看树是这样，看待山或别的事物，何尝不是如此？倘若破除那种习以为常的偏见，让杜甫转世成为登攀珠峰的英雄，他就会改写诗句："会当凌绝顶，一览泰山小。"而孔子要是游遍今日天下，他也会说"走天下而小泰山"的。继而推究先哲的箴言，"不识庐山真面目，只缘身在此山中"，令人叹服的还是苏轼的这种见解，问题症结在于山中看山，封闭了视野。欣赏毛泽东诗词，他将地球视作"小小寰球"，如此大手笔之所以令人钦佩，就在于他那"坐地日行八万里，巡天遥看一千河"的特大气度。

原载 1987 年 2 月 9 日《人民日报海外版》

遇虎

先说两个驯虎人的故事。

一场马戏表演，驯兽师领着几只猛虎进入铁笼子，然后把门锁上。这时，现场突然停电。一切陷入黑暗，令人猝不及防，观众所能看见的只有老虎一双双发亮的眼睛。驯兽师与它们近在咫尺，可供防身的，只有一条鞭子、一个凳子。忐忑不安的观众，都被险情吓出了一身冷汗。当灯光再次亮起，但见驯兽师安然无恙，并顺利地完成了表演。

事后，记者访问驯兽师在黑暗中与虎为伍的情景："灯火突然熄灭，你的感觉怎样，不怕老虎扑过来吗？"他说："简直毛骨悚然，但镇静一想，即便老虎能够看见我，却不知道我看不见它们。我只要一如既往地挥动鞭子、照旧吆喝，就当什么事也没发生，老虎只会以为是在重复以往的演出。"记者抓住了话的要领，表示赞同："是的，就当什么事也没发生。"化险为夷的诀窍，竟然如此简单。是临危不惧的心态，避免了惊慌失措。面临异常而保持常态，那是勇气加智慧创造的奇迹。

而另一个驯虎人的命运，却与之相反。享誉世界的海京伯马戏团出访英国，为英皇作专场演出。精彩的驯虎表演，赢得连连喝彩。英皇甚感兴趣，当即赏赐给驯兽师一枚奖章。如此的荣誉，让驯兽师受宠若惊。他佩上鲜红的绶带和金光闪亮的奖章，难掩喜悦。为答谢英皇恩典，并向观众炫耀，他决定作一次最为惊险的表演，要让猛虎显示出特别的温顺可亲——先逗老虎张开血盆大嘴，驯兽师再把自己的头颅放入虎口，同时还要伸手抚摸虎牙。以往，他曾多次这样表演过，老虎从来都是友善亲昵，服服帖帖。

现场的英皇及观众，都满怀期待地静候着。可是，意外发生了。驯兽本是遵循"条件反射"原理进行的，老虎所表现出的驯良，是在驯化过程中，经由长期不变的条件刺激形成。而现场陡然出现耀眼的绶带和奖章，让老虎感觉陌生，竟把朝夕相处的驯兽师当作来犯之敌，凶猛地吞噬起来。驯兽师当即倒进血泊，一命呜呼。满场惊呼，但任谁都束手无策！

借鉴两位驯兽师的正反经验，受益匪浅。在漫长的人生进程中，复杂多变的生活环境里，困难、挫折或凶险，如同一只只猛虎，等着你来驯服。突遇凶险时，想想前一位驯兽师的镇定自若，"就当什么事也没发生"，保持运作的常态；赢得殊荣时，要记得后一位驯兽师的教训，凡事淡然，你可以"得意"但不要"忘形"。凶险临头，生死攸关，是活命还是丧生，有时就取决于当事人的心态。淡定从容，宠辱不惊，是一种处事风度，也是一种生存智慧，更是人生积淀在生死攸关时刻的瞬间呈现。

再说一个老虎与小孩的故事。从前的四川忠县、万县一带曾有老虎出没，如今仍有虎的故事在民间流传。

一天，有位妇女到河边洗衣，先把两个小孩安放在沙滩上玩耍。这时忽然有人惊呼："老虎！"回头看，一只下山的猛虎正向河岸走来。惊慌失措的人们争相逃命。那个当妈的情急之下竟也跳进河水里躲藏。剩下的那小哥俩只顾一心玩沙子，对老虎不屑一顾。面对乖巧的小孩，老虎竟也是毫无肆虐之心，悄悄地走来，虎头贴近了孩子。"初生牛犊不怕虎"，幼小的孩子根本就不知道什么是老虎，何怕之有？伸出小手摸摸茸茸的虎毛，捋捋长长的虎须，老虎任其触摸，之后竟也就平静地离去。一切安然。

人与虎，原本就是地球上的村邻，各过各的日子，谁碍谁？如今，却因人类无休止地破坏生态，虎类已濒临消亡。回顾这段老虎善待小孩的往事，人们又怎能心安理得？

原载 2012 年 7 月 17 日《徐州日报》

微小者的伟力

讽刺闲极无聊的人，俗话说是"看蚂蚁上树"，打这样的比方，是不了解蚂蚁的缘故。豪强者也常狂言："要想摆治你，还不就是伸出一个指头，去辗死一只蚂蚁。"小小的百姓也跟小小的蚂蚁一样，在豪强者看来他们都是卑微的。难道"卑微者"这么脆弱？

据哈佛大学昆虫学家莫费特验证，10多只团结一致的蚂蚁能搬运超过它们自身体重5000倍的东西，而且工作起来不知疲倦。这对任何动物来说（包括人类），都是不可思议的。

当蚂蚁遭遇野火，它们就迅速聚拢抱成一团，然后顺着风势飞快滚动，逃出火海。蚁团滚过烈火时，响起了"吱吱"的烧焦声，那是外层的蚂蚁在舍身殉职，为同伴们开拓生路挽救蚁族的覆灭。渺小的生灵、单薄的个体，乃至命运的不幸，全都是微不足道的，但那微薄之中潜在的力量，谁能视而不见，无动于衷？

蚂蚁是不好惹的。有一种原籍南美洲的毒蚁，当它们发觉受到了威胁，就会群起攻之，被蜇的人感觉火燎燎的，轻则起疱，重则死亡，这种蚂蚁因此被称作"火蚁"。如今，火蚁的繁衍已经波及美国的德克萨斯、佛罗里达、佐治亚等11个州。据不完全统计，至少已有五六十人被火蚁夺去了生命。它们所构成的威胁，连美国政府也惶恐不安。

芸芸众生之中，蚂蚁确属微小之列。但明智者从不低估蚁类的伟力，不仅常以"蚂蚁搬家"的比喻，赞美蚁的团结一致，持之以恒的壮举，而且早有告诫："千里长堤，溃于蚁穴。"认定即便是小小的蚂蚁，也能造成惊天动地、不堪收拾的危局，何况是人？将蚁比人，有谁还会自感"渺小"，自叹"卑微"？

原载 2005 年 5 月下半月《散文百家》

从野马悲壮献身想到的

亲情不是人类独有的，那种对于同族亲缘的关爱，也是动物共有的天性。生活在非洲莽原的野马群落，不止一次发生过这样的悲剧：马群与狮子相遇，面对强敌，群马只有逃命。骤然，一匹雄马蹿到前列，由它组合并率领马群拼命奔驰。猛狮穷追不舍，渐渐与马群拉近了距离。这时，老弱病孕残的马已被抛在群尾，危在眉睫。情急之际，那匹领头的雄马戛然停蹄，让马群迅速地越过，而且一分两支，每支又跃出新的头马，率领两支马群向不同的方向逃奔，待脱险之后重新会合。当饥饿的狮子追上来，那匹停步等候的雄马竟然自愿躺倒，甘心活生生地让狮子吞噬，为马群赢得安全转移的时间。在我国大兴安岭森林，野猪群与东北虎之间，也有过类似的悲剧。献身者可以被吞噬，却不能被征服，正是它们用献出的血肉之躯，维护了族类的生存、繁衍，它们的伟大不比人类逊色。

在人间也不乏野马样的壮举。例如地震，多少年来的报道，屡有父母和教师不惜生命，救护孩子和学生的事迹。又见媒体重提多年前的一场大火：1994 年 12 月 8 日，新疆克拉玛依市教育局为欢迎上级派来的"义务教育与扫盲评估验收团"的 25 位官员，组织全市能歌善舞的中小学生 796 人在友谊馆剧场举办"专场文艺演出"。因舞台纱幕太靠近聚光灯被烤燃而引起火灾。主持人当即对学生号令："大家都坐下，不要动！让领导先走！"

学生们很听话，都坐在自己的位子上不动，等所有在场的官员从第一排撤离出场，才开始撤离。但此刻大火已蔓延到剧场四周，而剧场只有一个出口，其余安全门均锁着。唯一的逃生之路已被熊熊火焰堵住，所有的学生都陷入火海。结果 325 人死亡，132 人烧伤致残；死者中有 288 人是中小学生。在场的 40 多名教师，有 36 位遇难，绝大部分是为保护学生而殉职的，许多死者为了遮挡火舌怀里都搂着学生。

事实很清楚，明知火灾危险，却号令"学生不要动！让领导先走"，把孩子置于死地而不顾！因此让学生失去了逃生的时间与机会，造成本来可以避免或减少大批学生死亡的惨剧！至今二十余年了，还没听到当事人对此说过一句认错知罪的话！这样的罪责该由谁承当，能不追究吗？对照非洲野马献身的故事，让人怎么想？

原题《代价》
原载 1996 年 4 月 27 日《徐州日报》
2015 年重写

山巅与海底

云台山的玉女峰，海拔625.3米，是江苏省的最高峰。都看重了这个"最"字，大凡游览连云港的人，总以登临此峰为快。如今，那里修筑了盘山道，乘坐汽车就可抵达峰顶。

也怪，我们一行偏让汽车停在山腰间的九龙桥，甘愿徒步攀登。哪管汗流浃背、气喘吁吁，也要比出个你输我赢。登上制高点，平原、山峦、大海尽收眼底，令人心旷神怡。禁不住地欢呼，雀跃！

人之所以喜爱攀登，难道仅是为了登高远眺吗？倒也未必，抑或更是为了体会登高所寓意的人生追求。不知始于何时，"上荣下辱"的观念，形成了普遍的潜意识。在日常生活中，诸如"步步登高""天天向上""人往高处走，水往低处流""世上无难事，只要肯登攀"等等祝语，总是不绝于耳，铭记在心的。有位老友感叹："人生如爬山，因为各人的体力差异，到达终点的高度必然悬殊。最高处，虽遥望而不可及，但登上力所能及的高度，尽志不悔，也就死而无憾了。"寻味这话的意思，我这个体力有限，素日懒得行走的人，竟也一鼓作气，登临了江苏第一峰。

翌日，乘艇逛海。连云港岛多、湾多，俚语说是"七岛八湾"。所谓"岛"，还不就是海底之山的峰顶吗？它们略微高出水面，相比玉女峰，委实显得低矮。我们既是攀登"高峰之最"的强者，不免要对它投以蔑视的目光；所谓"湾"，还不就是被海浪遮掩的山腰吗？碧水拦腰一围，那些山峦仅仅裸露出半截子轮廓，山凹便是湾。大自然的启迪，又使我另有所悟，对于固有的观念产生了怀疑。

水面一线划开，天海分成两片。我沿顺着山势望去，思索着海中的潜在：如果没有海下之山的基础，哪有海上的山峰？高与低、隐与露、明与暗，能不相依而存，相对而立吗？谁说那隐匿于海下的山坡、悬崖、峡谷、渊底，不是险峻、神奇和艰难的所在？显然，勇于攀登的人未必都是强者。谁敢沿坡下行，去领略山下的风光呢？

放眼远海，遥望世界，不由地打开思维空间："三山六水一分田"的地球，海洋面积占据大半。山岭、海洋和田地都是相对存在的。没有海洋，哪有所谓的陆地？没有高山，哪有所谓的深谷？登高峰极顶固然艰难，下深渊探底更不容易。海拔8844.43米的珠穆朗玛峰，登临者已经不乏其人，后继者仍还竞相前往。可是，地球的最深渊，深达11034米的太平洋马里亚纳，虽命名"挑战者深渊"，迄今尚无一人能够抵达渊底。地球最深处的情况，有谁能够目睹？

深潜的最大困难是海水的巨大压强，潜水员穿上抗压潜水服只能下潜到几百米深。为了下潜到更深处去考察，科学家们制造了各种耐压的深潜设备。各国的深潜勇士，只能乘着潜水器向深渊进军。那种竞争既是人的毅力和勇气的较量，又是国家科技水平和综合实力的较量。

据实际测算，浩瀚的海洋占据了地球表面积的71%，人在陆地上的生存空间，实在太小。海底的潜在资源，对于人类来说也像太空似的，就是一个完全不同的另类世界。尤其丰富的矿物、生物资源吸引着一些工业发达国家，竞相进行海洋的开发利用。可喜的是，我国成功地完成"蛟龙号"7000米级下潜，其每平方米艇体要承受7100吨的水压，最大下潜深度已达到7062米，创造了国际上同类作业型载人深潜器最大下潜深度纪录。这一成果，显示我国已经具备在全球99.8%以上海域开展深海资源研究和勘查的能力，标志载人深潜技术跻身世界先进行列。时当中国载人深潜表彰大会在京召开，习近平主席会见深潜人，表示热烈祝贺和诚挚问候之际，那种荣耀感，无异于运动员登临珠穆朗玛峰，也无异于航天人巡游太空。

从山巅到海底的思索，发人深省：唯攀登为艰难，唯极顶为荣耀的理念是偏执的、片面的。两点论，是个古老而现实的课题，高与低、上与下的辩证，遍及各个领域。早在两千年前，老子曾有论断："有无相生，难易相成，长短相形，高下相倾，声音相和，前后相随。"先哲的名言，仍然启迪着今人的智慧。

原题《意在巅海底间》

原载1987年10月3日《人民日报海外版》

2015年新增科技内容改写

雁之恋

仰望飞越云天的雁阵，禁不住要为雁侣们讴歌。秋日南归，春日北返，共同的志向奠定相恋的基础，而艰险的历程又考验爱情的忠贞。《扬州府志》记载了这样一对情侣："有娄生以矰弋为业，一日捕得双雁，闭之笼中。其雌盘空，叫声极苦。久之，自投而下，雄自笼伸胵，就之交接而死。"

当我将这段纪实告诉一位老者，又勾起他的回忆，讲述了一则亲眼所见的感人故事：从前，在江苏省睢宁县境的龙河岸边，有个心地善良的老翁，在集市买下一只受伤的雌雁，悉心喂养数月，那雁虽然活了下来，但被猎人射折了的翅膀，却未能康复。待到翌年春天，北返的雁群再度途经龙河，那只雄雁盘旋于空哀鸣、觅寻，终于闻得偶雁的回应声。它俯冲而下，接应雌雁起飞。无奈，雌雁因翅膀残废早已失去了飞翔的能力。在几经驮飞失败以后，它们绝望了。那雄雁索性收敛双翼，决心与情侣相依为命，同归于尽。守在内室窥察的老翁，被雁的情谊感动了。他苦于无法让雁双双飞去，唯有以精心饲养，百般照料，一表情意。可是，双雁自此绝食，直至饿死。老翁悲痛不已，便购来一封陶缸，将雁侣合葬于龙河滩上……

雁，无愧"贞鸟"的声誉。令人想起古人对各种贞鸟的赞美，"关关雎鸠，在河之洲。窈窕淑女，君子好逑""在天愿作比翼鸟，在地愿为连理枝"等等，不论是《诗经》收录周代的采风佳句，还是唐代大诗人白居易题咏的《长恨歌》，总把守贞不渝的禽鸟视为爱情的象征，寄托人们美好的心愿。一位研究生物的学者告诉我，许多孤雁都是坚强的，一旦丧偶，终生不再嫁娶，依然随从雁群远征，奋飞不止。

远飞的雁阵，夜间露宿，当双双雁侣就寝之时，孤雁总是孑然一身，甘为同伴们站岗放哨。它们宁肯彻夜不眠，倍加警觉地防范来袭，以免悲剧的重演。"雁奴辛苦候寒更，梦破黄芦雪打声。"（元好问《惠崇芦雁》）那番情景，能不催人泪下？伤害大雁是有罪的，那些作孽的"娄生"，怎么能不受到世人的诅咒与谴责！千百成群的雁在江湖沙洲栖息，担任警卫的当然不止孤雁。如果发现敌情，它们立即鸣叫报警，并带头起飞脱险。由于首先暴露，所以常被射杀。陆游所云："宁为雁奴死，不作鹤媒生。"陈毅也说："为群荣雁奴，作伥耻鹤媒。"他们在颂扬大雁高尚情操的同时，也斥责那种被人豢养，无耻叛逆，诱捕他人受害的卑劣行为。

"雁奴"与"鹤媒"虽然都属禽类，但品格迥然不同。人世间，常把作恶多端的道貌岸然者，贬喻为"衣冠禽兽"，显然是不分青红皂白，将各种禽兽混为一谈了。其实，若将"衣冠禽兽"与高风亮节的雁等同视之，岂不辱没了雁！

原载 1987 年 5 月 17 日《人民日报海外版》

1999 年选入《中国当代散文大系》

还是吴中第一水

旅游胜地，不乏名泉。笔者游踪所至，仅天下第一泉就有4处。最近，购得《神州名泉》一书，掀开目录又是一惊，列入天下第一者竟达10处！怪哉，"第一"本当独一无二，它怎能如此之多？

唐代的陆羽著有《茶经》，他被誉为"茶圣"，俨然权威，便重新排列天下名泉的第次。他把刘伯刍所定的天下第一泉——镇江中泠泉，改封给庐山谷帘泉。可是，到了清代，乾隆皇帝不买他的账，却认定北京西郊玉泉山的玉泉最佳，写下《御制天下第一泉记》，并且亲自题书"玉泉趵突"四个字。他讥笑陆羽带有偏见，说他没有到过北京，当然品尝不到玉泉水的甘美。乾隆是个十分讲究饮水的人，当时宫廷用水，都取自玉泉。多少年来，每日清晨，第一辆通过西直门进入北京的马车，都是皇宫的运水专车。按说"君无戏言"，但事实却并不都如此。乾隆待到济南以后又改了口。他出游江南时，一路都有专用的水车供应饮水，开始的路程，饮的是北京玉泉水。一经比较，他发现济南趵突泉的水质胜过了玉泉。而且其祖父康熙皇帝南巡时，早已将趵突泉封为"天下第一泉"，并为之题书"激湍"二字。于是，乾隆自济南出发，继续南行，沿途便改用趵突泉水……总之泉水的天下第一，说法种种，莫衷一是。古往今来，不知多少人卷入这场"官司"，评头论足，往往争得面红耳赤。其实何必？一孔之见，总不能囊括天下吧！

这些"天下第一泉"，尽管水质上好，但因口气过大，不免给人留下名过其实的印象。前不久，游览苏州天平山的白云泉，境界迥然不同。从高义园西行，拾阶而上，蓦然听见流泉低吟轻唱。觅音踏入"云泉精舍"楹门。那泉声越加响亮，清脆而富有节奏，仿佛有位造诣精深的乐师心倾神驰地抚弄古琴，期待他的知音。仰望峭壁，但见细流涓涓，一管毛竹插入石缝，将水引进一只晶莹的大瓷盂，谓之"钵盂泉"；邻近岩罅上丝绒般的绿苔衬托出一股清亮的泉水，宛如成串滚动的珍珠，熠熠灿灿，曲曲弯弯，构成一根飘游不息的丝线，称为"一线泉"，两泉合称"白云泉"。不远的岩壁上，篆刻五个石绿嵌色的大字："吴中第一水。"

初见上述景象我并未动心，但当进入茶社，面对流泉饮水小憩，端起茶杯品一口香茗，顿觉甘美适口，滋心润肺，头脑也"豁"地清醒。同时，又见有人用面盆试验，添水高出盆沿二三毫米仍不外溢；再将一枚枚硬币放置水面，漂浮不沉。我敢说，这水比那些"天下第一泉"的水绝不逊色。对那岩壁上题刻的含意，我这才领略了几分：妙，就妙在它不以"老子天下第一"的架势唬人，虽然它也称"第一"，但只是"吴中第一"，况且把一个"泉"字换成了"水"字，愈加显出谦逊的风度。品泉观景，又发现唐代诗人白居易的题刻："天平山上白云泉，云自无心水自闲。何必奔冲山下去，更添波浪向人间。"看来，这位大诗人的修养，要比加封天下名泉者高得多。吴中第一水，不添波浪向人间，这对世上的妄自尊大者，分明就是诚挚的告诫。

1999 年选入《中国当代散文大系》

照我来与对我来

　　长江、黄河，祖国大地孕育的兄弟河流。他俩一起从青藏高原发源，齐心向东，汇集千溪百川奔向海洋。虽然流域不同，个性迥异，但孪生的兄弟总有相似之处。游访两大河流，越加增添了这种认知。比如，黄河的三门峡有个"照我来"，长江的三峡有个"对我来"，就连航道景观名称，文化底蕴，美丽传说，也都如出一辙。

　　早在 1975 年，我和安徽作家孙肖平不约而同，肩负写作任务考察黄河，便结伴来到黄河三门峡。经河务局安排，为我们导游的，是当年黄河艄公的后代，今日水电站的主人。他先带我们登上拦河大坝，居高临下观览黄河流势，领略航道的变迁。追溯历史中，便吟起先辈的《船夫曲》："来到鬼门关，两眼泪不干；过了鬼门关，胆大能包天！"鬼门关在哪？它是黄河"三门天险"中的一门。传说崤山挡住了大河去路，水堵成灾，百姓面临灭顶之危。大禹闻讯赶来，抢起巨斧，"嚓嚓嚓"劈断山腰，形成峭壁夹峙的"人门""鬼门"和"神门"。三门分泻三股洪流飞冲直下，便是三门峡的由来。

　　凶猛的河水闯过三门，刚拧成一股，迎面又遇到矗立河心的一座石峰——砥柱石。激流因遭顶撞而倍加暴怒，癫狂，咆哮，翻卷漩涡，发出雷鸣般的吼声。而砥柱石岿然不动，古诗赞曰："一柱钉波心，顶压三门险"，成为"中流砥柱"的典故，象征伟大的民族精神。

　　砥柱石本是航道上的礁石，别名又称"照我来"。它像一个巨人屹立河心，向航船召唤。遥想先人舍命闯险的情景，禁不住胆战心惊。只有勇敢地直冲"照我来"，船只才能随着漩流绕过石峰，顺势进入缓流，化险为夷。

　　20 世纪 50 年代建设三门峡水利工程，在"鬼门""人门"和"神门"处，筑成拦河大坝，蓄水发电。我们站立坝顶，顺河远眺，背后已是高峡出平湖的壮阔景象，而前方舍命闯险的航道，因有大坝闸门节制激流，再无凶险。人、鬼、神三门不复存在，"照我来"的砥柱石依然屹立河心。我们乘船前往，在礁石前，一个名叫"龙宫"的地方，导游手指水下说："当年施工，筑坝截流，曾在这里挖掘出许多沉没的船骸和亡者的尸骨。"我为之感叹："'照我来'是先辈艄公以生命的代价，冒险探索求得的通途。"

我首次游览长江三峡，是在 1992 年，当时三峡尚未筑坝蓄水。由三峡西端放船东去，景象恰如唐诗所述："朝辞白帝彩云间，千里江陵一日还。两岸猿声啼不住，轻舟已过万重山。"从奉节县城出发驶向瞿塘峡，峭崖对峙，开阔的大江骤然锁进峡口，仰望高空，蓝天被束成一线。船行似箭，岩壁上闪过五个大字"夔门天下雄"。传说这里也是大禹抡斧劈开的航道。在崆岭峡不远处，导游说起三峡航道"对我来"的往事。那里的礁石犬牙交错，也被称为"鬼门关"。千百年间船毁人亡的悲剧，连连不断。也跟黄河"照我来"的情景类似，历代艄公总结正反经验，就在名叫"大珠"的礁石上，铭刻"对我来"三个大字。行船至此，只要对"我"而来，便保你平安。1900 年德国瑞生号轮船进入峡江，船长不信其中奥妙，拒绝中国引水人员的忠告。他不敢瞄准"对我来"直冲，结果触礁沉没。如今峡江的航道经过多次整治，加之筑坝蓄水，抬高水位，再无礁石，一路通畅。

三门峡与三峡的航道之险，已成历史。旅游江河，"照我来"与"对我来"的故址往事，依旧招人指点，评说。广而思之，做人谋事何尝不遇险滩礁石，艄公们的血泪凝成的大字，能不留在游人们的心坎？

原题《照我来》

原载 1987 年 3 月 28 日《人民日报海外版》

后改题扩写

神仙也不那么神

还是吕洞宾不对

"狗咬吕洞宾，不识好人心"，一句大俗话，给当事者双方的品性定了格。说是吕洞宾施仁布恩，乐于助人，竟遭到别人的误会。而受助的一方不领他的情，又被辱骂成反口咬人的恶狗。总以为仙人哪会错，犯错的只能是人间的凡夫俗子。

有一则故事现身说法：吕洞宾怜悯一位贫士的生活艰难，就地点石成金，赠送给他。贫士拒收，说是不要黄金，只盼拥有点石成金的手指。吕洞宾认为贫士贪得无厌，十分生气，不仅未授予点金术，还把金子变回了石头，拂袖而去。从此，这类贫士被人当成贪婪小人，遭受嗤之以鼻的非礼指责。

囿于农耕社会的传统文化，形成了"重义轻利""君子不言财"的思维定式。传扬这则寓言故事，是倡导古人的行为准则。时代在发展，最早为那位贫士甄别的是梁启超。1920年他从欧洲游学归来，特邀英国数理学者罗素来华在清华大学讲学。在欢迎词中，梁启超说：希望罗素先生传授给我们的，不是金子，而是点金之术，即研究学问的科学方法。他否定了那则寓言的寓意，赢得了热烈掌声，在公众场合首次否定"吕洞宾理念"，给那位贫士讨回公道。

切莫以为梁启超倡导的理念，一定是西学东渐的结果。其实，古人早有"授人以鱼，莫若授之以渔"的说法，只是未被重视而已。如今，"鱼莫若渔"的理念，已成为人们发财致富的共识。重提那则古代寓言，还是吕洞宾错了。

铁拐李的无奈

参观美术作品展览，欣赏方成别具匠心的漫画《神仙也有缺残》。那画猝然打破了传统意念，磁石似的吸引住观赏的目光。画中的人物是铁拐李，一反常态的笔墨不去表现大仙漂洋过海的壮举，却着重地刻画神仙残疾的腿脚，和赖以支撑才能行走的那根拐杖，发人深思。这位身背药葫芦的仙人，跛足而行，深入民间治病救人，固然可敬可佩，但不能不令人遗憾的是：神仙的回春妙手，怎么没能治愈自己的残疾？

有趣的是，与这幅国画同时展览的，仍有传统题材《八仙过海，各显神通》的新作——一件高雅华贵的象牙雕刻。作品依然再现铁拐李过海时的英姿神态。两件艺术品相映成趣，各显底蕴，倒也让人有所感悟。考查历史实情，八位大仙本是民间的凡人，神话的流行将他们升华成了"仙"。两件迥然不同的艺术佳作，刻画的同是铁拐李的形象，一是供奉于神坛的尊容，一是大仙走下神坛，返璞归真的生动情态。

　　我钦佩创造"八仙"艺术形象的造诣。从铁拐李的瘸腿——寻味神仙的缺残，兴许就是古人故意埋下的伏笔，意在启迪后世探究人间的奥秘。这幅国画创意的高明之处，在于点破了一个常理：由人塑造的神仙，总是取样于人的自我。还得提醒世人"人无完人，金无足赤"的道理，莫为单一的叫好所迷惑。

原载 2012 年 1 月 14 日《都市晨报》

品蟹思辨

秋深，蟹肥。

一年一度的蟹市，进入了旺季。人们总爱赶着时令尝鲜，常言："不见庐山辜负眼，不吃螃蟹辜负肚。"每年过后，如果少吃了这道蟹肴，岂不留下一桩憾事？游访苏州，能够品尝那堪称"蟹中之王"的阳澄湖大闸蟹，更是口福不浅。好友对我的款待，恰是美餐这种蟹。下锅之前，他特意捡出一只放在桌上，操着吴语说："喏，地道格阳澄蟹。侬看，力气阿大？"我仔细观看，那蟹的个儿比巴掌还大，青背白肚，金爪黄毛，脚劲真足，任凭玻璃板滚光溜滑，它也爬得飞快。撒下后，稍隔一会儿，端上来一盆熟蟹。那青色和腥气，骤然变得火红、喷香，好不让人发馋。待揭开蟹壳，剔出鲜嫩的脂肪和卵块，泼醋蘸姜，下酒佐餐，我们不由地吟起赞蟹的诗：什么"九月圆脐十月尖，持螯饮酒菊花天"；什么"螯封嫩玉双双满，壳凸红脂块块香"（引自《红楼梦·螃蟹咏》）……

由熟蟹回顾到刚才的活蟹，又不禁令人想到鲁迅先生的见解：第一个敢吃螃蟹的人是勇士。初见螃蟹，瞧那全副坚甲，挥舞双螯，横冲斜闯的气势，不论是谁都会望而生畏的。据沈括的《梦溪笔谈》记载，直至宋代，秦州人还把螃蟹当成怪物。有人收藏干蟹，凡患疟疾病者（以为恶鬼缠身），便借来干蟹挂在自家门上，求蟹驱鬼，以保平安。在古人眼里，连魔鬼都害怕螃蟹，何况是人呢？的确，如果没有勇士率先品尝，后来人哪有吃蟹的福气？

显而易见，世上可供食用的动植物，远比人们习惯吃的东西多得多。愈扩大食物资源，愈能使人类的生活丰富起来。探查和开发食物资源，是要付出代价的，常有冒死的危险。我国农学鼻祖神农氏，尝百草"一日而遇七十毒"，就是先例。是他无畏的探索，从毒草中分辨出可供食用的植物，从而培育出后来的农作物。俗话说"拼死吃河豚"，含有剧毒的河豚，肉质鲜美无比，需妥善处理其体内的有毒物质才能食用。为了探求安全之策，曾有许多人为此丧生！古往今来，如果人人只想着"不为福先，不为祸始"（引自《庄子·刻意》），那么，五谷杂粮、畜禽鱼虾等等，也都不会成为人类赖以生存的食品了。为了人类的利益而冒险，值得。不仅是吃食，对于各个领域的开拓都是如此。就人生的进取、创新的改革、事业的发展来说，"万事俱备"的情况总是少有的，而"只欠东风"的机遇倒是常见。苏轼诗云："惟愿孩儿愚且鲁，无灾无难到公卿。"虽是戏言，却也道出一种世俗观念：既想平步青云，事事如意，又不愿担当风险，招祸引灾。这种人，总是难成大事的。

有人认为，中国人缺乏冒险精神，还说这与"安于现状""习于常态""不求有功，但求无过"的传统观念所形成的民族心理素质有关。其实，此言差矣。中国历史文化的积淀层是深厚的，也是复杂的。与上述相反，诸如"卧薪尝胆，奋发图强"；"破釜沉舟，背水一战"；等等，也是传统文化一再赞扬和倡导的冒险精神。而这种"冒险"，绝非盲动冒进，凭仗的是理智、毅力和勇气。

汲取传统文化，常是因人而异，各有选择。仍以螃蟹而论，虽然都是借题发挥，托物表意，也会截然相悖的：有的贬责，《万历野获编》就曾说："常将冷眼看螃蟹，看你横行能几时？"这是把蟹类当作横行霸道者的象征，予以诅咒；有的褒奖，唐代诗人皮日休曾参加过黄巢领导的农民起义，他笔下的咏蟹诗则一反往常："未游沧海早知名，有骨还从肉中生；莫道无心畏雷电，海龙王处也横行！"这是将螃蟹喻为猛士，由衷地颂扬。何是，何非？何弃，何从？不须分辨吗？

迎春恰逢赏梅时

岁时风俗，春节十分讲究。过年是从腊月初八开始的，腊八粥带来了年味，腊月二十四祭灶神吃糖瓜，年味愈来愈浓。除夕贴春联，吃年夜饭，放烟花爆竹，不眠之夜守岁，于年味高潮中跨入正月。大年初一拜年祝福，压岁钱压不住新春的添岁增寿，欢天喜地尽享年味快乐。年初五说是"过五忙"，前潮未平后潮又起，至正月十五元宵节愈加热闹。吃元宵，观花灯，舞龙舞狮，划旱船……各种活动再次把年味推向高潮，待度过新年第一个圆月夜，才算落下春节帷幕。

不可思议，自然界与人间是同步的。且看梅花冒着凛冽的冰霜，赶在东风的前列，首先传递春的信息。隆冬，种种花卉都已告退，唯有梅花绽放，跟人们一起同欢共庆，辞别旧岁，迎接新春。它由含苞欲放至满园盛开，那欣欣向荣的景象，在为春节增添喜庆氛围。新年伊始游园赏梅，令人心情舒畅，精神焕发，激励首季的开门红。

梅有蜡梅、春梅之别。蜡梅，古名梅、黄梅花、黄香梅，到北宋以后才统称"蜡梅"。植物学分类上，蜡梅属于蜡梅科、蜡梅属，为落叶灌木；春梅，古名柟，至汉代《说文》中解释柟为梅，始称"梅"。春梅属于蔷薇科、李属，为落叶小乔木或灌木状。它们的花期是由气温状况决定的。我国幅员辽阔，从岭南两广到遥远北方，花期的迟早相差很大。徐州不南不北，位于北纬35度左右，花期适逢春节期间，游园赏梅自然成为佳节盛事。蜡梅，顾名思义是开放在腊月的花卉，大致于1月下旬进入盛花期延续至整个春节。春梅2月上旬进入初花期，2月下旬到3月底盛开渐谢。正月初一至十五，春梅已陆续盛开，春节过后还将延续数日。

赏梅，是一种雅趣。古代名画就有《踏雪寻梅》图卷。20世纪40年代，我在小学的音乐课上，曾学过《踏雪寻梅》的歌曲："雪霁天晴朗，蜡梅处处香。骑驴把桥过，铃儿响叮当……好花采得瓶供养，伴我书声琴韵，共度好时光。"不过，当年在徐州赏梅只有零星的单株，没有成林连片的梅景。要想欣赏梅的名胜景观，只好去南京梅花山、无锡梅园、苏州香雪海，或外省更远的地方。

现在徐州荣膺"国家生态园林城市"，许多园林都开辟赏梅景区。最先出现的"梅园"，是彭祖园里的"俏春园"，取自毛泽东《卜算子·咏梅》中"俏也不争春"的诗意。这处梅园位于彭祖园西门一带，集中栽培数百株，在动物园里和不老潭畔也有散植。

2014年新建成的探梅园，西起龟山汉墓景区，东至平山路以西，占地约24000平方米，规模更大，品种更多。这里的蜡梅，有山蜡梅、素心蜡梅、狗牙蜡梅等；春梅有红梅、绿梅、乌梅、黑梅等，千余株梅树也像在苏州光福古镇那样，汇成了"香雪海"。探梅园因地制宜，布局曲桥、流水、假山、景墙，还有一座仿古戏台，节日里可供文艺演出，既为徐州构成一座特色鲜明的新园林，也为江苏省新添一处赏梅胜地。

赏梅，赏的是什么？

"万花敢向雪中出，一树独先天下春。"元代诗人杨维祯的咏梅诗，以"梅先天下春"概括了梅的风采。游览彭祖园，探访俏春园，发现有金丝竹、黑松与梅花连成一片。那是因为松和竹过冬不凋，梅则凌寒独放，誉称"岁寒三友"。所谓松柏风度，梅竹情操，是把傲霜斗雪的抗寒植物人格化，象征仁人君子的超凡气质。

自古以来，梅花就是吟咏不绝的主题，人人都可借用梅花表达各自的诉求。俏春园名称的蕴意，取自世纪伟人毛泽东诗词，反陆游《卜算子·咏梅》之意而作。以梅言志，用梅花"俏也不争春，只把春来报""待到山花烂漫时，她在丛中笑"，抒发革命者豪情，显示战胜困难的勇气、乐观主义的精神。

具体说来，对梅的欣赏，还要从色、香、形、韵、时五个方面探求：

徐州探梅园花色壮观。梅的花色颇具诗意，"梅须逊雪三分白，雪却输梅一段香"的白梅，即是一例。大红的是红梅，粉红的是美人梅，萼绿花白的是绿梅等，都不乏诗文佳句。说到香，以蜡梅为例，因品种不一，有的蜡梅花骨朵内敛而饱满，盛开的花朵颜色明黄纯净，表里如一，花瓣外卷，幽香扑鼻，香味持久。有的蜡梅花瓣竖立着，凑近闻似无香味，而当微风拂过就会暗香浮动，才让人渐渐闻得，独有一种低调雅趣；再论形态之美，与那些雍容华贵的花卉不同，梅的美丽在于冰清玉洁。特别是那些古老的树，枝干苍劲嶙峋，花朵疏密散聚，更有饱经沧桑、威武不屈的阳刚之美；如讲韵律，梅花枝条清癯明晰，霜容雪姿，色彩和谐安宜，皆呈现出一种力度和线条构成的韵律感；探梅须适时，过早了含苞未放，过迟了落英缤纷。最好是在含苞欲放，花儿将开而未全开的时候。

总结赏梅经验，有人认为：在诗人和画家笔下，梅花的姿态总离不开横、斜、疏、瘦四个字。而通常赏梅的标准，则是"贵稀不贵密，贵老不贵嫩，贵瘦不贵肥，贵含不贵开"，合称"探梅四贵"。此说确有道理。

原载 2016 年 2 月 1 日《徐州日报》

五色土与社稷坛

　　江苏徐州楚王山千佛洞内发现五色土，后被徐州历史档案馆切块收藏，引人关注。五色土的信息，将徐州楚王山与北京社稷坛联系起来，具有丰富的文化内涵。

　　人类自古就把天地看作生灵万物的主宰。历代帝王为此总要在天坛祭天，在社稷坛祭地（社神指土地、稷神指五谷）。社稷坛高筑地面，坛内用五种颜色的土壤填满：东面是青土，南面是红土，西面是白土，北面是黑土，中心是黄土。遥想当年，每到春社之日（春分前后），皇帝率领文武百官，捧着盛有五色土的祭盘登坛跪拜，祈求土地神和谷神保佑农事顺利，五谷丰登。每当诸侯受封的典礼，皇帝还要按封地的方位，赐予一种色土，表示授给统治一方的权力。社稷坛上，东西南北中五色一体，象征国家领土的完整统一。所以，"社稷"二字，自古就是国家的同义词。要把分布极广、相距遥远的各色土壤集中到一起，是不容易的。可幸的是，在徐州就有五种颜色的土壤。《汉书·郊祀志》有这样的记载："徐州岁贡五色土各一斗"专供朝廷使用。追溯更早，《尚书·禹贡》还说："徐州厥贡惟五色土"在九州贡品中是特有的。《同治·徐州府志》的记述更具体："赭土山产五色土，贡自夏禹，汉元始五年，唐开元至宋皆有入贡……"赭土山，就是徐州西郊的楚王山，又名同孝山。岁岁进贡，历经数千年的挖取，这里的五色土已经罕见。徐州历史档案馆将之收藏，颇有意义。

　　五色土与社稷坛的神秘与神圣，引发许多的记忆和思考。《左传》有一则故事：春秋时代，晋国王子重耳率领贵族逃亡。他们日夜兼程，疲惫不堪，饥饿至极，在茫茫原野上搜寻着食物。看见有个农夫在田间锄草，重耳就来求他给点吃的充饥。可是农夫打量着这群四体不勤的贵人，却挖出一块泥土递给了王子，说："给你们的只有这个。"重耳被激怒了，挥起马鞭就要抽打农夫。有个大臣连忙阻拦，说是神圣啊，这意味着上天赐给我们土地，正是个好兆头。重耳顿悟，郑重地从农夫手中接过土块放置车上，继续策马前进。历代帝王看重国土，并将国土当作皇家的私产，说是"普天之下，莫非王土；率土之滨，莫非王臣。"常言道"民以食为天"，王子也忍受不了饥饿，感悟

张成珠随笔选

土地就是赖以生存的基础。历代帝王用五色土构筑神坛，岁岁祭祀，意义不言而喻。

如今，社稷坛不再神秘，作为古文化的遗存，它是历史的见证。其实，真正的伟大无须祭祀，历代的封建帝王连同他们的王朝寿终正寝了，社稷坛却未冷落，它已成为游人纷至沓来的名胜景点。尽管社稷坛上不再举行祭祀，由这五色土象征的祖国大地，岂不愈加兴旺发达！五色土的寓意，有如它的颜色丰富多彩。金与土，常比喻为贵贱的两极。指责挥霍钱财的人，便说"挥金如土"。推究起来则不然，土地是维系生存的资源，"惜土如金"才是确切的比喻。体会泥土的珍贵与神圣，不难理解：为什么远涉重洋的侨胞，贴身带着一包"乡井土"任凭颠沛流离，总不丢失；为什么抗日战争爆发的时候，"寸土不让"的吼声最是响亮；为什么久居异国的游子，一旦踏进国土，就像投入母亲怀抱……

珍惜国土，是个永恒的主题。不同的时代，国土又面临着不同的际遇。我国人口已逾13亿，土地资源越来越稀缺。土地连着社稷安危，土地关乎国家兴衰，我们必须珍惜每寸国土，为中华民族守住繁衍生息的家园。

原载 2011 年 5 月 6 日《人民日报海外版》

八音石巧遇知音

苏州大学历史系的老同学相聚徐州，让我做导游。参观博物馆之后，在乾隆行宫庭院，观赏北宋遗物八音石。听说它是"花石纲"的漏网之鱼，引发了大家的兴趣。据悉，当年花石纲之役在江南的漏网之鱼，有五块名石，散落在各处园林：玉玲珑（上海），瑞云峰、冠云峰（苏州），仙人峰（南京），绉云峰（杭州），它们都是太湖石的精品。而徐州的这块八音石产自灵璧，不仅玲珑剔透可与太湖石媲美，据说叩响还能发出八种妙音。所谓"八音"，是指金（钟）、石（磬）、丝（琴瑟）、竹（笛箫）、匏（笙竽）、土（埙）、革（鼓）、木（柷），八类古代乐器鸣奏的音响，令人称奇。学友驻足，不禁感慨："这块奇石，若能遇到知音就好了。"

于是大家动了心。王兄先去一试，轻叩石面，"嗡嗡"作响，低沉幽咽。他俨然知音，说是八音石在叹息："埋怨时运不佳，它本应封官晋爵，飞黄腾达，只是因为慢赶了一步，竟被搁置在这里，才铸成千古遗恨。"

原来，北宋的徽宗皇帝，是个爱石成癖的昏君，他大兴花石纲之役，派朱勔设立"应奉局"，到处搜罗奇花异石，灵璧石自古为名石，它和江南的太湖石都属掠取之列。搜刮来的花石，用大批船只运送到汴京（开封）。花石船十艘为一纲，通称"花石纲"。花石用于建造艮岳（御花园），凡出众的秀石，都置于华阳宫的大道两侧，犹如恭候天子的群臣，均被皇帝加封。一块太湖石，仅凭姿色之美，就被封为"盘固侯"，还专为它营造了豪华的亭台。而八音石也是朝廷选中的珍宝，除形态秀美外还能发出种种乐音。这般超凡出众，一旦进宫，必定备受宠爱。可惜，当年把它从灵璧运到徐州，待要进京的时候，北宋已被金兵灭亡。这让八音石能不抱恨终生？

听罢王兄的赏析，李兄倒是不以为然。他再次从不同方位叩响八音石，侧耳聆听"铮，铮铮"，清脆圆润，音质淳美。于是摆出相反的见解："不，八音石甚感庆幸呀！"

他说："玩物丧志，嗜石误国。"宋徽宗这个昏君，一是祸国殃民。应奉局的当差人，听说哪个百姓人家有秀石或奇花，就带兵闯进哪家，用黄封条一贴，算是进贡皇帝的东西。如果有半点损坏，就定为"大不敬"的罪名，轻的罚款，重的抓进监牢。有的人家被征的石头花木高大，搬运起来不方便，当差人就把那家的屋墙拆毁，夺门而出。差官、兵士还乘机敲诈勒索，被征花石的人家，往往因此倾家荡产。花石纲船队所过之处，当地要供应钱粮和民役；有的地方甚至为了让船队通过，拆毁桥梁，凿坏城郭，百姓苦不堪言。终于因为花石纲之役，引发了方腊率众造反；小说《水浒传》中的那个青面兽杨志，也是因为花石纲丢官而投奔梁山泊的。二是宋徽宗也毁了那些石头。正当八音石运经徐州时，金兵攻占了汴京，激战中盘固侯和众多的秀石被充当炮石，炸得粉身碎骨。八音石搁置徐州倒躲过了这次劫难，历经八百余年还安然无恙，随着年代久远，愈显得身价的高贵。难道，这是那些一度受宠的秀石所能比拟的吗？与八音石同此命运的江南五块著名秀石，都是因为汴京失陷而幸存下来，这才散置于江南和徐州各地，那是它们各得其所，应该聊以自慰的。

赵兄听过上述高见，又另选部位连叩几下，这石则奏出"飒，飒飒飒"的动听音色。他说："我不敢自命知音，但于袅袅余音之中，豁然领悟一番道理：莫为名贵一时而陶醉，但求价值更长久。顽石竟也与人一样，都须经得住历史的检验。"

离开乾隆行宫，续论花石纲的议题，我们来到故黄河上的"汴泗交汇"口，追溯历史，宋时的花石纲船队由南转西就是从此进京的。任凭时过境迁，历史的教训，却令后人永远记取。

原题《石鸣声声觅知音》

原载 1989 年 8 月 3 日《人民日报海外版》

从三山夹一井到一人巷

说起"三山夹一井",有个外乡人为之惊叹:"妙,徐州市里有这样的奇观?"他非要我导游不可。无奈,我只好相陪着穿街走巷去寻找。然而一到目的地却顿时泄了气,简直让人啼笑皆非。原来,那是三座平房的屋山中间夹着一口普通的井!我也是第一次去,我们都有些懊丧。"盛名之下,其实难副",也许这算是一个典型。看来慕名以求,还须提防哄骗呢!

返回时,无意经过一人巷。一见巷名,我们自然地由并肩而行改为前行后随。小巷也够窄的,稍不留神肩膀就会擦墙。巷子是极其普通的,土石路面,还让人硌脚。但待步出巷尾时,反倒令人回首流连。客人以深沉的目光再将它扫视一遍,且有所思:"嗯,还是'一人巷'的名字好。"

这个"好"字,唤起我的思绪,好就好在实事求是。我也不由地回顾走过的路,街巷总是有宽有窄,各得其所。小巷虽以娴雅、幽静显其长处,但也有着自己不可克服的短处。凡大队人、宽大车辆,一人巷是无法通容的,自吹自擂也无济于事。它应该坦然地声称:"我是一人巷!"甚至高挂名牌,以提醒人们有所准备,或鱼贯而入,或改道而行,免得到时陷入困境。俗话说"人的能力有大小",街巷何尝不是如此?我想,不管是谁,若能做到不虚夸、不粉饰、不自卑,只顾竭尽全力办成一点好事,亦便是难能可贵的美德。一人巷不像三山夹一井那样,只为哗众取宠于一时而忘乎所以,最后却让人鄙视,置之一笑……

走出僻巷,步入闹市,由于景观引起的联想,使我不禁思量着形形色色的人和事,环绕着"名与实",试图探询些什么……

原载《江苏杂文选》

1986 年 10 月 9 日美国《时代报》转载

墙之我见

墙，有个时期受到了空前抨击：中国多墙，围墙、城墙，直至横贯北国之墙——万里长城，皆被指责为封闭保守的象征，围攻贤能者的化身，画地为牢的同义语，以及贫困落后的祸根！

对此评论，确曾有人质疑，提出异议，比如古代的长安城，算得上宏伟、坚固、森严了，但在汉、唐时代，它无愧为丝绸之路的起点，各国友好交往的中心。历史上，先后有13个王朝在那里建都，朝代更替，盛衰不定，时而开放，时而封闭，评功论过，事在人为，与"墙"何干？其实，作为古代军事设施的城墙，它早已失去原来的意义，一些具有代表性的古城墙（包括万里长城）被保存下来，一经修缮开放，便吸引中外游人和诸多学者纷至沓来，赢得高度评价。那是因为这些古建筑的价值更换了、增加了，它的意义在于纪念历史，显示崇高的民族精神，反映古代建筑艺术的卓越成就，从而激励了后人的志气。如果仅从现时的某种需要出发，硬把古城墙当成替罪羊，口诛笔伐，似乎也要彻底砸烂，不仅有损公允，也会伤害民族情感，令人难以接受。

我曾参观过中国现存规模最大的城门——南京古城墙的中华门。这座古城堡关闭多年重新开放，也同万里长城一样成为旅游热点。那雄伟的气势，精巧的构造，显示出古人的智慧和力量：四个石砌拱门构筑三重瓮城，每一座瓮城，都设有绞关启动的铁门，在高达20余米的城墙中，有27个穹形大厅，驻扎卫戍部队。城门，乃城之咽喉，在太平年月敞开它，便利内外交往；一旦遇有敌情，只待令下，或出门迎战，拒敌于城外，或放敌入门，"瓮"中捉"鳖"。古城堡的构造，发挥了墙与门的互补作用，体现开与关的辩证统一。

从根本上说，"墙"只是"界"的一种形式。事物有差异，界总是不可缺少的，历史虽已跨入20世纪80年代，地界、国界，以及各样事物间各种有形或无形的界，还将继续存在。造成封闭、隔绝的根源在于"界"吗？否。重要的是在"界"上，怎样设立和运用门户。

就围墙而论，不妨欣赏江南园林，虽然那是一种建筑艺术手法，然而它所给人的启迪，却远远超过建园艺术的范畴。苏州沧浪亭的院墙就是一例：

造园艺术家依墙建成单廊或复廊，沿墙构造一系列漏窗（各种形态的透空花窗），顺墙行走，不仅廊檐具有遮阴避雨之效，而且逐窗观赏，移步换景，窗窗都似一幅风景图画。当景物诱发游兴，随时可以穿过月洞门（小巧的园林之门）深入其境。墙外，临水望山；墙里，依山观水。是墙壁把园林内外的山水一分两片；是漏窗又将分隔的山水连成一气。没有墙的遮隐，则感觉一览无余；没有漏窗的透露，则感觉封闭郁闷。开与闭，隐与现，相得益彰，这才能够达到完美境界。

墙的构造虽然并非中华民族的独创，但是在一定意义上，中国的墙也显露出民族文化的气质。

关于"墙"的评议，本来醉翁之意不在"墙"，分析对"墙"的种种谴责，可以发现常见的思维方式——一刀切、一风吹或一边倒。例如，要反思历史，就得一概否定传统；要开放引进，就得故意贬低本国；要提倡爱国，就得呼喊反洋排外；等等。看来，在对立的两极之间展开思维，十分重要。"墙"的现身说法，表明墙与门窗的有机结合，互补互惠，可不恰似印证这番道理……

原载 1989 年 10 月 13 日《人民日报海外版》二版头条

1989 年 10 月 26 日《人民日报·大地》副刊头条转载

险在"天花乱坠"

友人从南京归来，馈赠礼品，说是"天花一束"。待我细看，原来是些光彩斑斓的雨花石。我明白其中的典故。《高僧传》里有个故事：距今 1400 年前，名僧云光法师在一座山岗讲经说法，因为他讲得至理透彻，心专意诚，感动了佛祖。顷刻，漫天落花如雨，天花着地即化为五彩石子。因此，这座山岗和这里出产的石子，被称为"雨花台"和"雨花石"。

这个神话传说，本来是云光和尚的门徒编造的。推究雨花石的成因，谁都知道那是地质条件所致。这个故事尽管已被"天花乱坠"地传扬了千百年，这种石子非但未成坠落的天花，反使"天花乱坠"的成语愈发增强了贬义，甚至变成"空口白说"的同义词。这么一来，不论神话编造者的心愿如何，其结果却是毁了云光高僧的名声。对于这般地吹捧，他在九泉之下也会抱怨不已的吧？

说来也巧，从字形看，"捧"与"棒"相似，而且"捧"与"棒"都能伤人，棒下未必使人屈服，但吹捧容易让人昏昏然，在洋洋得意之中甘情愿地被推向绝境。当初，云光和尚对门徒们神话般地吹捧，也许会是百听不厌、还以青睐的。他哪里晓得，一旦谬种流传，自己竟然不知不觉地被人扭曲了形象，肢解了灵魂！

想到这里，愈要感谢友人的馈赠。我将雨花石盛于浅盆，置于书案。只觉得，这远比鲜花或别的什么，更加富有意义。

原载 1986 年 11 月 11 日《杂文报》

就连野猪也不信

李瑞环和刘云山对新闻界的讲话，相隔多年，说到过同一个故事。作为办报人的我，体会是给大家提个醒，或是注射防疫针。寻味起来，确实有趣。

在《西游记》里，孙悟空总是绝对的聪明，而猪八戒又是绝对的憨傻。在民间，常以"猴"比喻睿智，而"猪"只是弱智者的代名词。明察现实，其实不然。"智者千虑，必有一失；愚者千虑，必有一得"，才是千真万确的哲理。在人与自然的传闻里，就有这么一则关于猪的故事。

神农架自然保护区的野猪，经常跑下山来糟蹋庄稼，伤害牲畜和家禽，实在拿它们没治，有人偶生一计：在村庄外、田野间，架设高音喇叭。将录制的虎啸狮吼之声，放大播出，恐吓野猪。起初果然生效，野猪真的以为山下有雄狮猛虎守护，怎敢轻举妄动？

可是时间一久，野猪也生了疑心。于是，就试探着渐渐靠近，来到喇叭底下竟也安然无恙，终于识破了骗术。那种假造的狮吼虎啸，任其放大声响，充满空间，再也无济于事。野猪也就无所顾忌，继续糟蹋庄稼，伤害畜禽。

能不让人明白：假、大、空，能唬谁？

原载 2016 年《传媒观览》

骏马赋

来到动物园，巡视飞禽、走兽、水族。比较起来，使我最感兴趣的是一种小巧的马，名叫"果下马"。观赏马戏团献艺演出，我还曾见到一匹体小如羊的马表演精彩节目。

望着它们，不由地浮想联翩。以往提到骏马，似乎必须"引颈长鸣冲霄汉，四蹄生风驰千里。"于是，对骏马的讴歌常是一个调子，李白诗云："扬马激颓波，开流荡无垠。"即便描写静止的马，郝经也说："垂头自惜千金骨，伏枥仍存万里心。"至于年迈的马，杜甫颂其尽志无悔，还是"老骥思千里，饥鹰待一呼。"画家笔下的马，也多为剽悍、扬鬃飞蹄的奔马。

骏马，难道独此一格吗？当然不是。

臧克家别具慧眼，他所写的马，"总得让大车装个够，它横竖不说一句话，背上的压力往肉里扣，它把头沉重地垂下。"这匹老马没有引颈长鸣，它不可能日行千里、夜行八百地猛冲狂奔，而只能肩负重任，埋头拉车迈着慢步。可是，谁能说这不是好马？

与以上的马相比，"果下马"既不能疾驰千里，也不能耐劳负重。就身材而论，它是马中的侏儒。倘以骏马的常规模式看待，那是全然不合标准的。然而恰恰由于这种"不合格"，才使它们独具超群的价值。果下马驯良俊秀，小巧玲珑，是我国自古已有的良品。据《后汉书·东夷传》记载：此马，"高三尺，乘之可于果树下行"，便是名称由来。果下马原产自广东，早在汉代就被当作稀世珍宝，进贡朝廷。如今，欧美的袖珍马也成为人们的宠物，犹如"活的美术工艺品"，既有观赏价值，又能接受训练，表演精彩节目。在牲口市场，远比役用马高贵。

骏，即好。但好马并非"完马"。不论是奔驰的马、驮重的马，还是艺用的马，自身的优点越突出、其另一侧的缺点也就越明显。常言："择其高山，不讳其谷"，山越高，谷越深，这叫"相反相成"。一旦削峰填谷，何谈风光险峻？识马与识人，同此一理，怕的就是求全责备。试想，假如避其所长，用其所短，让果下马驮重，让驮重马赛跑，让千里马安于场上献艺；或是埋怨武松不会绣花，指责林黛玉不敢打虎，硬要张飞运筹帷幄，迫使诸葛亮冲锋陷阵。那么，将是何种局面？

无数事实一再表明，唯有各专其能，各尽其力，社会方有勃勃生机。

原载 1989 年 10 月 16 日《人民日报海外版》

由挑夫之路看索道

登泰山，路艰难。

山腰间的十八盘由1600多级石阶砌成，南天门遥遥在望，那陡峭的山道，分明是一架高耸的天梯。俗话说，"远路无轻担"，爬山即便肩上无担子也够呛，行程未及一半，我已经气喘吁吁，腰疼腿软，不由得减缓了速度。引人注目的是，后来居上者竟然不乏挑着重担的人，担里尽是些食品、生活用水和建筑材料等等。这些人都是职业的攀登者——泰山挑夫。

同挑夫们逐渐拉开了距离，我的眼睛如同照相机似的摄下他们的背影。乍看，挑夫们都是步履刚健，行速无减，但从细处窥察，他们倒也并不轻松。肩窝被重担压陷，脖颈硬被拉得老长，腿肚肌腱暴起了青筋，每迈一步都须运足力气。身影闪过，便有一串汗珠洒落山道……正当凝视挑夫们艰难行进的身影，恰遇电缆车从高空索道飞驰而过。一辆辆满载游客或扶摇直上，或飘然而下，山路与索道，挑夫与缆车，两种运载方式的鲜明对比，构成了一幅极不协调的画面。说不清，在这两者之间有多少个世纪的差距，也难以估量其间的功效何等的悬殊。原始的与现代化的交织，使得时代的界线混淆不清，生活的节奏仿佛乱了套！

我沉思着，但没有停下脚步。

从南天门往天柱峰，统称"岱顶"。继续攀登，待到大观峰的碧霞祠，迎面展现宏伟壮丽的古建筑群。同游者情不自禁谈论起泰山挑夫的历史功绩：姑且不说院里的那个明代千斤铜鼎，绝不是插翅飞上山来的，那历代建造的殿宇楼阁，每块砖瓦、每根梁柱，哪件物品能不历尽挑夫的艰辛、渗透挑夫的血汗？难怪有人赞叹：偌大的碧霞祠，原来是用肩挑上山来的。没有挑夫，哪有泰山上的灿烂文化？

歇息时，我同挑夫们聊天，得知他们多是继承祖业，扁担相传，不知递接过了几代人。回首登山盘道，后继的挑夫络绎不绝，在山路上叠印着足迹。如今，尽管通行了电缆车，他们还补济着交通运输的不足。谈起电缆车，挑夫们的语气显得自豪，说是倘若没有泰山挑夫，也就没有电缆车。乍听，似乎风马牛不相及，然而这话毫不虚夸。他们遥指索道上的种种设施，许多零部件都是挑上山来，尔后才得以安装的。我顿悟，要按以往流行的说法：不破不立，破字当头立在其中。那么泰山的索道、电缆车，何以立得起来？

　　事物多样，世界复杂，是要区别对待的，哪能都是一个"破"字解决问题？登岱顶，望天下。思索纷繁的世象，参差的步履，泰山挑夫和电缆车的合作交替，确实给人以启示。

原题《挑夫、电缆车及其他》

原载 1987 年 12 月 3 日《人民日报海外版》

1999 年选入《中国当代散文大系》

2002 年选入《高中语文课本·现代文选读》

清明花飞沙打旺

清明时节，黄河故道果园进入了花期。杏、桃、梨、苹果花儿争芳斗艳，竞相开放，汇成了花之海。忙于授粉的园丁们，蜂蝶似的穿行繁花丛中。

望着异彩纷呈的鲜花，却油然思念一种隐退的花朵。它开放在风沙肆虐的年代，那是靛青色的貌似平庸的花呀，名字叫作"沙打旺"。清代咸丰五年（1855 年），黄河改道入海，纵贯豫、鲁、皖、苏四省的废河滩逐渐干涸，变成了一条700余公里的沙荒地带，辽阔的沙滩一无屏障，沙土不仅贫瘠，而且还借助风力逞强施威，几乎没有什么生物能够在这里生存。然而，唯有沙打旺任凭风摧沙打，愈加旺盛地生长。黄河滩果园的创业人发现了它，以沙打旺做绿肥，大力播种，既改良土壤，又封滩固沙。人们依仗着它便站住了脚，创办一座座果园。

沙打旺又名"苦苦草"。它乐于吃苦，却让别人赢得甜蜜的果实。就秉性来看，沙打旺酷似创业人的性格。1953年在徐州七里沟建立的果园，是黄河故道上的首创果园。创业人胡大勋曾是驰骋抗日疆场的老八路，他早年在苏州农校攻读过果蔬专业，战争岁月浴血奋斗，把所学的专业丢弃了，和平年代他希望拾起专业，再立新功。1953年，中共徐州市委批准了他的请求——辞去建设局长职务，进驻南郊的黄河荒滩七里沟，开创国营徐州果园。

他告别家人，进驻离城七里的荒滩野地，立志要使黄河滩变成果园，在白纸上绘出最新最美的图画。敢为"天下先"，谈何容易？胡大勋像沙打旺似的经受考验，在严酷的日子里，他常想念在抗日战争为国捐躯的儿子。当时，噩耗传来之初他并没有哭，先要问他儿子是怎么死的，子弹是从哪儿打进去的？从前头打的，他是好汉，从后头打的，他就是孬种。当得知子弹从前额射杀了冲锋陷阵的儿子，他自豪地流下了热泪。儿子和多少个好同志前仆后继地倒下了，迎来和平建设的年代，难道活着的人还能退却？

有人对胡大勋感到不可思议：让你住在城里享福，你偏去那个"鸟儿不落地，兔子不掏窝"的沙滩上受苦，这到底图的啥？其实，胡大勋无须回答。倘若为个人图点什么，那还不如一株沙打旺呢。几十年过去了，胡大勋早已与世长辞。这期间，沙荒节节败退，在那曾经播种沙打旺的地方，贯穿四省的废黄河滩上，开发出成百上千的果园，构成我国中部地区的果树基地，《中国经济地理》上称之为"黄河故道果园林带"。

沙打旺，象征我们民族的正气。"富贵不能淫，贫贱不能移，威武不能屈"，乃炎黄子孙的传统美德。这种品格，尽管因时因地各异，但其精神一脉相承：好比置身黄河荒滩，他是"沙打旺"；札根大戈壁，他是"红柳"；栽至山峦上，他是"劲竹"。恰如郑板桥《竹石》诗所咏："咬定青山不放松，立根原在破岩中。千磨万击还坚劲，任尔东西南北风。" 对比沙打旺，都是异曲同工的一样壮丽。

历史，是最有力的佐证。假如没有这般正气，中华民族何以生存五千年？就故黄河畔的古城徐州而言，它也几经沉沦、复而崛起。无须追溯甚远的年代，当元代朝廷镇压"芝麻李"农民义军，用炮火把徐州城轰成一片焦土，明初洪武年间在废墟上重建了州城；明代天启四年（1624年）黄河泛滥，"河决魁山东北堤、灌州城，城中水深一丈三尺，官廨民庐尽没，人溺死无算"，水退沙淤，"洪武城"沉沦于地下；明清之交又重建新城，至康熙七年因受郯城地震波及，满城房屋坍塌殆尽……战争、洪水、地震，任何暴力都不可能遏止世代徐州人民的前进。古城的每一次崛起，总以新的姿态、更大的规模重现于世界，一如"沙打旺"精神，显示中华民族的顽强性格。

原载 1987 年 4 月 3 日《人民日报》

一生写好一个"人"字

重视人文、人本，常令人思索一个"人"字。

"人"的字形，就像迈开步伐的人，撇与捺是行进的脚步。做人是一辈子的事，做好人总是毕生的追求，直至生命最后一息。为人一世，都在书写一个"人"字。不论性别、出身、职业、职位的差异，前半生写的都是一撇，后半生写的都是一捺，晚年的收笔，铸就了人生的全局。不管是名贵显要，还是平民百姓，对于做人的质量验证，都是一视同仁的。历经风雨和坎坷，度过一生写成的"人"也因人而异：有的堂堂正正，有的勉勉强强，有的歪歪斜斜。有人写的"人"字，饱含人情、人性、人道，笔笔闪耀人格的光彩；有人写的"人"字，却失缺人的本分，面目狰狞。难怪，提起某某人总让人拇指一翘："好人！"而说到某某人，又会嗤之以鼻："衣冠禽兽，那不是人！"

倾注毕生精力来写"人"字，谈何容易？青少年的一撇，起势务正；中老年的一捺，运笔要稳；晚年收笔是守好晚节，否则前功尽弃。诗人张志民有所感悟，说是"书道之深，着实莫测！历代的权贵们为装点门面，都喜欢弄点文墨附庸风雅，他们花一辈子功夫，把'功名利禄'几个字练得龙飞凤舞，而那个最简单的'人'字，却大多缺骨少肉，歪歪斜斜……"当下反腐倡廉，那些落马的官员都是例证。

由"人"组成的其他汉字，也耐人深思：竖直的"丨"擎起"人"，为"个"，意味个体的人，总有区别于他人的个性和独立的人格，有不受侵占的权利，个人的存在应该受到尊重。个人的独处、我行我素虽有其合理性、必要性，但总不是唯一的生存方式。在国人看来，诸如孤苦伶仃、孤男寡女、一意孤行、独来独往、独断专行等，常属欠佳状态。作为个体的人活着，如何过好一生，就是个慎之又慎的过程。

事实上，人只要活着，就得与人共存。"仁"字是在"人"字旁加了"二"，意味着一个人必在和别人的对应关系中生存。即便是《鲁滨孙漂流记》中的鲁滨孙，远离文明社会来到了荒岛，如果没有一个土著人的帮助，他也难以存活。儒家学说尤其看重这个"仁"字。一部《论语》任其内容丰富、道理深刻，归根到底就是"仁者爱人"四字，而"仁者爱人"说到底又是"忠、恕"二字

（孔子语："吾道一以贯之……忠恕而已矣"）。"仁"的意蕴，体现先哲们的共识，它是人类共同的精神财富。19世纪法国的卡贝提出"人人为我，我为人人"的主张，亦诠释相依共存的人际关系。时尚流行语"我中有你，你中有我"，也表明人与人的彼此沟通、借鉴。构建社会和谐，必须身体力行"仁者爱人"的箴言。

"众"字的形象，好比一座金字塔，三人为"众"。如果没有博大的基础，金字塔的建造就不可能达到高、精、尖的目标。审视这个"众"字，分明是人们用肩膀、用头颅，铺就一条通往塔顶的路！有位伟人曾经说过，"人们之所以看我伟大，因为是我站在巨人的肩上。"广而言之，任何人的任何作为、任何成就，都不可忘记自己立足的基础。而继往开来的有识之士，总以无怨无悔的襟怀，向后继者呼唤："来！请踏上我的肩。"

原载 2002 年 4 月 4 日《徐州日报》

方圆的奥秘

观赏收藏的古钱币，常见内方外圆的铜钱。思索起来，先人铸币选择这种形状，一定有其深奥的道理。也许除了美学价值之外，还有哲学意义。一枚铜钱称作一文钱，在古代是面值最小、流通最广的钱币。如今古玩市场，不同朝代的古钱价值不等，这种内方外圆的小钱，价值可达多少呢？据悉，一枚金代贞佑铜钱，竞拍是以三万元成交的！撇开文物的意义，琢磨"内方外圆"的内涵，领悟其中的处世哲理，颇受教益，更觉得价值无可估量。

每个人都是社会人，活着就是与人共存。人际间必须交流、沟通、合作，这就有个如何"为人处世"的问题。古钱的内方外圆，恰是极好的启示："内方"是为人之本，"外圆"是处世之道。内心要方，不卑不亢，坚持原则；行为要圆，随机应变，随遇而安。这种内守原则外现圆融的特征，是原则性和灵活性的有机结合，体现刚柔相济、内刚外柔的哲理。或者说，方，就是做人的正气，具备优秀的品质；圆，就是处世老练、圆通，善用策略、技巧。也可以说，方是精髓，圆是灵魂。那么，既能在"方"的有序下坚守本分，又能在"圆"的无序中得心应手。不仅个人的生存与发展有赖于此，对于构建理想社会，也是十分必要的。

俗话说："没有规矩，不成方圆。"什么是规矩？"规"，圆规，画圆形用的正圆之器；"矩"，直角尺，画方形，找直角的正方之器。由此，让我们形象地理解方与圆的理念：

"方"的构造是"直"，所谓"直立而不挠，素白而不染"。它比喻内心的那种为实现人生理想而开拓进取、敢作敢为的胆识和气度，以及洁身自好的人品美德。内心不"方"，哪有高尚人格、立身之本？如果只有"内方"而缺少"外圆"，由于欠缺灵活，不善于待人接物，必将处处碰壁。即便是个棱角锋利，且具真才实学的楷模，也难得志。

"圆"的构造是"弧"，意在圆融、应机、方便、善巧。为人处世的"圆"，大抵是指人的机巧、伶俐、随和，力求左右逢源、八面玲珑。可是，如果只讲"外圆"，不求"内方"，由于缺乏原则性，往往造成过失，甚至坠入罪恶的深渊，即便是个圆滑的交际高手，也难免陷入泥潭，不能自拔。

人，种种有别。内与外、方与圆的分别组合，形成了内方外方、内圆外圆、内圆外方和内方外圆四种类型的处世状态，决定做人的品位。内方外方固然本分、严谨，无愧正人君子的形象，但不免让人敬而远之。这种人由于不通交际艺术，处世没有变通余地，往往难有作为，不宜效法。至于内圆外圆，做人假如一无方正之处，灵魂想必丑陋。从内心就不想讲原则，一定圆滑世故，这种人还能赢得什么信誉？令人憎恶的，还是内圆外方。此种处世之道，纯属作假。他们甘当伪君子，表面正经，说教原则，铁面无情，但暗处为非作歹，油滑刁钻。内圆外圆和内圆外方，都须引起人们的警觉。唯有内方外圆，才是为人处世的理想境界。到达理想境界确实不易，难在原则性与灵活性的相反相成。搞变通勿失原则，讲原则切忌僵化，这叫把握有度。

讲"度"，过度与欠度都不好，要的是适度。有个老木匠，接过祖传的手艺，一干就是大半辈子。经他出手的家具，件件都是精工细作、货真价实。他这人"外圆不足，内方有余"，从不昧心赚钱，固然是好，但因不善经营，对外欠"圆"，任凭吃苦耐劳，也只能过着清贫的日子。儿子不肯从艺，出外闯荡发了财，再也看不惯老爷子的死板，就劝说："凭爹的本事，赚大钱还不容易？只需做点手脚，谁都瞒得过。"老爷子接过话茬，只回了半句："可我总瞒不过自己"，就拒绝了他。儿子与爷相反，是"外圆有余，内方不足"，恰因善于蒙骗，对外"圆"过了头，终了还是把生意做砸了，工商局把他罚个精光。总结父子的经验和教训，爷俩都有省悟。他们双向互补，内方外圆，终成富裕。

原载 2005 年 12 月《思维与智慧》

成熟的另一面

谁都盼望成熟。可是，一旦完全成熟，又意味着什么？

我有过一段难忘的经历。1960年大学毕业，我被分配到新沂县窑湾中学工作。时当三年困难时期，粮食非常紧缺，饥饿威胁着万千人家。师生们开垦骆马湖荒滩播种小麦，期盼成熟时多打些粮食。为了让它熟透些，迟迟不肯开镰。庄户出身的老校工很着急，郑重地提醒："八成熟，九成收；九成熟，十成收。"要到"十成熟"，那就"一成丢"了。可惜，只因收割太晚，麦子过熟，许多颗粒硬是抛撒在地里了。将要到口的粮食，眼睁睁地化作一场空，谁不心疼？这个遗憾倒是让人体验了平凡的哲理，农谚揭示出"生与熟"的科学辩证。

诗人孙静轩也呐喊过："不要成熟，不要成熟。熟透了就会凋落、干枯。不要摘它，让它挂在枝头。半是甜，半是酸，半是生，半是熟。留给你一些期待和幻想，保持一些神秘的诱惑。倘诺把它摘落，连同你的幻想和希冀，将永远沉没于腐烂的泥土。"的确，"成熟"的字眼儿发人深省。成熟是生长的尽头，活力的终止，从此再无开拓、进展。由于成熟的来临，将使无尽的期待，转成有限的存在；那丰富的幻想，也即化作唯一的现实。"生"虽然不好，但总有希望；"熟"，赢得了一时满足，却就此绝望。

人世间，对人的评估也重视成熟。通常说的成熟，是指思想品德、学识才干及涉世谋略等方面的完善程度。"成熟"，常遭世俗偏见的歪曲。例如，大凡直言不讳的"炮筒子"，舍身碰硬的"刺儿头"，好打不平的"管得宽"，敢开顶风船的"冒失鬼"等，这类人物通常被视为"幼稚""不成熟"，在选贤任能的时候，往往不被赏识。但当他们屡遭碰撞，挫掉了锋芒、棱角，变得圆滑了，抛弃了坦诚、质朴，变得世故了、城府了，反而被戴上"成熟"的桂冠。至此，当初的人格价值，还能留下多少？

成熟有"度"，太生与太熟都不好。诚然，由生到熟的自然规律不可抗拒，但遵循规律适度调节，延缓成熟期，相对保持"近而未及"的状态也是可能的。影星李保田返乡探亲时，接受徐州媒体记者采访，曾谈到艺术"成熟"的辩证关系。他说学艺无止境，演员的造诣只能抵达相对的高度。就自身修养而论，应该不断保持"眼高手低"的境界。眼，是指艺术鉴赏水平；手，是指自身的艺术技巧。"眼"高了，带动"手"接近"眼"的高度，"眼"再提高，"手"又紧跟上……周而复始，让艺术修养不停地接近成熟，却不穷极于成熟，唯有持久的"待成熟"，才可能永葆艺术之青春。李保田的思辨，对于人生的思考也有普遍的意义。青春，不是年轻人的专利。老与少也是辩证的。青春，不是"年少"的同义词。青春，在于展示生命的活力。青年无志，也会暮气沉沉，未老先衰；老年壮志，也能朝气勃勃，大有作为。为人一世，既向往成熟，又惧怕成熟；既企盼成熟，又拒绝成熟……

原载 1994 年 6 月 5 日《彭城晚报》

碰撞的民族魂

　　就像语言和民歌一样，民族的性格也是各具风采，甚至大相径庭。有位老友喜爱体育，他总是锁定央视五套观看国际赛事，往往乐得废寝忘食。我问："看什么呀，能有这样大的魅力？"他说："我欣赏的不只是体育比赛，还有民族个性的大碰撞。"他约我作陪观看足球世界杯比赛，还说："你看，美国人的直率，英国人的高傲，法国人的浪漫，德国人的理性，阿根廷人的豪放……他们不同的气质，好像摊开的色谱，那么分明，各显其色！"

　　民族性格，或许就是民族的文化心理特征。常言"江山易改，秉性难移"，民族性格的烙印打在各个人的身上，每遇到适宜场合或某种气氛时，就会自然流露出来。由观赏国际比赛，使我想起这样的一则故事：

　　某国际大旅店，住着来自各国的客人。夜间突然发生火灾，旅客惊恐万状纷纷逃命。据说，不需介绍各人身份，仅凭各自的行为表现，就能够判断他们各自属于哪个民族。

　　瞧，那个宁愿烧焦了眉毛，烫伤了手也不丢舍钱箱子的，肯定是犹太人；那个不顾钱财，在临死关头还亲吻着情妇，赤裸着身体抱起女人冲出火海的，肯定是法国人；那个任凭别人慌乱，迫在眉睫，总也不失绅士风度，还要梳理一下发式和胡须，拄着手杖慢条斯理走出险境的肯定是英国人；火焰封门，夫妻二人处于两者必有一死的险境，是妻子决然为丈夫让出逃生的路，肯定是日本人；认定忠孝为本，不顾妻儿哭嚎，抢先驮起老母外逃的，肯定是中国人……

　　尽管故事生动有趣，我却未敢苟同，总觉得有失偏颇。

　　先说犹太人的"惜财如命"。早有这样的传闻：比如做生意的犹太人，当着顾客的面点钞票，点够了数后是不再把票子翻过去的。因为如果还有对方多付的钱，就可以瞒天过海留给自己。其实，如此说法是对犹太人的侮辱。任何民族都有贪婪者，但贪婪的绝不是全民族。由于历史的际遇，犹太人因失国而移居世界各地，谋生的艰难致使他们倍加吝惜钱财，这也是可以理解的。正是这种际遇，也造就犹太人的精明，奋发进取，以求出人头地。鉴于这样的民族心理素质，难怪在诺贝尔奖获得者中，犹太人的比例较一般人高出了九倍！犹太民族还为人类贡献了"三颗杰出的脑袋"——马克思、爱因斯坦和弗洛伊德。犹太人是这样塑造了自己的民族魂。

　　故事中关于日本人的个性表现，也只是古代日本妇女的侧影，对待现代日本妇女是须刮目相看的。随着妇女自主意识增强，日本的离婚率剧增。据报载，在日本平均每四分钟就有一对夫妻离婚，且起诉方多为女方。比较故事里的那种"男尊女卑"，难道这不是社会的进步？日本妇女一改原来形象，那种自立自强、坚韧不拔"阿信"式的女强人，层出不穷。故事中的中国人，丢下妻儿先驮老母逃离火海的情节，仿佛是中国古人的事迹。由于社会的变革，诸如《二十四孝》中的割股疗亲、卧冰求鱼、郭巨埋儿、老莱子耍活宝之类的愚孝，已被现代中国人摒弃。假如故事是说，几代人护送独生子女逃出火海，倒也不失现今实情。

　　中国人的民族性格如何？柏杨等人说是"窝里斗"，还说是"外战外行，内战内行"，一盘散沙。显然，此说错矣。上下五千年，中华民族屡经外侮内患，任何异族的暴力都未曾使之屈服。若无团结、凝聚，岂能永立于世界民族之林？！中国人怎样塑造自己的民族魂，中华民族的文化心理素质，究竟具有何种共性特征，的确是个值得深思、值得探研的重大课题。

　　　　　　　　　　　　　　　原载 2002 年 12 月 29 日《都市晨报》

有心总识金镶玉

"有眼不识金镶玉"，此话颇有道理。我曾经三次游览连云港花果山，对于孙悟空的老家，自以为了如指掌。逢人说起那里的山水物产，风俗民情总是滔滔不绝，俨然"老资格"，无所不知。可是，同刘君谈起花果山时，他问："你看见'金镶玉'了吗？那竹子是个珍贵品种，是花果山的特产。"这下子懵了，我根本就不知道，顿觉尴尬。刘君是中学教师，他带领夏令营的学生只到过花果山一次，不仅认识了"金镶玉"，而且对它颇有研究。相比之下，好不让我惭愧。

当我再次重访花果山时，翻过十八盘，跨过九龙桥，直抵三元宫。怪哉，询问沿途的店家、住户，竟然没人知晓"金镶玉"。有趣的是，在接近水帘洞的山道上，一家摄影社的人回答更是干脆："没有。我在这里土生土长，从没听说过什么"金镶玉"竹，你是找错地方了！"适巧，有个擦肩而过的老者接上了话茬，他"哈哈"一笑，指着路边的竹丛说："真是有眼不识金镶玉，这里可不都是嘛。不过山里的竹子不止一种，"金镶玉"竹唯独集中在这片山坡。"

我上前仔细观察。竹丛碧绿，竹竿修长，乍看与其他竹子没啥不同。细瞅发现奇特——每节竹竿的色彩，周围的金色包裹碧绿色的凹槽儿，简直就像黄金镶嵌碧玉似的；而且各节镶嵌的方位正反交错，越显别致，不愧为稀世之宝。我思忖着，以往登山都是从这片竹林走过的，为什么有眼不识呢？症结在于有眼无心。

既是探访孙猴子的家乡，人们想到的植物自然是《西游记》书中所述的"四季好花常开，八节鲜果不绝。"比如孙猴子爱吃仙桃，花果山所产的冬桃似有仙气，一反常态在寒冬成熟，当然惹人注意。而竹与无花无果、孙悟空没有关系，自然不在人们关注之列。再之，这种竹子在外地尽管稀罕，但在产地，当地人与它朝夕共处，司空见惯反而视之寻常，并不在乎它的存在。由此，我想到前人的告诫，诸如有眼无珠、熟视无睹、视而不见，以及身在深山不识宝，那些词语的意思，推究起来，它们无不揭示人间的教训。

查阅"有眼不识金镶玉"的典故，我在辞书里发现与它并列的一条谚语

"有眼不识荆山玉"。两者大有相辅相成、异曲同工的妙处。相传，春秋时代楚国有个名叫卞和的人，他在荆山上发现一块玉璞（包着一层石质的玉璧），便向楚厉王荐宝，却被认为以假充真。楚厉王判处卞和犯有欺君之罪，砍掉他的左脚。楚武王即位时，卞和再次荐宝，仍被认定欺君，他又被砍掉右脚。至楚文王即位，卞和抱着那块玉璞哭了三天三夜，哭干了眼泪，哭出了血。文王感动，问他是否因为失去双脚而悲伤。卞和说："不是。我悲伤的明明是玉璧，却被误认为石头。本来是好意，却被指控为欺君！"文王有所领悟，派人凿去外表的石质，发现其果然是块价值连城的玉璧。

其实，金镶玉也好，荆山玉也罢，大凡指责有眼不识的真谛，皆为以物喻人，意在阐明如何识别贤能的道理。

原载 1987 年 6 月 16 日《人民日报海外版》

张成珠随笔选

品淡

淡，耐人品味。

通常的感觉，淡就是缺少味道，"淡而无味"是对品尝对象的否定。而"大味至淡"的厨艺箴言，却说滋味的追求待到淡时才适宜。例如，一场丰盛的筵席，几十道大菜道道滋鲜味美。大家初尝时无不兴致勃勃，可是，几道大菜过后便觉得兴味锐减，仿佛打翻了五味瓶，酸甜苦辣咸乱搅一团，腻得讨厌，再也不肯多吃一口。最终，多亏加上一道"清水马蹄"（荸荠），才又激活大家的食欲。相比宴中的山珍海味，这道菜纯属"贱货"，反倒博得一致的称赞——爽口，爽口，还是淡的好！

饮水也是这样，尽管世界名牌饮料多不胜数，广告也都说得天花乱坠，但听取营养学家的说法，最好的饮料还是白开水。

淡，富有雅兴。那是一种独特的美，不浓烈、不华贵，却真实朴素而长久。对淡的品味，远远超越了美食的领域，历来是广泛的生活课题。比如天气，疾风暴雨给人的刺激固然强烈，却不像风轻云淡那么的宜人。放眼艺术，领略美的意境，首要的就是心态淡然。"心淡境自妙，意到不求工"，说的就是这个理。浓墨重彩的巨幅，往往抵不上淡雅溢韵的小品。工艺之美，总是宁要质朴无华，不要刻意雕凿。文学写作，初学者往往热衷打造华章丽句，追求到的美却是肤浅的，沉迷于孤芳自赏的作者，哪知过度的修饰会使读者厌烦。文坛泰斗巴金终生笔耕，老来喊出的心声就是："文章唯造平淡难。"鲁迅在《集外集》序言中说："中国的好作家是大抵'悔其少作'的，我在自定集子的时候，就将少年时代的作品尽力删除，或者简直全部烧掉。"这种现象，也不独中国为然。

形容感情，有热情似火之说。推究起来，火烧得越旺烧得越尽，炽烈过后剩下的是一堆死灰。为人处世，则是以淡然为贵。情侣年轻时的热恋，那般的浪漫固然美好动人，而最为感人的还是夫妻偕老恩爱如初，相互搀扶着迎接晚霞余晖。热恋中的情人，都会山盟海誓地相许，仰对上苍作过百年好合的承诺，后来的离散却屡见不鲜。热恋时莫忘冷静，热凉之中，浓淡之间，需要适时的互补与转化。浪漫的激情与过日子的踏实，不该是水火难容的事。

君子之交，看重一个"淡"字。冰心老人的家里，珍藏着一副从祖父手中传承的楹联："穷达尽为身外事，升沉不改故人情"，意在淡泊与守恒。高尚的人品，不图外在的辉煌，但求内在的卓越；冷眼看待繁华，畅达时不肯张狂，挫折时不感失落；不贪图虚荣、不屈从钱财、不献媚权势；从从容容、坦坦荡荡，平平实实地度过一生。

"文革"时的一则往事，让我至今难忘。有个领导干部被打成"走资派"。他在战争年代留下枪伤，体弱多病，经受不住连续批斗。原先亲近他的人，陡然疏远变得陌生，不再理睬他。唯有两个人同他不离不散，一个是结发妻子，一个是贴心老友。每逢批斗，俩人总是到场暗中保护，批斗过后，俩人便搀扶着他回家，关爱一如既往。当他官复原职，那些装作陌生的人又格外地亲近起来，套近乎的模样令人作呕。而在危难中关爱他的俩人，依旧一如往常，从无所图。人格的特质，就像月季的芬芳，诗词赞美的那样"此花无日不春风"。美的质朴，是淡化物欲之后流露的真爱；美的持久，是排除世事干扰时自我品位的坚守。

央视的《艺术人生》栏目，播出过崔永元专辑，其中探讨的"品淡"，确能让人有一番领悟。崔永元主持的节目红火之后，自己的名声也跟着红火起来。他的母亲是这样教诲的："孩子，你可以红火，还可能更红火，但终有不红火的时候，你要有个思想准备。"

崔永元的思想准备是："绚烂至极，归于平淡。"这句名言，出自九百多年前苏轼复信侄儿，表述老期将至时的省悟。崔永元的可贵，是借助先贤哲思，及早看见了人生的前景。风华正茂，在红火当头的时候就要保持清醒。一时的光环不可能笼罩一生。一茬茬红火起来的名流，都不会永立巅峰。古时"江山代有才人出，各领风骚数百年"，时代前进的节奏加快了，今人已是江山代有才人出，各领风骚没几年。人是匆匆过客，终将被世人淡忘。甘于平淡，才应是智者的选择。

原题《品得淡来味方浓》

原载 1998 年 1 月 8 日《人民日报海外版》

后改题扩写

说猫道狗

猫和狗常被当成宠物，撇开宠爱看猫狗，才发现这些小动物的超凡灵性。世上有一种偏见，说"狗是忠臣，猫是奸臣"。也许因为，狗向主人不仅善于摇尾乞怜，献殷勤，而且常随主人赶热闹，守护着主人逞威风。猫却不会这些，由于它白天好睡，少偎人，遇到异常就离得远远的，不善为主人效忠，所以常常被斥为"懒猫"。

这实在是委屈了猫。它白天贪睡，还不是为了养精蓄锐，做好夜间捕鼠的准备？既然要尽职尽责，何必虚伪讨人欢喜？总不该忙于白天的讨好，夜间睡觉，放弃捕鼠吧？据悉，每只老鼠平均一年要糟蹋 10 至 12 公斤粮食，而一只能干的猫在一夜就可捕捉 20 多只老鼠。它一年为人类保护了多少粮食，可想而知。

据科学观测，为适应捕鼠的需要，猫在生理上还有特殊的功能，在弱光下可以放大瞳孔，获得超常视力。难怪，那双眼睛在白天好似无精打采，至黑夜竟像夜明珠似的，洞察一切。它的耳朵可以转动，能根据细微的声响，判断老鼠活动的方位。它的脚底生有脂肪层，尖爪缩于内，行走无声，使鼠不能觉察；待到出击则张牙舞爪，勇猛无比。猫何"懒"之有？尤其可贵的是，它从不居功自傲，总是悄悄地忙碌。

不过，也确有懒猫，那是被人当作宠物惯坏的猫，宠它养尊处优，使之失去了捕鼠的天性，全是人的过错。这样的猫反倒不被指责"懒"！而且大千世界无奇不有。非洲有一种毒鼠，一旦被猫追逐就释放毒气，猫闻到毒气顿时瘫倒，老鼠乘势反扑，把猫咬死吃掉。这些因捕鼠而献身的猫，无亚于同猛兽搏斗而伤亡的猎狗。可是，因为人的孤陋寡闻，却把"鼠吃猫"引为笑谈，反说猫的无能。猫蒙受的委屈太多了，难道不该甄别吗？

狗对主人的忠诚，是有目共睹的。义犬救主的佳话屡听不鲜，还是说别的故事。在意大利米兰，有一只狗每天准时地到车站的出口，迎接下班归来的主人。它耐心地等待，眼睁睁地望着火车进站，瞅着下车的乘客和乘务员全都离站而去。列车空空的，仍不见它的主人，它才垂头丧气，拖着沉重的尾巴怏怏离开。倘若盼望已久的主人突然出现，它一定会是摇尾迎去，亲昵依偎的。可是，十二年前它的主人就死了，由于对主人的忠诚，它竟然十二年如一日，天天到站接迎，期待着一个不归人。

与此相反，人对狗的情意倒是显得逊色。有人养了一只狼狗，那狗有点丑，体形过大，吠声扰人，让他不太喜欢，就不想再养。于是，他把狗装上汽车，送到百里外的地方将狗抛弃。他加速返回，狼狗紧追不上就失踪了。难以预料，过了十几天，半夜里他突然听见撞门声，开门一看，是狗找回家了。饥饿加疲劳，使它憔悴多了，腿上有伤，几乎难能支撑。主人狠下决心，又将它装进了口袋，驾车送往更远的地方丢弃。一路上，只听到那狗的呜咽号哭，到达目的地，已无动静。解开口袋，发现鲜血淋淋，是狗咬断了舌头自尽了。狗的惨死，让其主人痛悔不已。

忠诚的狗，在人的生活中，常被用作比喻。把阿谀奉承、拍马溜须的小人，骂为摇尾乞怜的"哈巴狗"；又把背叛道义、卖身投靠者，骂为"走狗"。对照狗的故事，这种比喻，显然不符实情了。因为这些丑陋的人，只是外表举止像狗，但对主人无狗样的忠心。若将这类人说成了狗，反而辱没了狗的品格。哪里有狗卖身投靠，加害主人的？

义犬救人的故事百听不厌，在意瑞边境的阿尔卑斯山，还发生过这样的故事。每年寒冬，积雪皑皑封锁进出两国的通道，常有赶路人、攀岩者遇上雪崩，滑入雪坑冻死或憋死。为此，圣伯纳修道院用驯养的救生犬，进行搜救巡逻。一只名叫黑蒙的狗，相继救助40人后，有一天深夜，它又从雪窝里扒出一个冻僵的人，就伏下身体给他暖暖。被救者叫华生特，他苏醒后，惊恐不已。那热乎乎、毛茸茸的感觉，难以辨认。是狼还是熊？他来不及思索，当即拔出匕首猛地一刺！黑蒙壮烈牺牲，华生特活了下来。他痛悔犯下的不可饶恕的罪过，黑蒙被葬于修士墓地。41个被这只搜救犬救活的人，包括华生特在内，主动捐献资金，为黑蒙修建了坟墓，立了墓碑，上面刻着黑蒙的功绩。在墓碑的最后部分，华生特还刻上英国诗人拜伦的诗句——你有人类的全部美德，却毫无人类的缺陷。

原载 2005 年 4 月 20 日《徐州日报》

茶馆春秋

　　童时的记忆里，徐州没有像样的茶馆。云龙山放鹤亭开的茶社、云龙公园前身的余窑搭的茶棚，设施都很简陋。来喝茶的只为润湿一下喉咙，歇脚走人，有谁讲究品茶？街头路边的茶摊，卖大碗茶给我留下的印象倒是深刻。大大的粗砂黑釉茶壶，不沏茶叶，沏的是晒干的桑叶或榆叶，散发出扑鼻的草木清香味儿。一个大子儿一碗，走过茶摊撂个子儿，端起来"咕嘟嘟"灌下肚，解渴，真爽！徐州人缺少闲情逸致，就连饮茶也显得粗放。

　　小学毕业，我随伯父迁居苏州。20世纪40年代的苏州，就有许多茶馆。水乡之城所谓"人家尽枕河"，前门临街，后门是埠头，河流与街道相依，纵横交错，相交处有桥，桥旁大多有个茶馆。品尝茶香，咀嚼乡土风情，苏州的茶馆完全不同于老舍笔下的北京茶馆，没有京韵味，只有水乡江南的秀色。

　　苏州人不说喝茶、饮茶，说"吃茶"。市民有吃早茶的习惯，早晨的茶馆，来客总是满满的。吃茶的人要吃的点心，茶馆出售特制的生煎馒头、芝麻烧饼，那叫"茶点"。清闲的主儿，来这消闲、娱乐。有人献艺，唱评弹的、说大书的，都能让人销魂。

　　斗转星移，跨入21世纪。撇开少年的记忆，再来察看徐州的茶业，禁不住地让人惊叹——徐州茶馆毫不逊色。这座以兵家必争之地著称的古城，如今也变得儒雅了。茶馆行业方兴未艾，茶馆里充满文化气息，那种风韵又与苏州迥异。略举几例，与君共赏。

　　"淡水码头"竟是一家茶馆的字号，旁注"书吧""茶社"。室内除摆设茶具外，还有图书陈列。友人相约，前往品茶，赏阅名著，问起他们的感觉，答话引用了一副茶联："茶亦醉人何必酒，书能香我不须花。"，这是在座茶客无不赞赏的境界。这时端起杯子品茶，体会店名"淡水码头"的"淡"字，更觉意味深长。现代生活节奏加快，辛劳奔波的人们有如远航的船舶，每日忙碌过后，着实需要停靠码头，增添补给，休整续航。茶馆的老板使用玻璃杯为客沏茶，面对杯子，但见开水冲下，茶叶上下翻腾，叶片儿沉沉浮浮，舒展开来，清澈的水因茶而绿，碧绿的茶因水而明。仿佛每片茶叶有如滚滚红尘里的芸芸众生，这小小的茶杯，就像一个大千世界。难怪人们常说"人生如茶"……

牌楼附近的一家茶馆，曾经为本市著名画家安排用于国画作品展销。茶厅敞亮，作品陈列四壁，既增添室内文化氛围，又方便观赏。身倚茶座，手捧香茗，边品茶、边赏画，显得从容、轻松，你可尽致寻味笔墨，探研技艺，亦可借用茶案，摊开宣纸临摹或创作一展才情……

市内街坊、名胜景区多有茶馆。茶叶的经营，似乎也构成一道风景。户部山下茶街入口的横额是："茶的世界。"联语是："为健康人生加力，给时尚生活添彩。"各店皆以佳联替代广告，一家是："一品人育一品茶，一品茶敬一品人。"有一家的两间店面，一间专卖茶具，一间专卖茶叶。联语竟成三联："茶具茶壶茶海，福天福地福人，清茶清水清心。"中间的那一联，妙在既为下联，又为上联。如此景象，对比早年印象中的大碗茶情形，隐约感觉历经征战"武"化了的古城，现在也"文"化了起来。

原载 2013 年 3 月 30 日《彭城周末》

家乡的端午节

从幼年记事起，端午节就给我留下深刻记忆。年年佳节的美食轮流转，中秋月饼、重阳花糕、春节祭灶糖，轮到端午就该吃粽子了。年年佳节都有好吃的，还有好玩的。徐州的这些民俗节日，唯独端午赶庙会特殊。徐州庙会也是轮流转的，先赶云龙山庙会到大士岩拜观音，再赶泰山庙会去拜"泰山奶奶"，独有端午的特殊，赶的是"五毒庙会"，拜的是"五毒老爷"。那座庙不是在山上，而是东关的慈济庵，老百姓都叫它"五毒庙"。端午节的种种全跟一个"毒"字挂了钩。于是家家门上都插着艾叶，妈妈还用艾叶烧水，给孩子们洗个澡，消消毒……

年年端午，今又端午，期盼来的，好像并不是吃粽子、洗艾水澡，倒是由它寄托的对先祖精神的一种敬畏。长大以后，对端午的事儿懂得多了。端午又称"端五"，原为汉民族的传统节日。据悉，中国56个民族有36个民族共过端午节。而且，这一天也是韩国的传统节日端午祭。韩中两国先后申遗成功，端午祭和端午节也都成为世界共同的文化遗产。中国端午节的意义有两方面，一是纪念屈原爱国忧民的伟大精神；二是倡导夏日的"避五毒"保平安。常言说"越是民族的，越是世界的。"而民族文化扎根于乡土，各地民俗总带有地方的气息。那么，就来寻味徐州端午的习俗吧。

"南蛮子，北侉子，徐州是个楝喳子。"不南不北、倚东朝西的徐州，具有兼容并蓄的特征。先说粽子，它是端午独有的标志性美食，渊源在战国时代。楚秦争夺霸权，屈原很受楚王器重。他倡导举贤授能，富国强兵，主张联齐抗秦，由此遭到上官大夫靳尚为首的守旧派反对。不久，秦国攻占了楚国八座城池，派使臣请楚怀王去秦国议和。屈原看破秦王阴谋，冒死进宫陈述利害，楚怀王不但不听，反而将屈原逐出郢都，流放到沅、湘流域。流放中，他写下忧国忧民的《离骚》《天问》《九歌》等不朽诗篇。楚怀王去秦国赴会，一到就被囚禁起来，悔恨交加，忧郁成疾，死于秦国。楚顷襄王即位后，秦兵攻楚，京城郢都陷落。屈原在流放途中闻此噩耗，心如刀割，万念俱灰，于五月五日，在写下绝笔《怀沙》之后，投汨罗江而死。人们纷纷来到江上，奋力打捞，为避免鱼伤害他的尸身，便投放米饭喂鱼。后来，人们追念他的殉难，由投米饭演变为各地吃粽子来纪念。虽然都是粽子，各处的粽子却因地而异。

从前徐州粽子除用糯米外，还用当地产的有黏性的黍子，显得另有特色。至于口味，早有"南甜、北咸、东酸、西辣"之说。徐州包的粽子，蜜枣甜味的居多。枣粽谐音为"早中"，意在读书的孩子吃了可以早中状元。为图吉利，过去读书人参加科举考试的当天，早餐都要吃枣粽。至今，中学、大学入学考试日的早晨，有些家长还延续这个习俗。除枣的甜味，粽子还有包山楂糕酸味的、包腊肉咸味的等。粽叶多为苇叶，也有用姜叶的。粽子的包法多用棉线绳捆扎，也有改用蒲叶破开为绳的，更有免绳的。其是用针锥将苇叶尖尾穿入粽体捆实固定，纯天然更符合环保要求。粽形有三角形的、斧头形的，借鉴外地经验各显技法，不一而足。端午的早餐，除了粽子还吃白水煮独头蒜和鸡蛋。民俗说："吃了端午蒜，一夏无灾难。"鸡蛋比作龙蛋。当年为避免蛟龙咬伤屈原，而防患未然，先把龙蛋消灭。

端午除了讲究吃，还有很独特的装饰民俗。这一天，家门悬挂艾草和草蒲，意味消毒避邪。古时候，人们认为五月是毒月，五日是毒日，五日的中午又是毒时，居三毒之端。端午节又叫"五月端"。初夏时节，多雨潮湿，毒虫滋生，人容易得病，这两样药草可以起到一定的防病治病作用。端午家宴要饮的雄黄酒，也有杀菌消毒的功效，是买来中药雄黄用白干酒配制而成的。除饮用，喷洒还能防止毒虫出没。"五毒庙会"有别于其他庙会的，是"香包"特别引人注目。百姓人家也爱自制香包互赠亲朋。外形俊俏，内填的香料是中药配成，其中包括藿香、茴香、肉桂、薄荷、沉香、檀香等。香气平和而长久，也有驱毒虫、避瘟疫的效果。布老虎也有显威避邪的意趣。除此，端午还有穿戴五毒衣、五毒鞋的习俗。

原载 2015 年 6 月 20 日《都市晨报》

楹联商用见儒雅

今年春节，可口可乐饮料公司的促销活动别出心裁，从南方沿海北上贺岁拜年，向千家万户赠送精美春联。有的是："新春新意新鲜新趣，可喜可贺可口可乐。"有的是："春节家家包饺子，过年户户放鞭炮。"横批是："可口可乐。"虽然明知是广告，但因楹联充满喜气，且形式精致，许多人家还是甘愿贴上大门。这么一来，一贴就是一年，不知不觉就为可口可乐做了义务宣传。

当然，"楹联促销"绝非洋人开创，我国自古有之，且不乏成功之例。不过那只是用在商家自己的门面上。联语富有文化内涵，且带广告性质，让艺术魅力诱人解囊。如绍兴的咸亨酒店，门前站着孔乙己塑像，店里写有"小店名气大，老酒醉人多"的楹联。此店借助鲁迅名篇，扬名世界，所售陈年黄酒又是绍兴特产，慕名而来的人，赏联助兴，能不一醉方休？店家生意自然兴隆。

高品位的店联，绝不是"生意兴隆通四海，财源茂盛达三江"；"诚招天下客，义纳八面财"之类的空泛作品。好楹联，好在具有针对性，因显示店家风格特色，而耐人寻味。20世纪30年代年代的天津，有两家租赁图书的店铺，不仅营业竞争激烈，店联也互相攀比。夏记书局以租赁言情小说为主，楹联写道："云若笔下舒柔肠，引红杏出墙，春风回梦；恨水书中寄遐思，结啼笑姻缘，情海归帆。"语意切合该店实际。刘云若和张恨水是当年名噪一时的言情小说家，有"南张北刘"之誉。店联将作家名字及其代表作品的篇目嵌入联内，巧妙非凡，远胜广告。竞争的对手田家书屋也不示弱，当即特请名家撰联抗衡，一比高低。联语显示章回小说的优势："一页故纸，写尽多少世态炎凉酸甜苦辣；数册残卷，叙完几回人间沧桑悲欢离合。"其亦赢得读者好评，引来更多顾客。

无锡的餐饮业，曾经有过这样的趣事。清朝末年，政治黑暗，民不聊生。一家酒店惨淡经营，濒临倒闭。某秀才为之撰写店联："东不管西不管酒管，兴也罢衰也罢喝罢。"此联感慨酒店的艰难境遇，倒也切中时弊，道出百姓愤懑，因而激发了酒兴——管它这呀那呀的，只管喝罢，一醉了事！情绪所致，酒客陡增，酒店大发其财。

各地剪刀专卖店的楹联招牌，大多是借用著名老字号"王麻子"店的："剪裁奇妙随心动，斩切艰难任意行。"上联说的是，裁缝得心应手靠的是一把好剪刀。下联说的是，厨师剁骨切肉凭的是一把好菜刀。广而化之，千家万户过日子，谁都少不了这样的好工具。

如今逛街，偶尔也遇妙联。有家饭店瞄准大众需求，专卖家常饭菜，联语云："别看寻常无奇品，只要适口即家珍。"又将店名"好再来"权作横批，悬挂在上。饭菜适合大众口味，经营又讲信誉，果然顾客盈门。

许多历史文化名城的商业区，如北京的大栅栏、南京的夫子庙、苏州的观前街等，大凡老字号亦多请名家高手撰联献艺，佳联配老店而成传世之作，以此显示老字号形象和品位，促销增效。这番情景，也造就一种文化氛围，满足了顾客艺术欣赏的需求。商家楹联是艺术品，不是广告而超越广告。店家的风格、商品的特色、经营的承诺，皆由佳联妙语弘扬传播。以自家门面为载体，由楹联直接广而告之，既节省广告投资，又制作方便，这种独特的方式和效果，是任何广告不可取代的。从总体看，普及商家楹联，就是在街市构筑一道人文景观，弘扬文化传统，服务现代经济，为都市添彩，何乐不为。

原题《自家门前做广告》

原载 1998 年 5 月 29 日《人民日报海外版》

纷呈异彩的井

　　自从用上了自来水，我们的生活逐渐与井告别。当年徐州城里星罗棋布的水井，已经消失殆尽，但至今总还有些水井不可忘怀，有的井仍然产生着深远的影响。

　　彭祖井是彭祖文化的一个组成部分。从唐代的皇甫冉到明清时代的马蕙、刘庆恩、陈文赍，不知古代有过多少诗人曾以《彭祖井》《彭祖观井图》为题，抒怀吟颂，留下了作品。古诗夸赞那井水"延年如玉液""调鼎献明光"。徐州以彭祖命名的古井有两处。一处在城西大彭镇的彭祖庙前。石砌的井壁青苔丛生，泉水清纯，传说帝尧时代，彭祖受封大彭国开掘的第一口水井就在这里。《周书》记载"黄帝穿井""尧民凿井而饮"，井的产生，标志远古先民利用地下水资源的开端。地表水分布不匀，旱涝也无常，洪水泛滥又使饮水污染，危及人的健康与生命。在农耕社会，彭祖率众凿井灌溉庄稼，井中汲水更有益饮食清洁，在当时就是一大德政，展示人类社会的文明进程。另一处彭祖古井，在原统一街北端路西的彭祖祠（又名"彭祖宅"）。明清时代的徐州府志和铜山县志所记，彭祖"尧封之彭城，州城中有故楼宅及井"；"彭祖井在北门子城内，有石刻'彭祖井'三字"，写的就是这里。"子城"，是指古代北门外的瓮城。旧城变迁，祠与井已废。彭祖井的碑石迁至徐州博物馆的碑园，并在碑前新凿一井。兴建彭祖园重修彭祖祠时，于寿山之下又新凿一口彭祖井，它丰富了景观内涵。井，在演变中传承文化，以其纪念意义取代了实用价值。

　　彭祖观井，是一个千古流传的故事，传到唐宋时期，有人用绘画形式表现故事的情节。当第一口井凿成时，彭祖要亲自察看井水的深浅与浊清。毕竟年老，为保安全，他便找来一根绳子，一头捆在井边柳树的粗干上，一头紧系自己腰身，如临深渊、如履薄冰似地站立井边；又在井口上覆盖一只车轮，从轮辐空隙向下观看，真是万无一失。北宋淳化年间，陈靖赴阳翟主簿任路经彭城，见到这幅绘画，非常喜爱，曾为图作铭并序。历经宋元明三代，这幅《彭祖观井图》流传到北京，又被人制成石刻。如今宋画的原作已无踪，明代的石刻图也下落不明，但徐州博物馆还藏有这幅石刻拓本的影印件，朱浩熙的著作《彭祖》一书，收入了这幅画图。品读图的内涵，评说是"通过塑造彭祖谨小慎微惜身保命的形象，诱导规劝世人以彭祖为榜样，立身行事谨言慎行，洁身远害，以此谋取富贵长寿。"画的意境，形象化地展示了彭祖的人生哲理。

老徐州不乏奇特的古井。央视"走遍中国"徐州专辑，是从倒马井探寻"井叠井"奇观开篇的。在老年人的记忆里，原凤化街上清代的二眼井之下，连通着明代的二眼井。深井打水的梢桶，可以在井下井的石台上稍歇再提。文亭街的四眼井、小井涯的卧佛寺井等古井，都探得到井下井的石台石圈、井壁。马市街古井淘淤时，发现井底有古代的民居……这些井尚存的时候看似寻常，不知维护，而当失去之后，才觉察它们原是稀世珍宝，但痛惜已晚！

三省井是当代的一处魅力新井。丰县王沟镇前刘集村，与山东单县朱集镇小张庄村、安徽砀山县刘暗楼镇郭集村毗邻，它们拥有一个共同的名字——三省庄。为解决缺水难题，1992年三庄争相让出土地，联手打了一口地跨三省的灌溉机井。清泉喷涌，汩汩流向干旱的农田，更滋润着三省人的心田。费孝通闻讯，欣然为之题写了"三省井"碑文。1998年，国务院对各接壤省勘界，还将"三省井"勘定为三省界桩。2006年12月29日在三省井旁举办"第一届农民节"，这是全国第一个以12月29日为农民节的举办地（注：自从2005年12月29日全国人民代表大会通过废止农业税决定后，这延续了2600年的"皇粮国税"终于废止，此日标志中国农民的命运开启一个新阶段）。

原载 2009 年 12 月 22 日《徐州日报》

第二篇
浮世之味

谁来铺就人生路

人生像什么？各人的答案大不相同：如梦、如戏、如酒、如诗、如画、如烟、如霞、如歌……凭借人生的感悟，都有自己的理由。而我所赞赏的，还是人生如行路。对于人类的生存状态，曾经有人从总体上概括："人生就是'离开了母腹向坟墓里行进的路程。'少亡的就是这条路短，老死的就是这条路长。所谓好命的，就是这条路平坦；苦命的，就是这条路崎岖。在这条路上，老老实实走的，就是君子；争争斗斗走的，就是小人。不论你怎样走，你也不能不走入坟墓。"

人的出生是由不得自己选择的，但出生在世走向哪里，却只能由自己选择。即便别人为你设定了行程，也看你肯不肯走。凭着各自的人生体验，许多人论说的人生之路，也是见仁见智，寻思起来，受益匪浅。

"人生的路是漫长的，但关键的只有几步。"这是柳青在《创业史》卷首写下的名言。说是走到路口的岔道时，要你定向，选择前往的目标。抉择错了，一旦误入歧途，也就一步错步步错，人生中的输赢成败、恩怨情仇，乃至命运的归结，总是由关键的几步路铸就。"差之毫厘，误之千里"；"一失足而成千古恨"，形容那关键的几步，并不过分。追根究底，也就是怎样的选择，决定了怎样的命运。"既有今日，何必当初。"为免日后悔恨莫及，必须走好当前的关键一步。

"近路，未必是快路。"有一回，我心急火燎似的搭上出租车，说明去处，要抢时间赶到目的地。的哥问："先生，是走近路，还是走快路？"我疑惑地反问："近路不快吗？"他说："不快。下班时间正赶上车流高峰，要堵车的。绕道虽远，反而快。"绕行，果然适时抵达。"宁走十里远，不走一里喘"，说的就是这个理儿。人生的路何尝不是如此？比如文学艺术领域，有些浮躁的人急于成名、成家，想走捷径，恨不得一步登天，而不甘于勤学苦练。学书法的，楷书、行书还写得很差，就龙飞凤舞写起"狂草"；学国画的，毫无写实的功底，就潇洒泼墨来画"大写意"；学写诗文的，连文通字顺、状物表意的初级水平未及，就忙于追求"朦胧"了。以为跨越基础训练，直达高品位，便是快速成功的诀窍。除非唬人，欺骗外行，在行家眼里，他一着笔就会露出破绽。大师们常为此惋惜："走上了邪路，要返回起点重新走正路，事倍功半，积重难返呀！"

直径短于半圆，的确是近路。近可能快，也可能因为受阻反而慢。正面直取的进攻不成，也许侧击或迂回抄后路能够奏效。

"世上的路，不一定走的人越多就越平坦、越顺利。沿着别人的脚印走，不仅走不出新意，有时可能跌进陷阱。"这是一个故事得出的结论。有一个人要过沼泽，试探走出一条抵达彼岸的路。虽然走出了一段路，还是陷入泥潭溺死。又一个人也要穿过沼泽，看到在前的脚印，肯定有人走过，以为跟随走去没错，结果也遭厄运。第三个要穿过沼泽的人前来探路，发现前方的足迹不止一人，信心百倍，再沿前人的路走……后继者目睹重叠的脚印，更是一无顾忌。可是谁都没能达到彼岸。这令人质疑："地上本没有路，走的人多了，也便成了路。"如此形成的路，都是成功之路吗？即使出自名人名言，那也不一定是人生指南。

别人走过的路，固然有参考的价值，但要紧的还是头脑清醒，走自己的路。

"出"字的会意，令人省悟：大山阻挡了前进的路，而出路恰在两山之间。一个汉字，表露了辩证的玄机。疑难重重，总有解决疑难的豁口，高山所以挡不住激流，是有峡谷为之提供了出路。电视剧《特殊使命》，就是一个意料之外、情理之中的故事。由于叛徒出卖，地下党员巩向光被敌人抓捕以后，在艰险的境遇中对党的事业忠贞不渝，屡建功勋。出奇制胜的秘诀，皆是每逢绝路便找到了出路。他打入敌方首要核心部门，利用"灯下黑"的特点，在最危险的地方，寻得隐身之处，而开展情报工作，又是"近水楼台先得月"。运往延安的十部电台和其他重要物资，已经泄密遭受敌特盘查，无处存放。他索性放入敌军的仓库，最危险反倒最安全，避开搜查，伺机运走。"出路"竟然与"无路"相邻。

"敢问路在何方？路在脚下。"电视连续剧《西游记》主题歌的这句歌词，富有哲理。世上没有抵达不了的地方，不论目的地在哪，距离远近，路途就在脚下，人生的旅程总是从脚下开始。真知来自实践，迈开了脚步，路才有实际的意义。漫长的人生路，迎来的自然是"一番番春秋冬夏，一场场酸甜苦辣。"唯有像唐僧师徒四人赴西天取经那样，不畏艰险，踏平坎坷，战胜妖魔，最终才能到达目的地。

原载 2007 年 10 月 24 日《都市晨报》

留白的人生更精彩

欣赏艺术，发现山水画中的留白，深不可测，韵味无穷——是云？是水？是雾？还是隐匿云水雾中的其他？它显示笔墨的功力，让人领悟艺术的含蓄、意境的深邃和美学的追求。

书法是"白纸黑字"的艺术。仅凭黑白两种单色，足以美妙绝伦，其诀窍在于疏密有致。疏，就是留白。疏可走马，密不透风，共同寻味虚实相生的造诣。正是那恰当的空白，衬托出对黑的美好感受。

文学的留白，更是于无声处闻惊雷，细微处见精神。绝妙的意境，总是以无胜有，以微小见伟大的。笔止而意未尽，腾出些许令人想象的空间，却赢得读者的一方世界。一句佳话，可以启迪心灵智慧；一篇美文，能够影响人的一生。思想大于主题，往往是作家们始料不及的事实。

留白，何尝又不是人生艺术。人，活着就得与人共处。在共处的时空里，彼此的留白十分必要。世上有长幼之序、职位之别、男女之异、但人格一律平等，毫无尊卑贵贱之分。所留之白，意味着开阔胸襟、尊重人格、宽以待人。

有无留白，效果大不一样。比如教师上课，那种填鸭式的满堂灌教学，总不如给学生留有宽松的空间，启发学生主动地消化知识，举一反三，开发潜能好。某校举行观摩教学，有位老师讲授"铁杵磨绣针，功到自然成"的典故，在强调持之以恒，刻苦学习过后，特意留出时间，引导学生各抒己见，从不同视角看待事物。有的学生从效率观考虑：如果换个方法，先把铁杵砸碎，然后用小铁块来磨，就会又快又多地磨成绣花针，事半功倍，不是更好吗？又有的学生从价值观出发，提出反问：一只铁杵值多少钱，一根针又值多少钱？不惜代价，用毁掉贵重的来换取低贱的，值得吗？授课教师赞赏学生们的思辨能力，参加观摩教学的老师们，也都认为如此创意授课，真正体现了"教学相长"。

常言道："善待别人，也就善待了自己。"留白是在给人留有余地的同时，给己留出余地。有位男士的婚恋屡屡失败，离婚的理由都是感情破裂。探究破裂的起因，第一次离婚，是他发现妻子仍珍藏初恋情人求爱的信函。虽然不可挽回时光，但初恋的美好，总是终生抹不掉的记忆。妻子珍藏那份隐私，并没有过错，它不该是夫妻感情破裂的理由。男士离婚之后再娶的妻子，是位丧夫的女子。他又发现这位妻子不忘故人，按习俗每年四次祭扫，她总无一漏缺去为前夫上坟祭扫。这让他十分懊恼——我的老婆，心里还装有别的男人，不可容忍！于是他又离婚单过。生活不能没伴，他多方寻偶，力图重建家庭。女子凡了解他的狭隘心胸，无不拒绝。生活给他的教训，就是夫妻相处，不可缺失留白。

人生打拼，劳逸有度。连续奋斗间隙的休整，便是留白。故友吴汝煜是著名教授，荣膺"国家有突出贡献中青年专家"称号，而享年仅有49岁。临终前，我去探望他，看见他原本瘦弱的身子更加消瘦。他不无遗憾地告诉我，一部新著正在排印，怕是等不及看到了；还有一个选题，尚未完稿就被列入出版计划，也已无力完成。他的辞世，向世人忠告——负荷有极限，多添一根稻草，就能压垮一头壮牛。生命的透支，铸成了英年早逝。否则，人生的硕果该是怎样的精彩啊？

美好的留白，与其说是一种艺术，不如说是一种境界。梅兰芳的"蓄须明志"，便是一个范例。抗日战争爆发后，他家居敌占区，身陷逆境。这位终生从艺的京剧大师，便毅然留起胡须退出舞台，闭门谢客，过起隐居的日子。他不惧威胁逼迫，拒绝为敌伪演出，直到抗战胜利，才剃除胡须重返舞台，献艺至终。梅兰芳艺术生涯中的这段留白，如此精彩，无逊于其舞台艺术的卓越。

原载 2014 年 9 月 15 日《徐州日报》

路挤，别踩着人脚

年至八旬的我，走过了大半个世纪的路。眼睁睁瞅着城市路况不断改善，仍未满足交通的需求。如此拥挤，怎么了得？

解放南路是我出行必走的，在户部山下候车，触景生情，记忆深处不由地浮现前尘往事。当年的徐州，"穷北关，富南关，有钱的都住户部山。"户部山这一带商业繁荣，是周边各省的物资集散地。那时，这条古街很窄，宽幅不抵今天解放路的小半，却是城乡交往的主干道，行人如织，拥挤不堪。

年轻时，为生计奔波而匆匆赶路，我总顾不上别的什么。有一回，稍不留神踩了迎面行人的脚。擦肩而过的那人，转身追了上来，笑眯眯地盯着我，慢言轻语地问："先生，硌着您的脚么？"我被逗乐了，但当即觉察失礼，赶忙连声道歉。这位瘦弱的老人，怎受得了壮汉的猛踩？他却毫无怨气，显得十分平和。那种幽默，分明就是一种轻松的深刻，面对着呆滞浅薄，露出了洞察世事的微笑。

古街更名解放路以后，屡屡拓宽，由两车道变成四车道，再变成六车道。从前代步的骡马车、人力车早已消失，各类汽车、公交车代之兴起，路况仍然拥挤，踩脚的事儿仍会时有发生，有两个片断让我记忆深刻。公交车塞满了人，有个小伙挤进过道，不慎踩了一位女士的脚。女士出口伤人："眼瞎了么？"挨骂的小伙倒也机灵，微笑地指着自己锃亮的皮鞋回答"您也踩我一脚，消消气"，引发了一片笑声。另一回，急刹车过猛，有人一个趔趄险些摔倒，猛踩了旁人一脚，被踩的那位一声呵斥："德行！"好在有人解围："惯性！不是德行。出门在外都不易，多包涵。"那人不再吭声，才避免了一场争吵。

踩脚这样的小事，本来微不足道。可踩疼别人的脚，不论无意还是故意，总让无辜者遭遇侵犯，甚至承受伤害。推而广之，这类事端如何是好？孔子教诲有方："以直报怨，以德报德。"那位被踩老人的幽默，便是"以直报怨"的诠释——对他人宽容无怨，并以善良的方式让人明白过失，引以为戒。而公交车上的那两个人，却是以怨报怨，对待踩人者是毫不宽容的。倘若真的只为消气而报复，你狠我比你更狠，如此恶性循环，哪有社会的安宁与和谐？相比之下，以直报怨的率直，让人感受到磊落公正的人格魅力、典雅高尚的人生境界。那才是酿造和谐美好生活的真谛啊。

人际交往必有摩擦，踩与被踩司空见惯。遇事讨教经典，一部《论语》说的就是"仁者爱人"，而这四字归结到底，也就是一个"恕"字。"得饶人处且饶人"，算是人们领悟了经典。禁不住想起那条最窄的路——老徐州的一人巷。民谣云："一人巷啊一人巷，一人走来一人让。"针比"狭路相逢不可共世"的心态，这是有力匡正。

生存空间已经"人满为患"，怎能不拥挤？人生进取的路，有着太多的攀比和竞争，拥挤也是愈演愈烈。人生履历，不乏"路窄人挤"的体验。例如职称评定，从20世纪60至80年代因种种缘故被搁置下来。积压过甚，一旦恢复势必众人争过"独木桥"。当时我在一家期刊社任编辑，上级分配给单位的名额，只有一个副高职称。这个"唯一"给谁？我掂量过，非主编莫属。论职务他是领导，论岁数他比我年长，论学历他出自名校且业务特强，思忖再三的我，心安理得地打消了晋升念头。没想到，突然主编亲自交予一份表格，要我抓紧填写，尽快上报。"一人巷"前的退让，正是他那无私品格的展示。

行路难，步履维艰。一些行者的高风亮节值得称颂——有人为成全他人自愿让路，更有人甘作一枚石子，铺路造桥任人踏过。这恰如诗人蓝海文所咏："有痛苦的隔绝/才现出我的价值/不管浪涛险恶/不要着急/踩着我的手/从我的头顶/走过去。"让路和铺路，必定付出代价。在那极"左"泛滥的岁月，出现过"反右"的扩大化，那场斗争在一些单位，要有百分之五的人"戴帽"。曾有一位党支书难于凑数，不愿加害于人，索性就由自己填补了缺额。数年过后，拨乱反正虽然予以甄别，但他吃尽了苦头受尽了罪。问及往事，他倒说来轻巧："这顶帽子总要有人戴吧，我不戴谁戴？"他甘把活路让给了别人，竟然无怨无悔。吃亏人常在，每每念想这位老支书，大家总是拇指一翘："好人！"

简约的字眼儿，道出人生价值的崇高。一切身外之物，都因之黯然失色。

原载 2012 年 11 月 13 日《徐州日报》

恋秋

老伴是在我退休那年辞世西去的。孩子长大了，又小鸟样地离巢另组家庭。独守空巢的我好在喜欢读书写作，倒也不觉得寂寞。但岁月不饶人，无可拒绝老年来临，女儿女婿不放心，就接我过去生活。腿脚不便难远行了，阳台是我散心的好去处。那一隙之地种些丝瓜、梅豆、辣椒，四季运转也有赏不尽的风光。

清明前后种瓜点豆，种子萌芽开始了生命，沐浴阳光，适时浇水，经受风雨洗礼，小苗儿成长起来，直至入秋到达成熟期。俗话说："人生一世，草木一秋。"植物同人一样，越是接近生命完结，越是珍惜时光，都在尽最大努力显现生命风采。这以"夕阳无限好，只是近黄昏"做比喻，是最好不过的。你瞧，那一茬茬花儿竞相开放，又在转眼间变成瓜果，瓜果逐日变大，青椒逐日变红，那么的生机勃勃。有棵丝瓜临近叶枯拔秧的时候，又开出了十几朵花儿，蜜蜂蝴蝶也赶来采花传粉，几天工夫便结成了鲜嫩的瓜纽儿，让人多多地收获……

老友来我家消闲，触景生情，不由地聊起人间的"恋秋"情节。冰心老人曾说："生命从80岁开始。"此话有这样的背景。80岁那年，她患上脑血栓，肢体瘫痪，非常担心不能握笔写作。病情稍有好转，她便毅然学着写字，每天几个字、十几个字、几十个字地练习，终于恢复写作能力，甚至在80岁以后进入第二次创作高峰。她活到99岁，发表作品数以百计。巴金晚年也是笔耕不辍，这位101岁文学巨匠的最后著作《随想录》，是在病床上出世的。杨绛103岁不但出版了她的文集，还整理出版亡夫钱锺书遗留下的七万页笔记。而周有光教授，迄今110岁还没有搁笔。从世俗观来看，这样的作家早已功成名就，还追求什么，何必再去受苦受累？其实，他们留恋人生勤奋笔耕的真谛，恰因看淡了身外之物，才更看重精神上的需求。只要一息尚存，不被任何左右，坦荡地活出性情来，便是无上的欣慰。

徐州的文化界也不乏一些恋秋的老人。日前，市文联举办的"霜叶流霞"百名老文艺家成就展览，徐州报业为老文艺家立传，推出"乡贤名士"文化世纪传承工程，皆显示老文艺家的功绩。徐州文化界步入古稀之年、耄耋之年、期颐之年的人逐渐增多，历数其中的老作家，几乎没有老年终止写作的。

袁成兰，一位78岁的老太，在新著作不断出版的同时，还担任《徐州杂文》和《乡土汉风》两种民办期刊的主编。她经常参加海内外文化交流活动，在俄罗斯参加画展时不慎滑倒摔伤，回国住院疗伤时接到台湾邀请函，又提前出院赴约海峡彼岸。她的劲头从哪来？闲聊谈心，她说起影星黄宗英也是报告文学名家和书法家，书法展览的作品是"征帆不落"，这四个字也许可以概括老人们的共同心愿。

董尧比袁成兰年长，80岁之前早已硕果累累，80岁以后一边照顾老年痴呆的老伴，一边忙于写作。其代表作《北洋兵戈》于2003年出版的时候，记者登门探访，以《笔健人未老》为题报道他的生活状态。跟记者聊起自己的晚年生活，董尧打趣道："七十不留宿，八十不留饭，我今年82岁，已经是让人家不敢留饭的年纪了。"老人虽经历浩劫磨难，但他乐观而执着的生活态度着实让人感动。

出生于1914年的佟苏丹老人，是原徐州市文联主席，这位百岁老人于2011年出版《未悔庵忆往录》。该书记录了佟老坎坷的一生，仿佛就是整个20世纪的缩影。出生于1911年的张绍堂老人，早年曾在市图书馆任职，不仅精通图书管理业务，而且喜爱读书写书，近年著成《徐州十三韵》书稿上下两卷。尤其令人惊叹的是，这位104岁的老人还前往江苏书展现场淘书，并能熟练使用电脑、数码相机，用苹果手机发送短信……这无不令人感悟，青春虽然美丽，但它会随着时光流逝，而青春的心境才是生命里永驻的美景。由青春的心境，铸就人间的"恋秋"。

原载2015年6月22日《都市晨报》

人生如爬山

登山极顶

人生如爬山，人的能力有大小，即便竭尽全力，各人抵达的高度总不相同。抑或你能攀上地球之巅的珠穆朗玛峰，而他只能到达五岳之尊的泰山之顶，而我爬上家乡的丘陵，已是力不从心。瞻前顾后，比上比下，莫骄傲、莫自卑、莫气馁，平衡心中的天平吧！只要努力过、追求过，尽志无悔就是理想的人生。

一群20世纪50年代的大学生相约聚会，当年从起跑线出发时，他们都是风华正茂的姑娘小伙，而今他们早已结束了赛程。歇息在终点线以外的这次聚会，那是耄耋之辈的告慰人生。没谁再会计较进取的名次，没谁再会攀比升沉的荣辱，没谁再会记恨昔日的愤怨；年轻时跟命运的对抗，老来全都和解了。

的确，不论咋活都是一辈子：有的人好运常相随，坦途无阻，一路绿灯；有的人一生坎坷，屡遭挫折，多灾多难，坚韧不拔；有的人置之死地而后生，奋起直追，不甘落伍；有的人过早的辞世，饮泪诀别，命归黄泉……

成功与失败、聚合与离散、赢得与失落、欢乐与悲哀，恰是丰富的阅历构成了多彩人生。爬山再高总有下山的时候，灿烂至极，归于平淡。坦然面对平凡，亦是一种觉醒。

攀登极顶，我想起了登泰山迈过南天门后，居高而思量："仰，无愧于天；俯，不怍于地。"倘如此，人生当无怨无悔。

下山，悠着点

人生如爬山。在职的时候是上山，奋力攀登，你追我赶，总有一种紧迫感。办妥离退手续，仿佛爬到山顶，舒了一口气。领略天地的苍茫、感叹人生的局限，下山的时候，显得从容多了。

老哥、老姐、老弟、老妹，容我道声："悠着点！"

这是人生的大转折，当你卸下肩上的重任，忙碌的工作戛然而止，广泛的应酬到此结束，顿感失落和寂寞时，方才想到生命进程恰似季节的变更：

如不告别争荣的春夏，怎会有丰盛的秋收、满盈的冬储？

下山的路上，在不同的高程，你都会迎面遇见登山的年轻人。那是些锋芒毕露的"初生牛犊"。也许你看不惯：莽撞竟至冒失、高傲竟至轻狂、失足竟至摔倒，幼稚竟至令人不安……别抵触、莫反感，曾记否？咱们也曾年轻，当年你我若何？奉献一副长者的肝胆吧：抑或充当一枚垫脚的石块，托起攀登者的身躯；抑或做一回识途的老马，引导失迷人走出歧路；抑或组织一支"啦啦队"，激励奋进的雄心；抑或论姜还是老的辣，关键时让你再显身手；抑或你已喜悦难掩，由衷赞美"青胜于蓝"。

"人走茶凉"是老人常有的感慨。其实，人既走，茶哪有不凉之理。明智者不仅想到了茶凉，还会料定倒掉剩茶腾出杯子，待后来者使用。"长江后浪推前浪，世上新人赶旧人"，总是亘古不移的现实。

下山了，走过漫长人生路。

待回首：青山依旧在，几度夕阳红。

原载《大风》文学期刊

知止

　　搬进新家,有了一间书房。这是一处精神家园,读书、写作、知己谈心、欣赏艺术、上网微博,其乐无穷。退休以后,我的时光大多是在这里度过的。装点墙面,试拟一句座右铭,求得墨宝以资励志。初定"知足知不足,有为有不为。"后来,老友推荐"知止"二字。虽只两字,足以涵盖上述意义。我选用了知止。

　　为让我颐养天年,女儿购来一张逍遥椅。仰卧荡漾,遐思翩翩,那种感觉,犹如一叶扁舟驶向海天。寻味"知止",那是毕生难得的觉醒。人的一辈子,一味地追求,不歇脚地进取,未必是好。欲望像淌不完的流水,上个欲望的结束,便是下个欲望的起始,波伏浪起永无休止。人的满足从无到有,由少到多,多了还想更多,终极会怎样? 可别适得其反,如俗话所说:望山跑死马,人为财死,鸟为食亡!

　　乾隆皇帝下江南,来到镇江的金山寺。看见山脚下大江东去,百舸争流,随口询问老和尚:"你在这里居住了几十年,可知道每天来来往往能过多少船只?"老和尚回答:"我只看到了两只。一只为名,一只为利。"乾隆感慨不已,点头认同。

　　芸芸众生,疲于奔波,竭尽生命,都因名利驱使吗?

　　许多游览澳门的人总想看看赌场,品尝一下赢钱的滋味。名利的诱惑,势不可挡,世界的著名赌场不止一处,无不触目惊心。作家王鼎钧有过这样的描写:"赌输了不走,赌赢了也不走,因为输时想赢,赢了还想再赢。屡战屡败或屡败屡战之后,先输尽赌场以内的东西,如金钱首饰;也可能输尽赌场以外的东西,如名誉、上级的信任、爱人的约会。于是有人掏出手枪,低下头去,把自己打死。枪声使赌场里肃静了几秒钟,等到尸体搬出去,活人填补了空出来的座位,一切又恢复正常。"西班牙斗牛,在电视某频道也是热播的,斗牛士不仅物质报酬丰厚,而且精神上也荣耀一时。王鼎钧还曾写过:"斗牛的英雄站在场子里,回身接受观众的欢呼和飞吻,冷不防那倒地受伤的牛又爬起来,把斗牛士撞死。死者被抬出场外,血迹斑斑落在沙地上,又一个披挂整齐的斗牛士,迈步登场。"

名利的欲念，可以杜绝吗？我们老一代人，确曾经历过跟名利决裂的年代。那时认定名利就是"封资修"的余孽，手捧红宝书，强调"毫不利己，专门利人"，狠斗"私"字一闪念，要将名利欲望彻底清算。在农村，人民公社一大二公，社员忙罢大田去忙自留地，种点蔬菜拿去卖想得点收益，就被当成资本主义翘尾巴，要来割除。在知识界、科技界有谁沾点名或利，就是走白专道路得挨整……戒除欲望，人人不思进取，社会一片萧条。守望的只有穷困与落后。

其实，欲望本是一种生来具有的天性，也是人类生存发展的源动力。可是，它像一柄双刃剑，既能福人又能害人。成事败事，根源都是它。求名谋利，是人生的一种常态。物极必反，否极泰来，欲望的放纵或节制，注定人的命运。知止，即对欲望的适度把握，"求名务实，求利务正"就是度。

我常在书房会客。有个老友携带儿子前来探望。这孩子我认识，是海归派中的高才，从美国引进，在中科院任要职。"没有欲望，哪有天才？"巴尔扎克的这句话说得没错。正是欲望驱动之下的奋斗进取，而立之年的他已由博士成长为博导，成为"院士"已是今天他梦寐以求的目标。他的际遇，真让长辈羡慕，年轻人赶上了好时代。"人贵有志，矢志必得"再也不是什么坏事。

另位老友前来通报信息。大家熟知的那个飞黄腾达的人物，从基层起步，奋力拼搏，逐级高升，获取市级领导职位之后，又被选优提拔，业绩卓越令人赞佩。可他纵欲失节，"双规"之后，竟然畏罪自杀，一世英名毁于一旦！

欲望，不止名和利，自古就有七情六欲的说法，民间归纳为"酒、色、财、气"。酒指享乐能力，色指性欲，财指利欲，气指权势。但民谚又说："酒是穿肠毒药，但无酒不成席；色是刻骨钢刀，但无色不成妻；财是良心蛀虫，但无财不成义；气是惹祸根苗，但无气受人欺。"朴实的话语，表达深刻的道理。情欲无尽，言行有度。做个好人，守住道德与法纪的底线，取决于"知止"。由福贵佳境坠落罪恶深渊，仅一念之差；人生平庸转向高尚的启动，也在一霎之间。欲望，真厉害！

原载 2013 年 8 月 27 日《徐州日报》

推开那扇虚掩的门

谈及奥运比赛的打破纪录，人们常说其是"挑战生命极限"。百米赛跑纪录，就是挑战人类赛跑的速度极限。自 1936 年柏林奥运会，欧文斯创造了 10.3 秒的成绩之后，以詹姆斯·格拉森医生为代表的医学界便断言，人类的肌肉纤维所承载的运动极限不会超过每秒 10 米。此后 30 多年，这一说法在田径赛场上非常流行，预言男子百米不可能突破 10 秒大关。

直至 1968 年的墨西哥奥运会才打破了这个迷信。在那次百米大赛上，美国选手吉·海因斯撞线后，转身来看运动场上的记分牌，当指示灯打出 9.95 的字样后，惊喜若狂的他情不自禁地咕噜了一句话，只因他身边没有话筒录音，没有人知道他说了什么。在这不寻常时刻吐露的心声，肯定是意味深长的。有个叫戴维·帕尔的记者是个有心人，16 年后的 1984 年洛杉矶奥运会，他决定采访海因斯，追问他当年自言自语地说了些什么。毕竟时隔太久，海因斯被问得一懵，甚至否认了自己的这个举动。戴维·帕尔便打开录像带，再现当年实地的情景，希望勾起海因斯的记忆。果然，海因斯想起了那一刻，他含笑着反问道："难道你没听见吗？我是说，上帝啊！那扇门原来是虚掩着的。"

针对这句话，海因斯解释说："当欧文斯创造了 10.3 秒的成绩后，虽然 10 秒被人断定为百米赛的极限，但我以为仍有冲刺的余地，确信跑出 10.01 秒的成绩还是可能的。为了这个目标，我每天以最快的速度跑 50 千米，强化锻炼，提高成绩。在墨西哥奥运会上，当看到自己创造出 9.95 秒的纪录，我被惊呆了。原来，10 秒——这个大门不是紧锁着的，它虚掩着，就像终点那根横着的绳子。"

自海因斯在百米赛道闯过 10 秒大关，推开了虚掩的门，继而 2005 年雅典超级大奖赛上，牙买加选手鲍威尔以 9.77 秒创造了新的纪录。2008 年北京奥运会上，博尔特更以 9.69 秒的成绩，再次刷新纪录。而日前在伦敦奥运会传来的消息是："飞人！飞人！牙买加名将博尔特以 9.63 秒的成绩夺得伦敦奥运会男子 100 米冠军！这个成绩不仅创造了新的奥运会纪录，也使他成为蝉联奥运会百米冠军的飞人！"

挑战极限，意味着顽强地进取和超越，越是接近极限，争夺得越是激烈。奥运会四年一届，每届百米纪录的创造，则是在百分之几秒的艰难行进中提高的。为了每个 0.01 秒的进取，世界各国的运动员，要付出多大的努力？而挑战极限，连连刷新世界纪录，又屡屡验证着人类一往无前的伟大精神。

推开"虚掩的门"，海因斯的感悟富有哲理。在人生前进的道路上，面临的障碍，往往被认为是难以通过的，但充满信心，奋勇直前，就会发现它们只是一扇扇虚掩着的门。奥运夺冠，可不都是虚掩的门？新中国成立之前，中国人被辱为"东亚病夫"，那时奥运赛事与中国无缘。新中国实现零的突破以来：1996 年亚特兰大奥运会，夺得 16 金 22 银 12 铜，排位第四；2000 年悉尼奥运会，夺得 28 金 16 银 15 铜，超越德国排位第三；2004 年雅典奥运会，夺得 32 金 17 银 14 铜，超俄赶美，排位第二；2008 年北京奥运会，夺得 51 金 21 银 28 铜，作为东道主的我们位列金牌榜第一；刚刚结束的伦敦奥运会，位列金牌榜与奖牌榜第二，共获得 38 金 27 银 23 铜，而这也是中国军团参奥以来的"客场"最佳成绩。

推开"虚掩的门"，海因斯的感悟，对于世人具有普遍意义。在人生追求的进程中，只要坚定信念，切实努力，你会发现前方有许多门都是虚掩着的。不论事业、婚恋、家庭，还是友谊，等等，一扇扇虚掩之门，有待你去伸手推开。踏入新的境地，美好总是迎你而来。

原载 2012 年 8 月 14 日《徐州日报》

"怕"的两面观

心和白,配搭成一个"怕"字。汉字会意的内涵,真的奥妙无穷。没错,在受惊吓的刹那,"刷!"的心里就是一片空白。紧接着的畏惧、恐怖、手足无措,是对空白的填补,随后便是何去何从的选择。

为人各异,有的怕也有的不怕。要说遇到什么都怕,民间的描述绘声绘色:比方谋事时的把握分寸,说是攥在手心的鸟儿,攥紧了怕捂死,放松点儿又怕飞了;过门的媳妇,起床早了怕得罪丈夫,起床晚了又怕婆婆生气。在生活中,那种畏首畏尾、前怕狼后怕虎的人,总是难有作为。要说什么都不怕,就是小秃打伞——无法无天。什么法纪、道德、良心,一概抛在脑后,彻底豁出去了。犹如耍赖的流氓,胸脯一拍:"要钱没有,要命一条!"其实这种"不怕",不论是对自己,对别人,还是对社会,都是可怕的。再有"饿死胆小的,撑死胆大的",说的是"太怕"和"太不怕"的两个极端,都会害死人。做人,不可什么都怕,也不可什么都不怕。两种趋向都会使人陷入误区。

偶听有人发话:"我是××我怕谁?"忘乎所以,胆大气粗,不可一世。这类的大款可以说:"我有钱我怕谁?"他以为有钱可使鬼推磨,有钱就能消灾免祸。甚至用我的钱,买你的权,借用你的权,大赚我的钱。以身试法的结果,必是行贿犯与受贿犯同落法网。同类的大腕可以说:"不仅有钱,我还有名望、有关系、有影响力,我怕谁?"这更是胆大妄为,置法纪和舆论于不顾。可是,法律面前人人平等,公论不以个人意志而转移,较量的结局,只能是遭受法的惩罚,落得名誉扫地。赃官也曾认为"我有权我怕谁?"他忘记手中的权力是人民给的,是用来为人民服务的;忘记了俸禄之外都是赃,于是铤而走险,用权做起了交易。不论是贪污公款、收受贿赂,还是卖官鬻爵、穷奢极欲……蜕化变质的"公仆",难免遭受党纪国法的惩处。天网恢恢,疏而不漏,怎能不怕?生活经验告诉人们:不怕爹娘的孩儿难调教,不怕老师的学生学不好,无法无天的主儿罪难逃。假如人人都是无所怕的傻大胆,不能造就好人,社会还不乱了套!

其实,人生在世应该有所怕,有所不怕。怕与不怕,这对矛盾恰是辩证的统一。警钟长鸣,怕违纪、怕违法,必定奉公守法。怕别人戳脊梁,怕自损形象，势必堂堂正正，光明磊落做人。那么，他们就不怕半夜有人来敲门，不怕警车响声忪人心，不怕法院来传讯，不怕良心受谴责。把握了怕不怕的辩证，端正了人生的走向：从市场走来的大款，那是生财有道、诚信可嘉的儒商；从仕途走来的"官"，那是一身正气，两袖清风的公仆；即便一介草民，也会"位卑未敢忘忧国"，是个守法护法，理直气壮的好公民。

俗语说："心里没病死不了人。"人会被吓死，是人心里有"鬼"，硬是自己把自己吓死的。美国的心理学家曾做过一次科学试验。有个罪大恶极的杀人犯，在执行死刑时，被押进密闭的房间，铐在坐椅上。然后，通知其将用放血的方式来结束他的生命。针头插进了犯人的血管，盛血液的器皿放在他的身后，他看不见血液的流淌，只能听见"嘀嗒"的流血声。恰如汉语"怕"字所揭示的内涵，他心"刷"的一片空白，紧接着的畏惧、恐怖、手足无措是对空白的填补，随后是对何去何从的思考。他自知别无选择，罪有应得，唯有死亡。流血声嘀嗒不止，极轻微，却声声入耳。犯人仿佛沉浸在送葬的哀乐中，面色苍白地死去了。收尸后，待看实况，器皿里没有一滴血。死者听到放血的"嘀嗒"声，是自来水声佯装的。

原载 2006 年 1 月 4 日《徐州日报》

让，凭什么

　　表哥和我，从小就是棋友。那时年少气盛互不相让，记得我们曾因一步棋子，闹腾起来，我一怒之下掀了棋盘，撒了棋子。我向姑妈告他一状，姑妈因偏爱我而训斥他："你是哥，总该让着弟弟！"可他不服："让，凭什么？没有能耐又输不起，就甭下棋！"这话有损自尊，引发了我对"让"的思考。不仅下棋，多年来为人处世，也常钩沉着那句老话——让，凭什么？

　　一则逸闻令我醒悟。清代末年，新疆边境发生叛乱，左宗棠奉命出征。待发时，他深感责任重大，心情不能平静，于是换穿便服出外散步，调整情绪，以进入临战状态。穿过街市，他蓦然发现一块惹眼的招牌"江南第一棋手"。牌下坐着一个摆棋摊下象棋的棋手。嗬，貌不惊人口气倒是吓人。左宗棠不信那个邪，走向前说："来，老夫跟你杀一盘。"棋手端详着这位不速之客，接待入座较量一番。尽管左氏的棋艺在官场赫赫有名，但这位民间棋手怎能知晓来者何人？左宗棠气上心头，非杀他一败涂地不可。棋手果然招架不住，以败告终。第二盘，棋手似乎用尽浑身解数，但求挽回面子，又被打败。左宗棠乘胜挑衅："你要不服，就以第三局定胜负！"而第三局，还是左宗棠旗开得胜。他起身告别，指着"江南第一棋手"的招牌，诚心奉告："还是把它摘下来吧！"棋手摆出一副心悦诚服的神态，当即收起招牌。

　　远征告捷，左宗棠班师回朝。胜利的喜悦，又让心境不能平静，他再次微服外出，调整情绪。途经原街口，他又见那招牌重现眼前。左宗棠诙谐地问："怎么，棋艺长进了是不？冲着这招牌，老夫再跟你比个高低。"棋手笑迎来客，在棋枰上拼杀起来。这一次，棋手露出真相，大显身手。左氏接连惨败了三局，只好服输，却困惑不解其中的奥秘。棋手连忙下跪叩首，恳求左大人恕罪。原来，自始他就认出微服而至的左宗棠，体会待发出征者的心情，怎可挫伤主帅的锐气？出于良知，他故意连让三局，以激励出师必胜的信心。既已凯旋，他如果再让，岂不虚伪；当仁不让，方显"江南第一"英雄本色。

　　大事小事，让或不让，在生活中是时常遇到的选择。有些霎时的决定，甚至生死攸关。在美国"9·11"灾难中，就有这样惊心的故事。世贸大厦即将崩溃，千百人拥向楼道逃生。高层居室的一位盲人，自知无救，坐守待毙。他的导盲犬颇有灵性，倒是拖住他的裤角硬往外拽。怀着一丝希望，他牵着狗走出了门。带路的导盲犬就像发出的信号——请让盲人！请让盲人！……拥挤的人群霎地闪出一条缝隙，导盲犬引着盲人走出了绝境。在我国革命战争的年代，为开辟进军之路，常有一些争先而上的英雄，排地雷、堵枪眼、炸碉堡，他们总是把死难留给自己，将生存让给战友。可歌可泣的事迹，屡见不鲜。当然，日常生活中的让，未必都是这么严峻，选择的仅是一己之利的得失。

　　让，就得善待他人，把利益和好处先给别人，亏待自己。人人平等，我凭什么让他？在平等进取的状态下，当仁不让，理所当然。在处世的天平上，但逢一己之利与大局之间需要权衡。那么，忘我地选择服从国家利益、社会良心，"让"的明智之举，总是无怨无悔。

原载 2005 年 2 月 23 日《徐州日报》

他总欢天喜地

　　游访寺院，常与弥勒佛像不期而遇。那慈眉善目、开怀欢笑的乐天派模样，总会让人浮想联翩。好友三人，相约观赏名画家杨秀坤作品展。欣赏六十多件绘画过后，探问各自的感受，"哪一幅最是牵动人心呢？"不约而同，共识也是那幅笑佛弥勒《一笑解千愁》。笑佛，是百姓对弥勒佛的俗称。

　　人的脸，如同心灵的晴雨表：欢笑则显晴朗，郁闷则似阴霾。笑虽美好，但许多人的面孔，似乎缺少开心的笑、单纯的笑、无忧无虑的和令人陶醉的笑。常见的笑，多是社交性的、礼节性的，或职业性的笑。从那勉强的笑容，读不出发自内心的愉悦和快乐。这恰如赵本山面对观众所言："不差钱差快乐。"没钱不快乐，富有了还是整天板着冷面孔，乐不起来。这究竟为什么？为什么不能一笑解千愁？这可能就是弥勒佛以其博大的情怀，赢得了民族的和世界的皆大欢喜的原因。

　　弥勒佛像也是万千人家喜爱的藏品，荣毅仁家族供奉弥勒佛就曾传为佳话。他和夫人杨鉴清携手度过 60 周年的钻石婚，世纪的风云，人间的沧桑，企业的兴衰，家族的聚散，潮涨潮落，甜酸苦辣，他俩都一起走了过来。他的夫人早年特意购置一尊笑口常开的大肚弥勒佛瓷像置于客厅，尤其体现她的体贴入微，希望丈夫常看笑佛，放松身心。"文革"的十年浩劫，连国家主席刘少奇也都历经煎熬，荣毅仁是民族资产阶级出身的国家副主席，他的日子能好过吗？而他就是凭仗笑佛那样的情怀，调整心态安度岁月的。荣家有一副家训式的楹联"发上等愿，结中等缘，享下等福；择高处立，就平处坐，向宽处行"，以此表意笑佛样的情怀。由这副联语，我想到各处寺院敬奉弥勒佛的楹联，更是千秋百代的名人雅士感悟人生，直抒胸臆留下的传世佳作；逐一品读，不乏真知灼见。

　　四川峨眉山灵岩寺的联语是：

> 开口便笑，笑古笑今，凡事付之一笑；
>
> 大肚能容，容天容地，于人何所不容。

　　上联强调一个"笑"字，笑，在于乐观看待世界。下联强调一个"容"字，要求宽容的接纳，可谓"海纳百川，有容乃大。"以笑与容的这般姿态为人处世，必然益身、益心、利人、利己。

北京潭柘寺、开封相国寺和凤阳龙兴寺共用的一副联语是：

大肚能容，容天下难容之事；

开口便笑，笑世间可笑之人。

上联写"容"，强调"难容"二字，下联写"笑"，又强调"可笑"二字。容，既不是麻木不仁，也不是无原则的谦让。诸如卧薪尝胆以图复国的勾践、忍受胯下之辱以退为进的韩信，当属"容天下难容之事"的典型。而"笑世间可笑之人"所指的人，想必是那些道貌岸然的伪君子，逞强于一时的邪恶者，妄自尊大的轻狂之徒和那皮笑肉不笑的伪君子。这种带有蔑视意味的嘲笑，当然都是智者明察世态的选择，然而佛门倡导的佛之笑还当有别。即便是对于这类人，佛祖也要普度众生，洞开他们的心眼，催熟他们的机缘，使之开悟。容，就容得如此透彻，恶人也是可以改造，重做新人的。

乐山凌云寺的联语别具一格：

笑古笑今，笑东笑西，笑南笑北，笑来笑去，笑自己原无知无识；

观事观物，观天观地，观日观月，观来观去，观他人总有高有低。

这种非凡的气度，显示出为人之道的高风亮节，理应知己知彼，取长补短，自我超越，才是最终获得完善或成功的根本。

弥勒是释迦牟尼的弟子，老家在古印度。弥勒是姓，意译为慈氏，阿逸多是他的名字。在中国五代后梁时期，有一个叫契此的和尚，身材矮胖，肚子奇大。他言语无常，寝卧随处，经常用一根竹棍挑着一只大布袋在闹市化缘。他预言阴晴，为人指点祸福，总是灵验。契此和尚于公元917年圆寂时，端坐在岳林寺磐石上说了四句偈语"弥勒真弥勒，分身百千亿，时时示时人，时人自不识。"后溘然而逝。人们这才领悟，原来这位疯疯癫癫的胖和尚，就是弥勒佛的化身，民间称他"布袋和尚"。福州鼓山涌泉寺的联语，展示了他的世俗风貌：

日日携空布袋，少米无钱，只剩得大肚宽肠，不知众檀越（"檀越"指施主）信心时用何物供养；

年年坐冷山门，接张待李，总见他欢天喜地，请问这头陀（"头陀"指和尚）得意处有什么来由？

昆明华亭寺的楹联倒是别出心裁，尽管为弥勒佛而作，却不恭维弥勒佛，甚至对他质疑，表达异议：

> 青山之高，绿水之深，岂必佛方开口笑；
> 徐行不困，稳步不跌，无妨人自纵心游。

上联指出，山高水深乃客观自然规律形成，与佛的笑本无关系；下联强调，人的旅程通达，要的是自信、自强。这颇有唯物辩证的道理。

许多弥勒佛联语都涉足世事，指点迷津。福建鼓山白云峰涌泉寺弥勒佛前的联语是："笑呵呵坐山门外，觑看去的去来的来，皱眼愁眉，都是他自寻烦恼；坦荡荡看布袋中，无论空不空有不有，含脯鼓腹，好同我共乐升平。"九华山甘露寺的联语是："笑口相逢，到此都忘恩怨；肚皮若大，个中收尽乾坤。"庐山海会寺的联语是："终日解其颐，笑世事纷纭，曾无了局；经年坦乃腹，看胸怀洒落，都是上乘。"……

鉴赏各副弥勒佛楹联，足见其形象体现主题，蕴含思想。从笑佛的欢欣与宽容生发开来，一千人撰写联语，就是一千人的人生感悟。当每副联语让千人共赏，凭着千人各自的生活体验，又必定引发千种联想，步入高远的精神境界。

原题《写到似神恰如人》

原载 1995 年 11 月 7 日《人民日报海外版》

后改题扩写

我是谁？

国外有一则广为流传的寓言：有个老妇人死了，她想进入天堂。守卫天堂的门神验证她的身份，郑重地问："你是谁？"妇人说了自己的姓名，门神指出："姓名只是人的符号，我在问你是谁？"妇人愕然，于是说"我是州长的妻子"，显露出骄傲的神情。门神愈加严肃了，"我不问你的丈夫是做什么的，只问你是谁？"妇人又换了一种欣慰的口气，"我是三个孩子的母亲，孩子都已长大成人，而且很有出息。"门神有些不耐烦了，"我不问你的儿女，仅问你是谁？"妇人好像有点明白，又说："我是经理，还算称职。"门神不满意地摇摇头，"我没有查问你的职业，你只需回答自己是谁？"妇人目瞪口呆，无言可答，被阻挡在天堂大门之外，无处归宿。

寓言揭示的是做人的一种困惑。那么，究竟我是谁呢？这是人人都该认真思考的问题。

《雨花》杂志已故主编叶至诚，有件逸闻令人省悟。他的父亲叶圣陶，是著名的前辈文学家、共和国教育部首任部长；他的妻子姚澄，是著名锡剧表演艺术家、江苏省锡剧团团长；他的儿子叶兆言，是著名作家。别人都是怎么向公众介绍他的呢？叶至诚是这样自述的：在小时候，从记事时开始，别人说"这是叶圣陶的儿子"；长大结婚了，别人又说"这是姚澄的丈夫"；而后，儿子长大，成为新一代颇具影响的作家，别人又说"这是叶兆言的父亲"。叶至诚为此感慨："我这辈子，总是生活在别人的影子里。人生在世，怎能甘为别人的附庸？"

叶至诚凭借亲身的体验，思考一个重大的人生课题：为人处世，要重视自我生存的主体意念。人是社会的分子，不能单独存在。每一个人，都有相互依存的人际关系，所以马克思说过"人的本质并不是单个人所固有的抽象物，在其现实性上，它是一切社会关系的总和。"各种人际关系，只表明个人的处世环境，而非个人的自身主体。马克思还说"人是有思想的存在物"，这又指明人与其他生物体的本质区别。

在任何状况下做人，都不应该忘却自我的主体，不应该漠视人格的存在。现实生活中，隐匿自我，凭关系唬人的事屡见不鲜。比如找人办事，先亮牌子，某某人是我爸，不看僧面看佛面，面子还能不给吗？再如他是某某人的老爷子，你对他的态度要放尊重些，等等。据悉幼儿园里有个小朋友，竟然也向小朋友炫耀出身："我爸是领导，能管你爸。"似乎因此他比别人就高出了一等。老师特此作了批评教育，还提请有关家长重视，切莫助长孩子的不良心态。

高风亮节的美谈也有不少。一位老八路的父亲是老红军，新中国成立以后，这爷俩都身居要职，生活优越，但他们从不溺爱孩子。他们注重对孩子自立自强的教育，待子孙长大时，父亲嘱咐儿子："该去闯天下了，在外不准提你爷、你爸！路得自己走，别忘记你是红军的后代。"当儿子成就一番事业，有人摸清了根底，赞叹说："果然，有其父必有其子！"老子却嘿嘿一笑："那是儿子自己的造化，他是他，我是我，各归各。"另有一位厂长，探听到该厂的一名工人是市机关某领导人的儿子，于是破格将他提拔，结果被人拒绝。工人的父亲诚恳地说："你能教他当个好工人，我就感谢你！"

的确，我就是我自己，那是任何人既不该，也不能取代的。人活着，就该明确人的定位，我常思忖的箴言是："人的一生，不只是当祖父的孙子，父亲的儿子，儿子的爸爸。这三样的程序，即使全做到了，与普通动物传种的义务，也没有什么高超的分别。人总须在立德、立功、立言三件人生最大的职务上，做到一样，才不污辱这个人字。"

原载 2007 年 8 月 15 日《徐州日报》

大写意遭遇

在美丽海岸，有个财主拥有一处豪华别墅。他欢迎画家登门卖画，只要画好，从来不计较售价的高低。闻风而来的画家，挥毫丹青留下了作品，笑纳重金过后，都像王婆卖瓜似的自夸。有的说，这是他的得意之作，代表他的艺术风格，足以领先画坛；有的说，艺术无价，千金难买是满意。只要你喜欢，任凭多高的价位都值！财主爱画却不懂画，只要画家本人说是好画，他都认同，一概装裱收藏。意在为钱保值，增值，况且藏画还标志本人的身价。

一位著名画家不为钱财动心，没来卖画。越是不肯来越有诱惑力，财主就专程邀请画家来别墅留宿，说是主随客便，愿住多久就住多久，只盼留得一幅好画，他绝不亏待。于是，他天天设宴陪酒，时时关照下人用心伺候，备好文房四宝，但愿画家及早动笔。画家倒是闲静，舒缓。每天往海岸随意溜达，归来自斟自饮，也不搭理别人。他日复一日地等候，见笔墨纸砚纹丝未动，虽没催促，但内心烦透。

那天恰逢天气骤变，乌云密布，狂风大作，拍岸惊涛轰鸣震耳。平静的海天霎时变地动山摇，滩涂上那些安宁的海鸟腾空而起，飞舞着、呼唤着，迎接暴风雨的洗礼。画家再不甘于闲静舒缓，急忙忙地迈开大步，直奔海天。归来时，满身湿透的画家不顾换件衣裳，却端起酒瓶一阵狂饮。随之铺开宣纸，潇洒泼墨，将大作一挥而就。风息了雨停了，画家当即不辞而别。财主赶来送客，没见人影，唯见一幅水墨画，平平整整，规规矩矩地摊在画案上等待他接纳。

那画确实独具一格，独具得让财主难能欣赏。土财主遇见高雅难免尴尬，竟至大失所望。他既已认定这是一件蹩脚货，就把它未经装裱直接打入"冷宫"，让它在地下室里一躺多年。

财主珍藏的书画越来越多。为了炫耀收藏者的身价，他特别请来艺术鉴赏家登门鉴宝。如数家珍，一件件地展开检验，聆听赞扬，期待好评，以便为藏品估个价钱。令人惊诧，鉴赏家除了摇头，便是撇嘴，眼神流露出遗憾。询问道：还有别的作品吗？财主这才想起那幅被他冷落的画。打开那画，鉴赏家的眼光曜地一亮，脱口赞出一声"好！"

鉴赏家说这是一幅难得的"大写意"山水，还特别强调"艺术贵在意境"。此画的高贵，全凭巧用笔墨功夫，创造深邃意境。仔细审视那画之后，鉴赏家又说："可惜，收藏不当。上角已被老鼠咬损，画纸上还出现霉斑。不然，真会价值连城的。"财主哑然。

原载 2004 年 5 月 5 日《都市晨报》

微品三章

天真

岁时佳节，总有美食等候。五月端午等来了粽子。

粽子种种，三岁的妞妞最爱吃蜜枣馅的，妈妈预备的材料正是糯米蜜枣。但她发现妈妈所包的粽子，有的放蜜枣有的没放。两类粽子也是分别煮熟的。家人吃饭挺讲礼貌，餐桌席位有别，奶奶坐上座，爸妈坐中座，妞妞坐下座。妞妞又发现，妈妈把蜜枣粽子放到了妞妞跟前，没枣的却递给了奶奶。这让妞妞不可容忍，连忙把两碗粽子作了交换。

妈妈问，为啥要换？她的回答是："妈妈疼妞妞，可妞妞更疼奶奶呀！"爸妈都不理解妞妞的言行。妞妞吃粽子还有发现，粽里有馅，馅里也是蜜枣，不过那枣是去核碾成的枣酱。于是妞妞重新交换，把没放枣的粽子又送还给了奶奶。

爸爸仍然不能理解，问她为什么再换回来？妞妞解释："奶奶缺牙，怕枣核硌着奶奶呀！"妈妈扑哧一笑，点着她的小鼻子，"你啊，人小鬼大，快成人精了！"

愚蠢

程师傅领班的三个学徒工，各自憋着闷气互不搭理，弄得生活不协调，工作不合拍，一班人马四分五裂。他让老婆备好酒菜，特邀徒仁来家谈心，只为解除积怨，增进团结。

大徒弟二徒弟准时赴约，而三徒弟迟迟不到。师傅说："该来的，怎么不来呢？"说话无意，听话有心，这触动了大徒弟的敏感神经，回说："既然不该来的来了，我就走吧！"话没落音，他已起身离去。师傅尴尬无奈，叹了一口气又说："不该走的，怎么走了？"这又引起二徒猜疑，说是"甭怪该走的没走"，也紧跟着走了。

剩下一桌酒宴，没人举盅动筷，空落落地撇下老两口冷坐，不知如何才好。

诙谐

寓言好诙谐。

一只老母鸡的心态极端不平衡，时常发牢骚："我这辈子生下了成千上万的蛋，孵成小鸡的能有几只？还不都是被人吃掉的！"

奶牛听到母鸡的抱怨，倒心平气和："这能算得了什么？那么多的人，天天都喝我的奶。你说，有谁叫过俺一声妈呢？"

原载 1998 年 7 月 8 日《彭城晚报》

惊人之语的探求

我自小就喜爱文学写作，退休以前一直在从事编辑工作，年七旬还没搁笔，年七旬还没搁笔，跟文字算是打了一辈子交道。文学是语言艺术，对美的追求没有止境。乐在其中，也是一种享受。

20世纪60年代初，散文《路》经过反复修改，又请多人过目，自以为完美无缺了，在《萌芽》文学月刊发表时，编辑还是挑出了毛病。通篇改换了一个字，他把"每当夜幕来临"的"来"，改成了"降"，令我钦佩。《窑湾纪水》在《新华日报》副刊发表，改动更妙。文中一节是写渔家友人的："他好像抱着急病发作的孩子，在塘间小道蹒跚地赶路，我问：'孩子怎么啦？'听到喊声他转过身来，这倒让我一惊，'啊，原是一条大鱼！'"编者只把最后一句的词序调动一下，改成"啊，原是大鱼一条！"由于"大"字的提前，突出了意蕴，陡然增色。编者是赵力田先生，30年后，在西安参加全国杂文界联谊会与他幸遇，我忆起往事，感谢"一字师"。赵先生感慨地说："'语不惊人死不休'，是作者与编者的共同追求。"

研究修辞学，见识过"序换"的范例。曾国藩可算得上文采出众的人物，文字却也难免缺憾。他跟太平军作战，起初每战皆败，朝廷要他汇报战况。他在奏折中写道"臣屡战屡败。"军师觉得不妙，提笔改为："臣屡败屡战。"词序稍动，懊丧的败将，霎时变为败不气馁的英雄。1949年云南解放前夕，90多名爱国民主人士被军统特务逮捕，危在旦夕。当时，正准备起义的云南省省长卢汉，急忙给蒋介石发电报说情。但蒋介石回电"情有可原，罪不可恕"，还要镇压。卢汉即找助手李根源设法应对，李根源斟酌电文，提笔改为："罪不可恕，情有可原。"由于强调"可原"二字，爱国民主人士全部获救。

"语不惊人死不休"的"语"字，当然不仅是指词句的推敲，而是一部完整作品的打动人心。文坛诸多现象发人深思。例如，乾隆皇帝是个多产的诗作者，凭其"龙威"，把四万多首诗结集五大卷《御诗集》，成为个人诗集量大的古今之"最"。试问，他有几首好诗？诗坛排位，他算老几？刘邦的《大风歌》只有三句，竟在千古诗坛赢得一席之地。稍有文化的人，无不知晓。亡国之君李煜，留下的词作只有38首，竟赢得"千古词帝"的盛誉。文学是语言艺术，文学作品语言的惊人，总是先要惊动自己，才会惊动读者的。矫揉造作、附庸风雅，只能令人恶心，何必硬要塞给读者。

读者，永远是作者的"上帝"。当然，这个"上帝"非指读者个人，而是读者总体。要想赢得上帝的肯定、赞许，首先是"虔诚"二字。滥竽充数般的糊弄，总是不成的。凡有良知的作者，都在锻造精品，力戒次品留存于世。据《中华读书报》消息，某出版社的编辑几次登门商量，要出版一部《流沙河诗全集》。按说这送上门的好事，是求之不得的，编辑却吃了闭门羹，竟被流沙河坚决拒绝。他绝不让自己所写的"懊悔的诗、肤浅的诗、应景的俗笔，流传误人。"经编辑一再恳求，流沙河说："实在要出版，让我选一百首自己心灵通得过的如何？"他从不认为那些所谓"著作等身"的书，就能被历史留住。历史是个大漏斗，总要淘汰平庸之作！休想制造"文化垃圾"欺世盗名。这种胸襟，大家风范不乏其例。郑板桥在他的《板桥诗抄·序》中曾说："死后如有托名翻版，将平日无聊应酬之作改窜滥入，吾必为厉鬼以击其脑！"言语虽然滑稽、尖刻，倒是吐露他的心声。这是文艺家的一种卓识。李可染治印铭志。一方印章为"废画三千"，程大利解释说："可见大师的决心，不满意的画要被他废掉三千幅，留存在世的自然都是精品了。"

原载 2011 年 1 月 22 日《都市晨报》

蒋纬国在徐州

蒋纬国是蒋介石的二儿子。抗日战争胜利后，他是个少校军官，在国民党装甲团任职，一度进驻徐州。因为身份特殊，又有鲜明个性特征，他给徐州人留下不少的深刻印象。有些逸闻趣事，耐人寻味。

蒋纬国常乘火车去南京，有一次购的是卧铺包厢下铺票。上车刚躺下，上铺票的旅客进来了。那人是位少将军官，见下铺睡的是个少校，当即命令似的说："你起来，到上铺去睡！"

蒋纬国出身德国军校，训练有素，十分注重军纪。听到少将发话，立即起身，"啪"的一个立正敬礼，响亮回答"是！"便爬到上铺。行动之间，少将无意中发现他腰间带着一把十分罕见的袖珍手枪，就要他递过来瞧瞧。

少将玩弄着这把别致的小手枪，欣赏它的精制、美观，简直是件无可比拟的工艺佳作，顿然爱慕不已。于是又对上铺人发话："喂，少校，我喜欢这个小玩意儿，咱们就换了吧！"说着就从皮套里抽出自己的大手枪。

蒋纬国闻声一惊，当即跳下铺来，又是"啪"的一个立正敬礼，为难地回答："报告长官，本当服从命令，可是又难以从命。"少将反问："什么意思？"蒋纬国解释："只因此枪乃家父所赠，还须取得他的同意。"少将又问："令尊何人？"蒋纬国又答："报告长官，家父——蒋中正。"

少将骤然被激出一身冷汗，连忙起身，双手捧着袖珍手枪，恭敬地还给了蒋纬国，也没说什么，灰溜溜地走出厢房，再没回来。

不过，也有相反的情况。常有一些认识蒋纬国少校的将军，因为知道他是蒋介石之子，邂逅时，总是抢先对着这个下级"啪"的立正敬礼。每遇此情，蒋纬国就立正回礼，又总是说："报告长官，按军纪不该这样！"尽管屡次表明他的态度，可是那些将军的习惯依旧。

选自《彭城旧事》文集

恩人，您在哪里

岁月匆匆，我从报社编辑的职位退休已经十多年。往事如烟，逐渐淡忘，唯有一篇文章拴住的一段情结，让我耿耿于怀。

1990年前后，由《徐州日报》副刊编发了一篇纪实短文《恩人，您好吗？》。作者是西安市的一位中年医生，他追忆少年时一段刻骨铭心的经历。那时，他是个刚读初中的孩子，家住安徽省蚌埠市区。只因跟爸妈怄气，不辞而别，扒上火车离家出走。他躲藏在敞篷货车的角落，仰望天空的流云，聆听车轮运行的节奏，感到一种解脱，好像放飞出笼的鸟儿，自由，得意！可是，天色渐晚，气温骤降，当寒冷和饥饿逼近的时候，他开始发觉问题的严重。夜里下雪了，敞篷车一无遮盖，他渐渐地变成了"雪人"，寒风刺骨让他战栗。一天来粒米未进的他，饥肠辘辘，心里发慌。他真的懊悔，从家偷跑时忘记多穿些衣服，忘记多带点吃食。列车终于进入一个大站停住了，他连忙跳下车想去买点食物，哪怕有口热水也好。可他身无分文，即便有钱，半夜三更的也无处去买呀！这个从溺爱中长大的孩子，头一回尝到了饥寒的滋味。出走的时候，他发誓决不回来，离家没过一宿已没法活命了。他想回家，又想到声色俱厉的爸爸："你敢跑，我揍断你的腿！""有种，你就别回来！"而妈妈，只会默不吭声地流泪。

他冒着风雪，沿着铁道边的小道蹒跚而行。走投无路的他，忽然看到前方有盏灯光，那是工人搬道岔值班房的窗口。他扑近了窗户，只见有位老工人偎着火炉取暖，还将饭盒炖在炉上加热，准备夜餐。他馋馋地瞅着，不敢吭声。道岔是禁区，窗外的身影一闪，就被老工人觉察，当即把他逮进屋里问个明白。老工人和颜悦色地听罢他的由来，二话没说先递给一盒热腾腾的饭菜，让他填饱肚子，再扯开床上的被窝，让他暖暖地睡上一觉，直到有人换班才把他唤醒。老工人给他披上一件外套，牵着手带他往站台赶去。又过了些时刻，一列南去的客车驶来停靠。老工人找到列车长，将他托付给车长，再三叮咛送到蚌埠站请人负责跟其家人联系，把事办好。他犹豫地不肯上车，说是"回家怕挨揍"，老工人将他拥进了车门："憨小子，爹娘都快急死了！疼都来不及，哪还能揍"……

张成珠随笔选

以后的情况不言而喻。该文的作者，自愧年幼无礼，当时也没询问老人家的姓名，更没说声道谢的话，甚至没能记住那天的日期。滴水之恩，当以涌泉相报。何况这一善举，关系他一生的命运。人到中年方"不惑"，感念恩德，有如崇敬再生父母。作者希望借助报纸传媒，向老人家道一声好，且探知生活境况，希望有所报答。

该文见报过后，报社收到一位读者来函，是那位老工人妻子所写。她请求编者转告作者，他所思念的老人已经去世，老人就像关爱儿子一样，生前一直惦念着他放心不下。得知当年迷途的孩子，今已长大成人，干好事业，老人在天之灵，也会感到欣慰的……

转眼间，又度过了十多年。编辑部里的这桩往事，时而让我思量。相对漫长的人生，一日一时，只是短短瞬间。而关键的一霎，也能决定人生的走向，注定命运的结局。如果不是幸遇，当年走失的孩子会是怎么样？抑或漂流异乡，乞讨谋生，失去了父母，毁掉了前程；抑或误入歧途，陷入罪恶的深渊，不能自拔；抑或在饥寒交迫之中，早已亡命……凶与吉、祸与福，根本上也只是一念之别、一步之差。是的，仁爱者的善举，在给美好的人间铺锦叠翠。

原载《乡风》期刊

最亲还是老同学

人间重晚情。大学毕业已经50年了，趁着还能行动，临老时的同学聚会愈加频繁。50年前走出校门的时候，我们这群风华正茂的姑娘小伙，犹如从起跑线出发，开展了一场旷日持久的竞赛。而今我们早已结束了赛程，相逢在终点线以外，都成了爷爷奶奶。没谁再会计较进取的名次，没谁再会攀比升沉的荣辱，没谁再会记恨昔日的愤怨；年轻时跟命运的对抗，老来全都和解了。

1957年，陶涛同学曾被定性"极右"，并被打成"反革命"，开除学籍发配青海劳改，他是戴上手铐离校的。如今重逢，他自然成了众所关注的人物。当年代表组织向他宣布处理决定的那位老师，诚恳表示："我深感内疚，这些年来让你受苦了！"而当年组织批判斗争的老支书，一进会场就直奔他来紧紧握手，提水沏茶，敬上一杯说："表示歉意了。"他却说："我不怨恨你们，那场'反右'斗争要有百分之五的人'戴帽'，这顶帽子总要有人戴的，我不戴谁戴？"好一番"历尽劫波兄弟在，相逢一笑泯恩仇"的情怀。甄别以后，他返乡工作，曾历任市人大、市政协常委，在淮安市某高校离休，生活幸福。

当年的潘明玉，一位美丽端庄的姑娘，曾是多少男生倾慕的偶像，而她挑中的"白马王子"偏偏被打成了"右派"，被发配到边远省份。她的毕业分配也就面临这样的选择：要么跟"右派"一刀两断，便可留在内地工作，过上安逸的生活；要么跟他结婚，到边疆安家，在苦难中厮守终生。她选择了后者，为此付出沉重的代价。同学们对她当年的抉择表示敬佩，她却淡然："应该的，应该的，换谁都会这样做的。"恋人已经病故多年，她退休以后返回故乡苏州，安度晚年。同学们去她家探望，发现居室里还挂着丈夫的遗像。她说："爱，我无怨无悔！看着相片，总还觉得身边有伴！"

当年同宿舍的张开桂，竟成了"哑巴"。他指着喉上的疤痕，张开嘴发不出声，又跷起拇指拍了拍老班长杨玉瑞的肩。我不明其意，甚感纳闷。谈心会上揭开了秘密，那是一则情长谊深的故事，延延续续50年。当年大学的教材，全是打印的讲义，杨班长天天忙着分发讲义，顾不上去食堂排队打饭，张开桂就天天打好饭，等他忙完再用餐，四年如一日。杨班长是调干生，经济宽裕些，张开桂家贫常得到他的接济。杨班长是南京人，在无锡工作安家。张开桂在宝应县工作，不幸患了喉癌，想去南京省人民医院手术，去函向老班长求助。杨玉瑞已离开南京多年，南京虽是家乡，他也已人生地不熟了。他陡然想起镇江的李金林之子，在南京做医生，又向李告急。于是，杨李二人联手赴宁做安排，把老同学送进手术室、接回病房，亲切照顾，直至出院才分手。

听罢正班长杨玉瑞的故事，我再讲一段分管生活琐事的副班长谢黛凤的故事。1958 年以后，我国进入三年困难时期，粮食恐慌，人民在饥饿中挣扎。粮食不够瓜菜代，大学的操场也改作了菜地。三餐由两干一稀改为两稀一干，凭票限量供应，大家饥饿难熬。是谢班长发动女同学向男同学捐赠饭票，我大个子大肚皮首先受益，就没挨过饿。当时倒没在意，可是 1960 年毕业以后，我到一所农村中学工作。由于粮荒，许多人患了浮肿、肝炎，甚至死亡。当我身患肝炎住进医院时，禁不住想起谢班长，这才掂量着女同学省吃积攒的饭票，体会其中蕴含的价值。学姐、学妹们，让我怎能不怀念！

骆名咏、蔡素贞分配到连云港工作，她俩亲如姊妹。骆名咏年长，是全年级的老大姐。她没有子女，收养一个小女孩。病重时，养女虽孝但力不从心，就以双倍的工钱雇用保姆来做特护。可是这个特护保姆很不尽责，养女拿她无奈，守着呻吟的母亲流泪。蔡素贞来了，"孩子别哭，有蔡姨在！" 她一怒之下，撵走保姆，担起特护的责任，伺候老大姐，直至送终……

的确，不论咋活都是一辈子：有的人好运常相随，坦途无阻，一路绿灯；有的人一生坎坷，屡遭挫折，多灾多难，坚韧不拔；有的人置之死地而后生，奋起直追，不甘落伍；有的人过早地辞世，饮泪诀别，命归黄泉……老同学见面，掏着心窝，说不完的话。成功与失败、聚合与离散、赢得与失落、欢乐与悲哀，恰是丰富的阅历构成了多彩人生。人生如爬山，山顶再高总有下山的时候，灿烂至极，归于平淡。老同学都在淡然中，品味着人生。

原载 2012 年 2 月 12 日《都市晨报》

温馨的记忆

岁月如流，如流的岁月运载着人生。我由为人孙、为人子、为人夫、为人父、为人祖，而步入暮年。时光流逝，记忆沉积，人生总有悲欢离合，而永恒的记忆，总将不同境遇中的温馨思念不已。

慈母情

我自幼丧父，母亲的养育之恩可想而知，无须赘述。但有件小小的往事愈是遥远，愈加让我感悟珍贵，还当重提。

初中毕业，我考取艺术师范，自此离开母亲出外求学。那时的寻常人家多穿布鞋，布鞋自制的居多。每年放假回家，母亲都做好一双鞋，让我带回学校再穿。有一年寒假，母亲又为我赶制棉鞋。那时经常停电，因老屋特冷，晚上我过早地钻进了被窝。只见母亲点燃了油灯，一针一线地纳制着棉鞋底。灯光渐暗，她也毫无困意，就用针尖儿挑亮灯芯，只顾专心一意地做活。目睹身影，我不由地想起唐诗里孟郊的吟颂："慈母手中线，游子身上衣。临行密密缝，意恐迟迟归……"我劝母亲歇息早睡，她总是不肯。赶在我回校之前，把鞋送给鞋匠将它绱好，不误我穿，在她心里就是一桩大事。我是乘夜车返校的，母亲起床送我出了院门，雪花飞扬，冷风刺骨。我说："别冻着，快回屋暖和！"向母亲告别后，我就离家了。踏着积雪，从巷子走到街口转弯，我禁不住地回眸一望，想着多瞅家门一眼。看到的情景，蓦然让我一惊！我这才发现：母亲目送着儿子离去，不到儿子身影转弯消失的时候，母亲是绝不会闭门回屋的。我看得真切，飞扬的雪花已洒满她的头顶，披身的棉袄也白白的、晶莹的。尽管夜寒，顿觉一股热流涌入我的心头，暖暖的、独一的。而鼻眼间反倒泛起一种酸楚，久久的、深沉的，双眼不由地挂上了泪。而唐诗《游子吟》的后半首"谁言寸草心，报得三春晖"，却由此让我品读了一生。

夫妻情

我是个闲不住的人。编辑工作也注定的忙，不是编稿就是写稿。经年累月的笔耕，我疲惫不堪，别的事儿再也顾不上，好在有个贤内助，生活上林林总总一概任她处理。一锅搅勺子，一床共枕眠，风风雨雨相处几十年，谁还不了解谁？不过，要说了解，倒是她比我更了解我自己。

妻子是个老护士长，啥病都见识过。有了这个"保健大夫"，自然是全家的福分，我从不担心自己的健康问题。壮年时，我曾经不疼不痒地发生了意外。脸色蜡黄，两腮内凹。我的尿液突然变成紫黑色，酱油似的。去医院化验，报告单写的是"全血尿"，那时还没有 B 超技术，未能马上确诊，我真怵。妻子始终陪着我，给我壮胆："别怕，没啥大不了的。"故作镇静，毕竟掩饰不住她的惊惧。我觉察她的眼神总回避人，躲闪之间，瞧见一双湿润的眼，那是她背着我悄悄哭过。

第二天我去医院复查，走在路上腹部左侧突发阵痛。疼痛从肋下辐射，乱箭似的穿透筋骨。我蜷曲着身体，被人扶进医院。妻子在急诊室上班，见我这副模样，就近让我躺在病床上。疼痛厉害，我的呻吟反而使她高兴了。还没细问我的病情，也不说句宽慰的话，丢下我不管，她就去忙别的工作。适逢有个熟人进来，问道："老张咋啦？"她竟开起玩笑，说："临产了，肚子痛呢。"这顿时逗发一阵欢笑，"咯咯咯"将她自己也笑得前俯后仰。我恼了，"痛死人了，你还取笑！"她心平气和地解释："你这一疼，恶性肿瘤的可能就排除了。我断定是尿路结石，也许在肾。疼，表明石头移动了。好事，我能不笑吗？"经医生确诊，果然验证了她的推测。医生采用中药排石，她精心地配合治疗。她从食堂的大伙房捡来许多鸡内金，一一剥洗烘干、研粉配剂给我服用，不久我就痊愈。

子孙情

人们都说闺女就是爹娘的"小棉袄"。我有两个女儿，对于她俩的孝心确有体会。再说女婿，当老伴病故时，老亲家前来吊唁，指着大女婿宽慰地说："这孩子，你就当个儿子使唤吧！"后来二女儿又完婚成家，我虽孤身但不孤独。常言说："一个女婿半个儿。"我拥有两位佳婿，的确胜过有儿子。不是我所生、不是我所养，登门就喊一声"爸！"好亲切。让我怎能不疼爱？大女婿担心我年迈多病，说他的手机日夜开通，有情况随时呼叫，招之即来。有一回由于意外地被激怒，我的心脏病发。同事来救助时，我怕孩子担心，有妨他的工作，就没让告诉他们。不知怎么透露了消息，没经呼叫大女婿就赶到了。虽然症状消除我已经恢复了常态，大女婿还是将我送往医院，仔细检查，弄清了病情。二女婿在上海工作时，我曾陪同一位朋友去办理出国签证手续，人生地不熟的麻烦挺多。他没让我为难，井井有条、亲亲热热地做好安排，外人以为他就是我儿子呢。

这都姑且不用多说，最让我欣慰的还是外孙女儿，那是一段趣事。婴幼儿时，竟已表露孝心。她病了，持续高烧，是妈妈抱在怀里，由爸爸护送到医院注射室打针的。孩子的血管细密难找，眼睁睁地瞅着别的小朋友扎针，疼得噢噢哭号，还没等到给她注射，她就吓哭了。待到护士向她举起针头，她更拼命挣扎，哭喊"我不打针，我不打针……"爸爸妈妈全力控制，无济于事。孩子声嘶力竭地拼命，令人揪心、无奈。还是护士有了主意，当真地说："那好，你不打就给你爸爸打了。"这时，她爸也见机撸起衣袖，摆出要打针的样子。见此情景，她戛然噎住了号哭，改换恳求："疼，别给爸打，就给我打吧。"她哭泣着，并且自动地伸直了小胳膊……

"儿孙是老人生命的延续。"每当洞察孩子的良知，我愈加省悟生活的意义。在继往开来之中，老人们所共同领略的，是一个民族的永生不衰。

原载 2006 年 12 月 11 日《彭城晚报》

死神向她逼来的时候

夫妻都在演戏

相亲相爱 30 多年的妻子王淑贤，突然确诊患了胃癌，一经发现已至晚期。医生为减轻病人的心理压力，就跟我约定瞒着她，口径一致，说是"胃溃疡，急需手术"。妻子是个富有临床经验的老护士长，怎能瞒得了她呀？从那天开始，俺俩都在"演戏"。

当我和儿孙们送她去手术室，就像刑场惜别似的撕心裂肺。她对自己的病情也做了最坏的估计，至手术室门口对我说："看着时间，要是很快就回来，怕是我就完了！"情况果然很糟，没等多久，只见医院的主要负责人都被请进去商量事情。又过片刻，我也被叫进里间的小会议室。主刀医师宣告实情："打开腹腔探查，癌瘤已经广泛转移。不能切除，只好缝合刀口了……"我把进手术室时妻子的话告诉了他们。医师叹息地说："毕竟是护士长，她心里有数啊。好吧，暂且留在手术室，待中午回病房。实情还得瞒着她。"

当她从麻醉中苏醒，12 点 5 分离开手术室后，我和孩子们假作高兴，指着手表说："手术做了一上午，溃疡不轻，胃切除很成功，你就放心吧。"她睁开眼睛瞅着我的神情，没有吱声。

病床的名牌上，故意标着"胃溃疡症"的字样，医务人员在她面前从不说个"癌"字。"参莲胶囊"药瓶上的说明被撕去了。她问这是什么药？我说是人参和莲子的制剂，营养保健药。可是哪有不透风的墙？几天后，她阅读过的报纸放在枕头边，我发现那报上恰有"参莲胶囊"的广告，印着该药适用于中晚期癌症的说明。我慌了，连忙收拾报纸。她平淡地说："拿走吧，我看过了。"她从未提过一个"癌"字；也从未当着我的面，掉过一滴泪。有一回我回家取饭，病房暂无亲人，护士告诉我，她哭得好伤心。劝慰她，她说："让我哭吧，哭出来心里好受些。"可我一回来，她已抹干了泪，朝墙而卧。她强忍痛苦，从不向我诉说。

病重依然关爱别人

病情危重，为便于特护，妻子破例被安置在肿瘤科的"高干病房"。这间病房，是与耳鼻喉科合用的，两张床位各科一个。主任医师关照，只要别的病房尚能安插病人，这张病床就做空缺，以免打扰你们。这使我们全家十分感激。一天下午，临下班的时候，耳鼻喉科主任急匆匆赶来，说是实在抱歉，因为所有的病房都加满了床位，有个急诊手术的孩子，只好安排这床了。我妻说："快呀！救人要紧。"话未落音，医生就去接病人了。

孩子是从萧县农村来的，只有一岁。妈妈抱着奄奄一息的他，孩子的爸爸和奶奶跟随着，介绍病情，三人都肯定是孩子吃花生米掉进气管所致。医生安排拍 x 光片后，立即探查，却没发现气管里有异物。医生让孩子爸爸去取 x 光片，再研究确诊。孩子爸爸急往取片，不料竟是空手回来。"片子呢？"医生问。孩子爸爸哭了："拿片子，得交十块钱押金才给。"他们所带来的几百元全都付作住院押金，已经分文无剩。妻子在床听得明白，忙从床头柜取钱，还是医生抢先给了他十块钱，取来了片子。医生和科主任都回工作室分析病情。我和妻子，望着这祖孙三代在痛苦中煎熬，也挺难受。还是她想得周到，掏出些钱让我塞给他们，说："太晚啦，一家人都还空着肚子呢！快去买点吃的。"

后来，医生确诊气管无异物，孩子患的是急性心肌炎。因入院太迟，治疗已是无能为力。

夜深了，周围病房的病人与陪护都已入睡，唯独这间"高干病房"灯光通明。我们两家人一起守护着这个孩子，忧心忡忡，送他踏上了黄泉路。孩子停止呼吸和心跳。当医生拔出了插管和针头，寂静的病房"哇"的响起一阵哭声，尤其孩子的妈妈，悲痛欲绝。护士忙来阻止，指着我那病危妻子："别哭！病人睡觉要安静。"妻子哪能睡，她也在悄悄流泪，反而恳求护士："让她哭吧，哭出来才会好受些。"……

弥留之际的诀别

癌魔悄悄地吞噬着妻子，她 140 余斤的体重，还剩下不足 80 斤。我默计着已有 50 多天，她粒米未进，估计癌肿已把胃和食道堵满塞实，全靠静脉滴注维持着生命。好似一支蜡烛耗尽了油，她的生命就是微弱弹跳的火苗儿，眼看着即将熄灭。那天一早，她突然来了精气神。吩咐我去请摄影高手的朋友来拍照，要我回家去取她最爱穿的那件外衣，可别忘记还有那枚 30 年护龄的纪念章，再准备一身整洁的护士工作服。我连忙操办，可惜她已无力外出，只好在病房拍摄。她先和亲人一一合影，然后穿上护士服、胸佩纪念章拍摄她的单身照，还特别叮嘱："这幅可以放大洗印。"她又请姐姐配合扮作卧床病人，再拍一幅她做静脉注射的工作照。姐姐和她同在这家医院工作至退休，对她十分了解，夸奖她说："记不清你多少回评上了先进，全市护士静脉注射比赛，你还夺了冠军。"凭着同她 35 年来的相处，我理解她把平凡的"护士"看得多么神圣，她胸前的那枚 30 年护龄纪念章，在人生价值的天平上，就是一颗最重的砝码。

这种"精气神"，也许就是临终前的"回光返照"。这天夜晚我和孩子在病房一起守着，我让孩子先睡，由我观察她的动静。妻子要求拔去输血、注药的针管，说："不必了，再用都是浪费。"我安慰说"还会好起来的"，拒绝了她。

尽管有气无力，妻子的头脑却格外地清醒，对我说："病，我早就明白，别演戏了。夫妻一场，总有先走后去的，我先走了，你别太难过……我就是舍不得孩子、舍不得家呀！"我说："这就接你回家。"她很坚决："不回家。我得从医院走，别让孩子害怕……老来，你得找个伴，但要慎重。"……她从容地和死神握手，在病房去世。

原载 2006 年 7 月 26 日《彭城晚报》
谨以此文悼念爱妻逝世十周年

何老师的宽容

何老师大我 11 岁，1962 年前后与我共事，我们同在新沂县的一所中学当语文教师。称他"老师"不仅是同仁间的泛称，他的确也是我的良师。他原在省城部队高校任职，因为被定为"右派分子"，才下放到农村中学工作的。除教学业务给我指导，我的许多文学作品，也经过他的指点和修改才发表于报刊，为此我十分敬重他。

当时我国经历了三年困难时期，人们对于"大跃进"中的"浮夸风""共产风"所造成的严重后果，已经有所认识。在谈心会上，大家畅所欲言，心直口快的何老师说了一句："这些问题，毛主席有责任。"会后一位李老师警觉地对我说："他不接受'反右'的教训，还敢在会场乱说！"我也以为何老师是有失谨慎了。对此，当时虽然没人追究，但事后还是酿成了大祸。

不久我调往铜山县工作，跟何老师仍保持亲密的联系。可是"文革"的遭遇，摧散了俺俩的友谊。知识分子被称为"臭老九"，命运跟"地富反坏右"和"走资派"一样，都在经受打击。那时的我，有如"泥菩萨过河"自身难保，突然有外调人员代表组织又找到了我头上，说是何老师攻击毛主席的罪行已被揭发，要当事人出具旁证。这事让我为难了，正当开展向毛主席献忠心的时候，我真的不愿作证，又不敢不作证。犹豫再三，我怕引火烧身，还是如实出具了旁证。外调的人一走，我的"魂"也被带走了。每当参加批斗会，目睹将"牛鬼蛇神"打翻在地，再踏上一只脚的情景，我就想象着何老师也在落难受罪，因而惶惶不安，于是不断地打听他的消息。多少年来，我先听说，他忍受不了批斗，自杀未遂，被在校就地管制、进行劳动改造；又听说，其原配夫人某大学的教师为了划清界限，已与他离婚；再听说，危难之际，有位丧偶妇女不畏风险跟他结合，相依为命；直至拨乱反正，终于盼来佳音，落实政策使他已获得平反，恢复了工作……我提心吊胆地牵挂着他，却无颜跟他恢复联络，哪怕道声平安也不敢。多年以后，我已调进徐州市区工作，又搬了几回家，仿佛彻底同他断了交往，但心中的愧疚，还久久地折磨着我。

某日有客来访，开门一看竟是何老师。无地自容的我，羞愧难言。我说："对不起啊何老师，我是不可饶恕的人。"他当即打住我的话，"可别这么说，那情况怎能怨你？倒是我的问题牵连了亲友，也让你担惊受怕了。"我们一吐衷情，顿时解开心结，排除了我陈年郁结的痛苦。我们情谊如初，交往依旧。

　　交谈中，我了解他当年的境遇，悲喜交集。"文革"浩劫中，有个学生受人唆使对他进行批斗，竟把何老师送给他御寒的旧军衣，说成是何老师使用小恩小惠拖他下水的物证。"右派"添新罪，雪上加霜，惩罚更加严厉。何老师每天被批斗之后，还得拖着疲惫的身体从运河挑来几十担水，供应师生耗用。那学生住在运河岸边也去挑水，恰与老师相遇。学生愧疚难忍，当即撂下水担，"扑通"下跪："老师我有罪，你揍我吧！"何老师连忙放下了水担，将他搀扶起来："孩子，老师不怨你。"……平反过后，日子安稳下来，他收到了儿子的家信，信中说妈妈十分愧疚，当时不该那么绝情。后妻理解前妻的心结，所谓"离婚"划清阶级界限，那是做妈的只为儿女着想，生怕耽误了孩子的前程，无奈做出的选择。于是她就提出了离婚，让老何与前妻复婚，破镜重圆，以此了却对方的心愿。后妻有恩，岂能伤害于她，何老师拒绝了她的要求，而商量俩人一同去武汉的老家探望。家人相逢，前妻啜泣不止，说不出话来。老何亲切地唤着她的名字，说："我不怨你。是我拖累了家，这些年来，拉扯孩子让你受苦了……"宽容赢得理解。前妻和孩子们感激在危难之中照应老何的好心人。至此两地一家亲，都过得挺好。和谐不易啊，能不珍惜？

原载 2007 年 2 月 8 日《南方周末》

选入《最美文》散文集

愚人节聊起智与愚

4月1日是西方的愚人节。文化的交流渗透，使这个节日逐渐被国人接受，在日历上也已将它标明。有一回老友聚会，到茶馆消闲。恰逢愚人节，品茶聊天的话匣子，就从这个节日打开。洋人的愚人节也叫"万愚节"，过节的方式是巧妙地以假乱真，把周围的人逗乐，搞得捧腹大笑。不论愚弄别人或是被人愚弄，信不信由你，都是对智商的测试。但开玩笑是有限定时间的，最晚不可超过当天的中午12点，这是约定俗成的规矩。

我们不肯生搬硬套洋人的恶作剧，而是要求每人讲一个大智若愚的故事，讲的必须是生活中的真人真事，也得把人逗得忍俊不禁，时间不限。朋友仁所讲到的人，都是高智商的专家学者，那些逸闻趣事，全是写真实录。

先说的是李教授的愚昧。李教授应某学院数学系邀请，去做学术报告。登上轿车的时候司机突然发现，李教授脚上穿的是一只黑皮鞋，一只黄皮鞋，就提醒说："李先生，你的鞋子穿错了。"李教授应了一声便匆匆回去换鞋，到房里打开鞋柜一看，愣住了，"咦，这双怎么也是一黑一黄！"他便转身回到车上，"甭换了，那双鞋和这双是一样的。"司机欲笑而止，提醒说："很简单，换一只就行。"李教授这才有所醒悟，但他看了看手表，时间来不及了，一挥手，"换鞋是小事，别耽误了做报告。"……

要说比憨，研究员老王更比李教授登峰造极。老王赴京参加学术会议，同室而居的人发现他很奇怪。老王因患胃病，每日三次服用药水。可他每次服药之前，总是先把身体左右摇晃几下，然后才拿起药水瓶儿对口喝下一格。室友疑惑不解，便问："王先生，你摇晃身体干什么？"老王手指着药水瓶上的纸签，认真地回答："你看，印的字说的很明确，服用之前须摇晃！"室友拿过他的药水瓶细看，药物还沉淀在瓶底，"嘿，您老兄喝的全是清水呀。"……

第三例，讲的是赵专家的往事。据赵专家夫人披露，有一回，他起早贪黑地赶写论文。本来是跟夫人有约定，星期天早晨相陪去菜市场采买的。夫人一直等到十点多再也不耐烦了，便拎着篮子闯进书房。而他还在推究学问，进入忘我境界不能自拔，似乎忘却了世界的存在。夫人喊道："你不去，我就走啦！"赵专家倒是彬彬有礼地说："您好走，欢迎再次光临！"夫人恼了，"砰"

地一拍桌子，"浑蛋，你也不看看我是谁？你把老婆当客待了！"

谈笑间让人顿悟：这些人，要不是在这方面痴迷，哪来另方面的睿智。智与愚相反相成，成就了他们的一番事业。而那种面面都显得十分精明的人，也许倒是难成大器。

近来，江苏卫视的《最强大脑》节目，连连推出大智型的人物。其中的周玮也是一个大智若愚的典型。自幼，医生诊断他为"中度脑残"，他因而被学校拒收。经母亲苦苦哀求，10岁时，他才成为一年级的"另类旁听生"，读到小学五年级就被迫退学。长期以来，他遭受歧视，被人当成呆子、傻子、憨子。面对异样的目光，是母亲和姐姐坚信他拥有旁人无法认定的智慧大脑，对他的不离不弃，终于让他向世人证明了他的惊人智能。透过电视屏幕，当目睹周玮的速算面试，观众谁不惊叹：16位数字开14次方，他仅仅用了1分钟时间，他的速度甚至超过计算机的速度，让数学教授望尘莫及！那是亲人的坚守、亲情的温馨成就了他，怎能不令人为之激动而流泪！

大智若愚、大巧若拙的现象，在生活中屡见不鲜。"智者千虑，必有一失；愚者千虑，必有一得。"智与愚之间也都是可能互转的。究竟谁智谁愚，不可枉断。善于卖弄聪明自我炫耀的人，未必就是大智。而有些低调之人，看似愚笨或呆滞，倒也可能潜藏着睿智。谦虚者因注重修身，有着海纳百川的境界和企盼自强的心态，就能开发潜能，厚积薄发；狂妄者自以为聪明过人，却聪明反被聪明误，陷入愚蠢的泥潭，不能自拔。

原载 2014 年 3 月 29 日《都市晨报》

我爱低调之美

人生总有不可磨灭的记忆，有些记忆会影响人的一生。

20世纪50年代，我在丹阳艺术师范求学，美术和音乐的艺术欣赏课，老师曾经以不同的艺术类别，赏析同样主题的伟大作品。那就是列宾的油画《伏尔加河上的纤夫》和夏里亚宾的男低音独唱《伏尔加河船夫曲》。两位艺术家都是世界级的大师，两件作品又是各自的代表作，皆轰动世界，影响深远。时过60多年，我从年轻学生，变成了耄耋老人，但当年领悟到的低调之美：深沉、凝重、雄浑，依然那么清晰，且愈加增强魅力。

多少年来，每每发现低调做人的事迹，脑际会不由地浮现那油画中的形象、乐声中的旋律。他们仿佛一群纤夫不卸重负，步履艰辛，踏过不平的道路，伴着号子的节奏缓缓前进……纤夫的姿态各不相同，但格调都是那样沉稳有力。世态纷扰，大凡低调做人的名流，都是求真务实，不爱张扬的。那恃才不傲、恬淡平和的低调之美，总是那么激励人心！

例如季羡林，为人所敬仰的不仅是学识渊博，更有品格高尚。给人的印象，他就是一个站在名利场之外的清醒看客。尽管外界一致尊他为"国学大师""学界泰斗""国宝"，但这三顶当之无愧的桂冠，都被他一概拒绝。在《病榻杂记》中，他说："三顶桂冠一摘，还了我一个自由自在身。身上的泡沫洗掉了，露出了真面目，皆大欢喜。"作为享誉世界的学者，他如此淡泊，更显得襟怀坦荡，气质儒雅。是他让人明白，内心平静，外表谦恭朴实，是遮不住才华的，而低调恰恰印证了高尚。

俄国文坛有则逸闻。一个文学青年，遇见一位沉静的老人，就夸夸其谈：我发表过什么，出版过什么，还将如何……而且边说边看着老人的反应。而老人轻淡回应的只有"是吗"，两字。年轻人不耐烦了，咄咄逼人地反问："那么，你写过什么？"被逼无奈，老人才慢吞吞地吐了一声："《战争与和平》。"小伙子惊呆了，原来他是面对文学泰斗卖弄玄虚。当然，他也知道托尔斯泰震撼文坛、享誉世界的名著也不止这一部。他自感羞惭，便悄悄地溜走了。成功者何必自我炫耀，炫耀倒显得肤浅、虚伪。故作姿态到处显摆，只能表明幼稚和无知。

于丹的低调做人，突出表现为谦逊自守而不卑微；得意不忘形，受挫不

张成珠随笔选

抱怨，占据优势仍谦恭待人，遇到挑衅还忍让为先。她的头衔很多，北师大教授、博士生导师、北师大文化创新与传播研究院院长、艺术与传媒学院副院长，国务院参事室特约研究员，等等。她的《论语》心得和《庄子》心得在央视"百家讲坛"播放之后，又正式出版，首次发行就达 60 万册。顿时，于丹受到人们的喜爱和追捧，骤然成为耀眼的明星。同时，她又遭遇"十博士联名倒于"的批评乃至抨击，诸如"用厕所当客厅"，呼吁她"下课"等话语，简直就是恶毒的人身攻击。这致使于丹陷入冰火两重天的困难境遇。对于"十博士"的指责，她坦然面对媒体，回应是："这件事儿挺好的，他们敢站出来说句话，说明他们对中华文化的失落有一种担忧。我也欢迎他们发表不同意见。"记者问她会不会下课，于丹不仅说不会，还说欢迎"十博士"和她一起上课。因为，现在中国文化需要上课的人，比需要下课的人多。记者是这样赞赏于丹的："当满世界的人都在夸你的时候，你不会因为这种鼓舞而多往前走一步；而当大家都在指责你的时候，你并不泄气，依旧会坚持你认定的想法。"于丹的避开锋芒不争不斗，看似平淡，虽不显山露水，却藏有非凡的胸怀和深邃的洞察力。她沉得住气，吃得了亏，以隐忍之心给挑衅者留足面子，终以宽容大度和乐观，赢得更多人的理解、敬慕和爱护。仅《于丹＜论语＞心得》销量已达 500 万余册，目前已在 30 多个国家出版发行。由此看来，低调做人实为一种处世谋略。"木秀于林风必摧。"我们不如学习柔韧的翠竹，狂风袭来应势而立，屈中有伸，进退有度，柔中有刚，才不失大将风度。

寻常百姓也有低调之人。江苏省江阴市有人奉献爱心，化名"炎黄"，连续 27 年捐赠善款，最后一次向云南鲁甸灾区汇去 1000 元时，因突发脑梗晕倒在张家港邮政储蓄银行的营业大厅里，抢救中，发现汇款单据的署名是"炎黄"。这位隐姓埋名的"炎黄"，一直是媒体和慈善事业机构寻觅的人。经警方查证，他是江阴市祝塘镇人，退休会计，74 岁，名叫张纪清。自 1987 年首次汇款 1000 元资助祝塘镇敬老院以来，每年七一前夕，他都从不同的地方向全国各地汇出善款，累计万余元。他之所以隐姓埋名，是因不图虚名，拒绝张扬，并以"炎黄"同宗的名义，倡导助人为乐的社会风尚。

从名流到平民，领会低调做人，方才感悟心灵之美。

原载 2015 年 3 月 7 日《都市晨报》

人生三原色

"肤色以外，人还有另一种色彩。你相信吗？"为了让人信服，她和她的丈夫各自讲了亲历目睹的故事，用来验证他们的见识。他们还说："这种颜色，算是人生三原色。"

她在医院工作，是个护士长。这家医院的手术室护士长即将退休。她推荐提升该室的护士刘芳接班。院领导要对刘芳进行考察，然后才能决定。有人反映刘芳的个性太倔，提出了异议。王院长就去手术室亲自主刀，指定由刘芳协助，借此机会了解情况，以便拿出主见。

他们所做的胃切除手术，十分顺利，王院长对于刘芳的工作表现很满意。即将缝合伤口，刘芳突然严肃地提醒主刀的王院长："慢！您共用 12 块纱布，才取出来 11 块。"王院长若无其事地说："我不会错的，缝合。"且举起了针线，准备动手。刘芳的脸色变得铁青，端起器皿给他看，"我认真地查数，就是少了一块，不能缝合！"目光直逼主刀的王院长。可是，王院长竟以命令的口气说："住口，立即缝合！"刘芳着急了，竟然毫不顾忌地抗议，简直是对抗："您是医生，怎么可以这样？"似乎不查出那块纱布，她绝不罢休。这时，王院长倒是改变了冷漠的脸色，微笑着放开了攥紧的手心，亲切地给以安慰："第 12 块纱布在这儿呢，我欣赏你的认真。'倔'点儿，也好嘛。"在场的人都为刘芳捏着把汗，这才舒了一口气。考察的结果，当然是不言而喻的。

她的丈夫在学校任校长。这所中学，每年举行春秋两届"校运会"。李校长十分强调"重在参与"，要求教工人人参赛，为学生做出表率。每届校运会的接力赛，第一道总是安排教工代表队，而赛程的第一段，李校长又总是当仁不让，率先参赛。这对于年过半百且患有高血压症的他来说，无疑是令人担忧的。但他很固执，从来不听劝阻，发令员只好在临赛时再三关照："校长，您慢跑！"当他手持接力第一棒，跟学生站到同一起跑线上，师生们的心情都很激动。他穿不惯带钉的赛鞋就穿布鞋，从不怕人笑话。

可是，有一次出了意外。"砰！"发令枪一响，他冲锋向前，没跑甚远竟自一个趔趄摔倒了。顿时全场惊动，临近跑道的观众连忙去扶他。可他推开来人，旋即握住接力棒站立起来，还没稳住摇晃的身体，也顾不得拾回摔掉了鞋子，赤着一只脚又迈开了步伐。沉默的场地，登时爆发一阵喝彩。尽管这一棒已远远地落到别的赛手身后，但李校长终于坚持到底，亲手将接力棒传给了二传手。在那两手交接之际，"忽"地令人激动得热泪夺眶，师生们不禁想起课文中鲁迅所倡导的那种精神：不耻为后，但要有勇于坚持始终、奋进不息的"韧"性……

他俩讲罢亲历目睹的故事，问道："你感觉到人的另一种颜色了吗？"他俩又作了解释："按本色（即品德）做人；按角色（即职业）谋事；按特色（即个性）定型。这就是人生三原色。三原色人人皆有，只是清浊、明暗有别。"

原载 2005 年 3 月 9 日《徐州日报》

牵挂

说起爹娘对孩子的牵挂，朋友老陈家里发生的一件故事很有趣。

有一次，儿子出国考察，为了让爸妈放心，返程之前通了电话：飞机大约晚上七时抵达上海，到时就会报个平安的。老两口暗自欣慰，从电视上搜寻海外的气象报告，倒也看不出个所以然。可是国际新闻播报一则空难消息，机毁人亡，惨不忍睹，却让两位老人震惊不已。他俩只好互相安抚着，默默等候着儿子的电话，眼睁睁望着时针一圈又一圈地划过，彻夜未眠。第二天早上，孩子的电话终于来了："航班误点，晚间11点着陆上海。因怕打扰二老休息，没敢通电话。"老陈看看时钟，儿子的飞机已着陆了10个多小时。一夜惊魂不定的老陈这才回过神来："孩子，你是昨晚着陆的。我和你妈的心啊，可是到了这个点儿才着陆的！"

我是老陈家的常客，聊到空巢老人对儿女的牵挂，老陈常感觉无奈。他说："孩子从小到大，愈走愈远。婴儿的时候搂着睡、抱着走，紧贴着身体跟你不分离；幼儿时虽是学会走路了，爸妈接送到幼儿园还得手牵手，到达门口就耍赖，哭喊着不让爸妈走；上小学了，再不让人牵手走了，往返送接还得跟随你身边转悠、撒娇，惹祸也得让爸妈给兜着；读中学由走读到住校，跟爸妈的距离渐渐远了，只能周末回家见个面……从考进外地大学，直到出国留学深造，哪家的老人不是儿行千里母担忧？事业有成，好男儿志在四方，越走越远的孩子好比是放飞的风筝，越高越远，爹娘牵挂的分量就越加沉重。而那放飞的线绳，总是不敢松手的。"

家家都有一台戏。改革开放多年，年轻人远走高飞，越来越多的孩子生活在异国他乡，而爹娘的牵挂则愈加沉重。刘姐的大儿子在美国成家立业，二儿子在英国读博士，唯小女儿守在身边。手心手背都是肉啊，心挂三肠的日子啥滋味？那是一颗心对三颗心的深沉惦记，仁慈、质朴，每一缕思念都是无可取代的疼爱。飞越重洋，往返奔波，见到儿子想闺女，看见闺女又放不下儿子。所幸的是有网络，打开视频说话，就跟真人在眼前差不多。头一回视频通话，远在美国的小孙女一下扑到眼跟前，这个正在牙牙学语的幼童，伸开胳膊就要抱，开口就是："奶奶，我想你了！"此刻，刘姐那颗放不下的心，好像还没等航班着陆又想起飞。面对着荧屏上的小孙女，说的又是："宝贝，乖，奶奶就来！"

原载 2014 年 5 月 19 日《徐州日报》

难忘驰名当年张振汉

旧时代的徐州，有个响当当的人物——从铜山县柳新乡走出去的国民党中将师长张振汉。1930年他为其母办丧事、筑陵墓，那规格、那气派简直绝无仅有。葬礼在道台衙门举行，蒋介石亲笔题词的"杭氏夫人教子有方"匾额悬挂正中；陵墓称"张氏佳城"，特请北京著名书法家华世奎题书，四个字的酬金高达6000银圆；丧事隆重，专请高僧做了七天七夜的超度；丧宴浩大，一连七天的流水宴席，不论来客身份贵贱一律礼仪接待……

徐州俗称墓地为"林地"，当年南郊有两个"张家大林"，一处是明清之交朝廷高官张某的林地，在泰山和云龙山之间，大片松树置有石人石马；另一处就是"张氏佳城"（俗称张师长母亲林地）更显气派，那是一座占地20亩的方城，位于云龙山东麓（今徐州国画院以南）。时过境迁，这段史话早已烟消云散，两处大林，虽未留下一点痕迹，但磨灭不掉我的记忆。张氏佳城，是我童年游玩的好去处，那座石墙围合的方城，有琉璃瓦顶的门楼，高翘的飞檐下刻有"张氏佳城"四个大字。城里林木茂盛，环境优美，鸟雀争鸣。

数十年不再提起的往事，近日陡然又被钩沉起来。《跟随红军长征的国民党将军》一书的出版发行，萧克将军的追忆述评，顿使张振汉的往事再成热门话题，海内外倍加关注。张振汉的儿子张天佑教授，是这部传记的主要作者，运笔亲切感人。透过文字和照片，探望到的是一位活生生的传奇式人物。

张振汉（1893—1967年），保定军校炮兵科毕业。1924年任奉军连长，经北伐战争连连晋升，至1931年任国民革命军第41师师长，授中将军衔。

1935年初，蒋介石"围剿"中央红军屡败，又调集11万人进攻湘鄂西的红二、六军团。张振汉时任师长兼第一纵队司令，指挥国民党军队同红军在洪湖一带展开激战。6月，红军萧克将军指挥红六军团包围宣恩县城。国民党武汉行辕命令张振汉北上驰援。这一密电被红军截获破译，随即决定贺龙、任弼时所部红二军团同红六军团的主力急行军赶赴忠堡，以小部佯攻宣恩，以主力隐蔽设伏打援。

国民党第41师以两个旅作为先头，经忠堡向宣恩进发。张振汉率师部和一个直属旅，即少将黄百韬任旅长的第123旅，随后跟进。一进伏击圈，红军突然开火，把敌军分割几段，各个击破。黄百韬见势不妙率部仓皇逃逸，张振汉负伤被红军俘虏。红军歼敌4000余人，忠堡之战大捷。

若按惯例，张振汉必死无疑。同样是国民党中将师长、纵队司令的张辉瓒被俘是当即处死的。张振汉没有想到红军不但没有杀他，经过教育，还让他在红军学校当上战术课教员。红军高级将领萧克、王震等人还来听课。

1935年11月，国民党军队大规模进犯，为了保存实力，红军决定突围长征。张振汉就其所知，向红军首长提供了国民党兵力部署情报。这些情报帮助红军确定"南下湘中、突破沅（江）澧（水）防线"的战略决策。

在长征途中，贺龙、任弼时、萧克将军，都把张振汉当作朋友。执行统一战线政策，红军给他以军团级干部待遇，尽管军需匮乏，还给他配了骡子作为坐骑。当长征到达金沙江畔，船只早被敌军收缴一空，江水汹涌挡住去路。贺龙采纳他的献策，捆制竹排，放排渡江，两万人马顺利通过。红军进发龙山县城，隘口的两座碉堡机枪射击猛烈，封锁前进的道路。而缴获来的迫击炮只剩两发炮弹。炮兵出身的张振汉向贺老总请战，就用两发炮弹，炸毁两个碉堡。

长征途中，红军领导人设法把张振汉的亲笔信，传给他的妻子邓觉先。爱妻得知他还活着惊喜万分，也了解到红军的艰难。当即变卖家产，购买盘尼西林、望远镜、手表等军需物资，又利用丈夫军校老同学的私交，探寻红军行踪，设法把物资送到红军手中。

随红军到达延安，毛泽东主席接见了张振汉，周恩来副主席亲切地关怀他的生活。1937年"七七事变"后，蒋介石迫于抗日救亡运动的压力，接受国共合作、一致抗日的主张。毛泽东再次接见张振汉，委托他利用关系回到蒋统区，继续做抗日民族统一战线的工作。1949年初，他致力湖南和平解放，参加湖南起义，在长沙迎来了解放。新中国成立，张振汉任长沙市副市长、湖南省政协常委、全国政协委员等职，1967年"文革"中被迫害致死，1980年2月，隆重追悼恢复名誉。

原载2016年6月20日《徐州日报》

第三篇
人文春秋

苏徐二州的南秀北雄

人与城自有个性特征

一方水土养一方人，一方人经营一座城，人与城市共有一种秉性。上海人的精明、骄傲、时髦，适应于现代化大都市的节奏；厦门人的闲适、平和、柔婉衬托出滨海之都的精巧。一方水土养一方人留给大家的印象，往往是一致的，例如中国哪里有市场，哪里就有温州人；世界哪里有华人，哪里就有广东人；等等。

易中天在《城市与人》一书中谈及徐州，所谓兵家必争之地。他说："不知有多少血性男儿在那里横刀立马，挥戈上阵，与守城之军或来犯之敌一决雌雄。所以这类城市往往有一种豪迈之气或强悍之风。"人文精神是城市之魂。徐州云龙山有一方摩崖石刻，曾在民族危亡的紧要关头，显现出这样的姿态："西楚号霸国，子弟夙称雄。何不奋余烈，直捣海天东！"—表民族英雄气概。落款是"民国20年为宣传反日救国至此纪念，余江吴迈题并书"。当年是发生"九一八"事变的那一年，东北沦陷，华北告急，吴迈奔走各地宣传抗日，行至桂林的题刻是："桂林山水甲天下，阳朔堪称甲桂林。群峰倒影山浮水，无水无山不入神。"意在大好河山，岂容侵犯。触景生情，同是抒发爱国情怀，也会因城而异，各显风采。城市个性愈鲜明愈具魅力。

"一方水土养一方人"，在江苏，比照苏州与徐州的差异，给人留下一种"南秀北雄"的印象。一个显得温文尔雅，一个显得粗犷豪爽。"宁听苏州人相骂，不听徐州人说话"，竟连吴侬软语的骂声，也令人产生好感。苏州人相骂了大半天，也只是动口不动手。而徐州人往往耐不住性子，对骂没过三句就打了起来。古城总有各自的记忆，在徐州想到的是项羽的《垓下歌》："力拔山兮气盖世，时不利兮骓不逝。骓不逝兮可奈何！虞兮虞兮奈若何！"刘邦的《大风歌》："大风起兮云飞扬，威加海内兮归故乡，安得猛士兮守四方。"或是施耐庵在《水浒》中写的那首山歌："九里山前古战场，牧童拾得旧刀枪……"那是一种战火烽烟造成的悲壮苍凉；而在苏州想到的是杜荀鹤的《送人游吴》："君到姑苏见，人家尽枕河。古宫闲地少，水港小桥多。夜市卖菱藕，春船载绮罗。"白居易的《正月三日闲行》："绿浪东西南北水，红栏三百九十桥。"

张继的《枫桥夜泊》：“月落乌啼霜满天，江枫渔火对愁眠。姑苏城外寒山寺，夜半钟声到客船。”那是一种和平景象造成的闲情逸致。

如果让你列举炫耀古今的一个亮点，在徐州王陵路的一个名称，也能引出历史的思索。“英雄造时势，时势造英雄”，灭秦战争和楚汉战争，在徐州一带成就一大批良臣武将，“五里三诸侯”的掌故，表露人才辈出的密度，安国侯王陵就是“三诸侯”之一（另是颍阴懿侯灌婴、绛侯周勃）。汉初功臣封侯，刘邦共封143人，仅沛县籍的就有23人。王陵路南侧的王陵母墓，古冢绿树成荫，冢前的石坊和墓碑，镌刻着“汉安国侯太溥右丞相王陵母之墓”。景观弘扬一位巾帼英雄大义凛然、无私无惧的精神。楚汉战争之际，王陵归汉，项羽劫持其母，企图逼降王陵。王母让使者转告儿子：切莫顾念母亲而动摇辅汉的决心。为断其子恋母之情，她拔剑自刎。就连老妪的壮举，也都气吞山河。与徐州“尚武”相反，苏州突出的是“崇文”，并享有“状元之乡”的美誉。苏州及其属县共出了54个状元，量居全国之首。有趣的是，当年张继赴京赶考，名落孙山，归途夜泊苏州枫桥，那夜半的钟声不仅启迪灵感，还让他写下千古绝唱的诗篇，消除了不第的烦恼，继而发奋读书，终于中了进士。

是谁造就了城市性格

不论是苏州的“温柔文雅”，还是徐州的“豪迈强悍”，它们的形成都有各自的必然性。徐州素称“兵家必争之地”，根由就在于地理方位的不南不北、倚东朝西，注定它是战略要地。历史上，中国政治中心的分布在陕豫的长安、洛阳、开封（为西），江浙的南京、杭州（为南），河北的北京（为北）三个地区，就地理位置和交通条件而论，徐州正处在连接这三个地区的中心点上。所以历史上的改朝换代，常以争夺徐州而论成败。而且徐州地势险要，用兵可进可退，史学家称道：“屏障沪宁，遥扼冀鲁，俯视东海，仰顾关中，窥苏皖而撼中原。”纵观战史，似乎夺取徐州必得天下，而丢失徐州又必失天下，从楚汉战争到淮海战役，无数战例对此作过验证。徐州古来战事多，有史记载在这一带发生大小征战三四百起。

徐州又称“洪水走廊”，沂、沭、泗、黄四条大河流经这一带，屡次泛滥，造成灭顶之灾。多年来市区的建设，开挖基坑，屡次发现地下3至11米处被黄河水灾淹没的古城废墟，工程的基坑显现出大地的剖面，依次可辨叠压着的从明代至两汉不同时代的堆积层。那是徐州沉沦后崛起的见证：当元代朝廷镇压芝麻李农民义军，用炮火把徐州轰成一片废墟以后，明初洪武年间，即在废墟上重建州城；"洪武城"于天启四年（1624年）被黄河大水吞没，水退沙淤，城市被深埋地下；明清之交，重建新城。可是，康熙七年（1668年）因郯城地震波及，满城房屋坍塌殆尽。这里所述的还仅是近600多年的历史，徐州建城史的最早记载，见于《左传》鲁成公十八年（公元前573年），仅就这个年代计算，2580多年以来，地层下叠压了多少古城废墟、世代人民经受了多少灾难，不言而喻。在战争和洪水的双重挤压下，世代徐州人饱尝了大起大落、大喜大悲、大荣大辱的生存感受，刚强以自保，便养成了徐州尚武、倔强、豪爽的秉性。

苏州与徐州迥然不同，它相对处于平安的境地。自秦汉以后，即便是中国历史上多次发生的分裂战乱，于江南的苏州与江北的徐州总不可同日而语。"上有天堂，下有苏杭"，它是以人间天堂、鱼米之乡著称于世的。自公元前514年吴王阖闾建造"阖闾大城"以来，古城既极少遭遇战争屠城之灾，也几乎未陷入洪水灭顶之难。2500多年，苏州城基本上在原有基础上持续发展。如将现在的古城区与宋代的《平江图》（平江即苏州宋代称谓）对照，城市河流与街道并列交织的格局依然，古代的许多街桥名称还保留着。苏州古城未遭受过徐州那样毁灭性的灾难，历代人也缺少徐州人那样的磨砺，性格当然有别。

秉性并不一成不变

俗话说"江山易改，秉性难移"，其实秉性不是一成不变的。

审视历史进程，将楚汉文化对照吴越文化，"南秀北雄"的说法，确有一定的局限性。别以为苏州人只是温文尔雅的。当年项梁、项羽在苏州起兵反秦，所率领的八千子弟兵都是吴地人，他们转战中原大地，成为灭秦战争的骨干力量，破釜沉舟一决胜负，就是他们的佳话。楚汉战争中，他们全都战死，无一生还。直到唐代苏州人当兵的还很多，白居易诗云："阊门四望郁苍苍，始觉州雄土俗强；十万夫家供课税，五千子弟守封疆。"他所说的"土俗强"，指苏州民风豪强，"五千子弟守封疆"是指守边的战士不乏苏州人，历史上的苏州还出了6个武状元。也别以为徐州人只是彪悍的粗犷的。早在西楚之前的古徐国，这里便以"其气宽舒，秉性安徐"而著称于世。平和、安详、舒缓，乃徐州先民原初的秉性。历时千载，斗转星移，两座城市为何都改变着个性，更换了人们的印象？那是因为地理、历史的条件，政治、经济、文化的综合作用，影响着一方城市与人的性格形成，性格又随历史进程而演变，打上了不同时代的印记。

　　时代在前进，历史在发展。战火硝烟已成往事，徐州昔日的兵家必争，演变成当今的商家必顾。在经济学家的眼里，虽然徐州不是省会，只是个区域性的中心城市，但是它在我国发展经济中的杠杆作用不可低估。有人形象地描述：在我国辽阔的版图上，仿佛以徐州为轴心，展开了两个扇面。一面是大西北经济后进地区；一面是东南沿海经济发达地区。不南不北、倚东朝西的徐州，是以"轴心"的位置，发挥着转接、过渡、集散、辐射、促进作用的，当代的徐州人，在这样的境遇里大显身手。俚语："南蛮子，北侉子，徐州是个楝喳子。"楝喳子，是一种爱食楝树果的鸟。这鸟"喳喳"啼鸣，既兼有别样鸟的音色，又有自己的风格。以此比喻徐州的不南不北、不蛮不侉，那是一种有容乃大、兼容并蓄的个性特征。从总体上看，大多的徐州人不失南方人的精明、机灵，但又少见某种刁钻、油滑；也具有北方人的耿直、厚道，但又少见某种呆傻、愚蠢。徐州地理位置的不南不北，化作了徐州人性情的"不精不憨"。诚招天下客，外地人常说"徐州人爽快，义气，好相处"。

　　半个多世纪以来，人们也彻底改变了对苏州人的印象。从前，丰子恺作过一幅题为《苏州人》的漫画，那人戴着严严实实的帽子，围着宽宽厚厚的围巾，鼻梁上架着眼镜，全身被包裹着，显得弱不禁风，手提鸟笼，慢悠悠地走着，无所事事。鲁迅在1926年《上海通信》文中描写江浙人（指的是苏杭一带人），"在这车上，才看见弱不胜衣的少爷，绸衫尖头鞋，口嗑南瓜子，手里是一张《消闲录》之类的小报，而且永远看不完。"他们笔下的苏州人，都是懦弱的、懒散的。而要论说现代的苏州人，看看他们改革开放以来的业绩，总是一马当先、精细谋划，令人赞叹不已。可想而知，创造业绩的人们必定是刚毅的、勤奋的、精明的。

　　人文精神有继承性，适应时代的需求，又在扬弃中发展完善。历史上苏州出了多少个状元，似乎无关紧要。人们热衷谈论的，现在已有100多个苏州籍人获得中国科学院和中国工程院的院士殊荣；徐州性格也有新的展示，据

2006年9月6日新华报业网报道：屈指算来，徐州籍运动员在奥运会、世界杯和世界锦标赛这世界三大体育赛事中，共有19人获得45次世界冠军，22人45次获得亚洲冠军。21年来，徐州平均每年产生两名世界冠军，韩晓鹏、阎森、杨影、孙晋、宫鲁鸣、胡卫东等一批体育明星家喻户晓。

原载 2008 年第 5 期《江苏地方志》

龙吟虎啸帝王州

先说龙飞宝地与帝王之州

央视军事频道摄制"战争与城市"系列专辑，其中一辑的题名，当初就是《金戈铁马帝王乡——徐州》。徐州籍的帝王有多少呢？学术界一直有争议。"籍贯"一词，按现代汉语词典解释，为祖居地或个人的出生地。据此计算起来，仅徐州籍的开国皇帝就有 11 人之多。[①] 如果算上继位的皇帝及诸侯国之王，帝王的总计更是一个惊人的数目。清代乾隆年间的徐州知府邵大业，曾经赋诗咏叹徐州，首句就是"龙吟虎啸帝王州"，尾句又是"多少英雄谈笑尽，树头一片夕阳浮。"那种恢宏之气、时空之感，好不令人震撼。诗词，是记录人们的心语。邵知府说的"龙吟虎啸"，是赞叹徐州籍的帝王也不乏诗词佳作。

徐州籍的皇帝，确实写下许多诗词佳作。他们的作品风格各异，皆有相当的文学品位。刘邦、刘裕和朱元璋都是平民出身，俗称"布衣皇帝"，他们的文化程度虽然不高，但直表胸臆，抒情言志也写出了好诗，作品显得通俗平实，俗中见雅，属"下里巴人"；李璟与李煜贵族出身，文化功底深厚，他们的词作显得精深高雅，属"阳春白雪"。

风韵，还是刘邦最豪放

刘邦的《大风歌》："大风起兮云飞扬，威加海内兮归故乡，安得猛士兮守四方。"吐露了开国之帝的心语，那种气势是一般诗人所不可能具有的。楚汉抗衡岂止在战场，与项羽的《垓下歌》"力拔山兮气盖世，时不利兮骓不逝。骓不逝兮何奈何？虞兮虞兮奈若何？"相比，《大风歌》是以胜利者定乾坤的姿态，为那段历史划了个句号。

刘邦所作的《大风歌》，属柏梁体，仅有三行，竟在千古诗坛赢得一席之地。首句"大风起兮云飞扬"，以风云变幻做比喻，形象地描写秦末农民大起义的声势浩大，以及汉朝建立以后，平定叛乱的勇猛进军。意味其帝业的

---

① 据《中国名城》1997 年 3-4 期，朱浩熙《徐州籍开国皇帝十一人》中的"十一人"是：汉高祖刘邦、东汉光武帝刘秀、魏武帝曹丕、蜀汉昭烈帝刘备、南朝宋武帝刘裕、南朝齐高帝萧道成、南朝梁武帝萧衍、后梁太祖朱全忠、南唐烈祖李昇、明太祖朱元璋、太平天国天王洪秀全。

兴起，必须符合客观形势、遵循历史潮流。第二句"威加海内兮归故乡"是触景生情，当天下统一，四海臣服，荣归故乡之际，面对父老乡亲的隆重接待，他喜悦难掩，为光宗耀祖，能不炫耀功绩的辉煌、权威的显赫？而第三句"安得猛士兮守四方"的内涵则是双关的。创业难守成更难，既有高瞻远瞩，为巩固帝业而发出广招贤能、猛士的呼唤，又另有一种焦虑、惆怅。他是带病亲征的，追击战斗又中箭负伤。他已经预感生命的垂危，更担忧社稷的安危。

刘邦的思虑，不难理解。开国立业之际，确有一批良臣猛将与他同心同德英勇奋斗，而当他称帝之后，却对大臣怀有戒心，那些劳苦功高的异姓诸侯，如淮阴侯韩信以谋反罪名被杀，诛灭三族。相国萧何获罪下狱，而张良为躲过劫难又随从赤松子出游避世，淮南王黥布谋反被平叛……如此局面，前景怎么能够让他乐观？心力交瘁，久病不愈的刘邦，于翌年死去。

刘邦的传世诗作，除《大风歌》外，还有《鸿鹄歌》。汉武帝刘彻继承先祖刘邦遗风，传世诗作有《秋风辞》《瓠子歌二首》《天马歌》《西极天马歌》《李夫人歌》《思奉车子侯》《柏梁诗》，不乏佳作。

刘裕，诗与武功共煊赫

南北朝时期，南朝的开国皇帝宋武帝刘裕，祖籍彭城绥里，虽然他是西汉楚元王刘交 21 世孙，但至刘裕出生前家境早已衰落。父母的双亡，使刘裕自幼陷入困境。他以种田、砍柴、捕鱼和卖屦（葛麻制成的鞋）谋生。虽然空有"士族"名分，实际上就是个贫苦的农民。他从普通一兵（军中马夫）起步，戎马倥偬，夺得天下。在他死后八百多年，南宋词人辛弃疾，还在《永遇乐·北固亭怀古》中对他这样称颂："想当年，金戈铁马，气吞万里如虎。"可见他的影响深远。当时，中国进入南北朝分裂对峙时期，自西晋末年到北魏统一北方期间，于公元 304—439 年，曾在中国北部出现过"五胡十六国"的局面，五胡指匈奴、鲜卑、羯、氐、羌，这个时期也被称为"五胡乱华"时期。刘裕成为南方汉人政权中一颗耀眼的明星。与他之前的徐州枭雄比较，他既具备刘邦的智谋又有项羽的勇猛，其北伐事业足以令那个时代的汉人感到欣慰、振奋。

刘裕有诗歌传世，可能辛弃疾品读有感，才写下宋词《永遇乐·北固亭怀古》的。刘裕在做皇帝以前，本是东晋王朝的领兵统帅，曾经以彭城为军事基地，两次北伐。他在彭城戏马台东侧建成规模宏大的台头寺，公元416年第二次北伐班师回乡，适逢九月九日重阳佳节，他设宴戏马台庆贺北伐的辉煌胜利。奉旨劳军的著名诗人谢灵运恭逢盛会，献诗祝贺。宴会上，刘裕也献诗明志，归纳战绩，抒发豪情："先荡临淄寇，却清河洛尘。华阳有逸骥，桃林无伏轮。"说他挥师北进，先荡涤南燕国，擒杀南燕王慕容超；后又率军西征扫平后秦，将国王姚泓押往京城斩首。自此放马华山之阳，潼关桃林再无兵车出没。以气势磅礴的诗行，写照辉煌征战，概述恢宏的历史。

李煜，无愧"千古词帝"

公元 10 世纪初，曾经辉煌灿烂的唐王朝已经到了末日，统一政权分裂，国土割据，形成"五代十国"。在这个动荡的年代里，唐诗也结束辉煌，走向衰落。而另一种叫"词"的韵文兴起，逐渐高踞中国文学巅峰。五代时期，彭城人李昪重建唐朝，史称南唐。李昪爱诗词，有词作流传。他的儿子李璟、孙子李煜，都是著名词人，还有《南唐二主词集》传世。李璟（南唐中主）的词，流传到现在的仅有五首，他在南唐词坛产生过引领作用。李煜（南唐后主）在他的影响下取得了更大的成就。李煜留存的词只有 38 首，仅此也已让他赢得"千古词帝"的盛誉。

李煜是五代十国时期南唐的末代皇帝，又名重光，史称李后主，在位时间不足 15 年。他在江南继承皇位时，宋太祖赵匡胤已经统一北方，建立宋王朝。李煜性格懦弱，迫于形势，对宋称臣纳贡，苟且求安。宋军围攻金陵，兵临城下的时候，李煜正在痴迷于写作，填词一首《临江仙》，未等写完，京城陷落，贪生怕死的李煜带领他的后妃和臣僚 40 余人向宋军投降，南唐就此亡国。投降后的李煜被押送汴京（今开封），还没丢下这首未写成的《临江仙》，竟然心安理得，还把词的后三句补齐。

他被软禁起来，一国之君沦为阶下囚，一切都在监管之下，完全失去了自由。然而，李煜的诗词创作走向辉煌，却源于他后半生屈辱的、悲惨的命运。李煜的诗词内容可分两类：第一类是降宋之前所写的，多为反映宫廷生活和男女情爱，题材较窄；第二类是降宋以后的作品，由于命运急转直下，一代帝王瞬间沦为囚徒，这种巨大的人生落差使他痛彻肺腑，同时也给他的诗词创作提供了广阔、丰富的情感世界。亡国的深痛，往事的追忆，成为李煜后期诗词创作的主要题材。相比前期作品，由于注入特殊的感情体验而陡然升华，所以写出了成就极高的作品。

他的词，在中国文学史上好比一座里程碑，在他之前，词以艳情为主，内容浅薄，即使寄寓一点情怀，也大都用比兴手法，隐而不露。李煜后期的词，直抒胸臆，倾吐身世家国之感，情真语挚，意境深远。他对后来宋代苏轼、辛弃疾豪放派词作的出现，产生了深远影响，所以是承前启后的一代宗师。李煜把亡国之痛寄予笔端，其代表作有《浪淘沙令》《破阵子》和《相见欢》，而最具感染力的还是《虞美人》："春花秋月何时了，往事知多少？小楼昨夜又东风，故国不堪回首月明中。雕栏玉砌应犹在，只是朱颜改。问君能有几多愁，恰似一江春水向东流。"这首词标志他的艺术成就跃上顶峰，也是一首绝命词。因他在词中明说"故国""雕栏玉砌"，引起宋帝赵光义的反感，遂赐"牵机药"将他毒死。词中"问君能有几多愁，恰是一江春水向东流"的佳句，稍有文化者，无人不晓。要凭才华，李煜不适合做皇帝，这种错位，却成就了他的文学事业。"不幸亡国家，有幸成词宗"，概括了他的人生。

诗人多产，当数朱元璋

朱元璋祖籍沛县，称帝后曾返乡祭祖。他的诗通俗易懂，气势雄壮。他同刘邦的诗，都是在不经意间，以朴素的语言透出非凡的境界。诗言志，字里行间流露的是他们睥睨天下，臣服诸侯，开创伟业的志向和恒心。比如写"园中四君子"的梅兰竹菊，是历代诗作屡见不鲜的题材。虽高手云集，但朱元璋脱颖而出。他吟菊："百花发时我不发，我若发时都吓杀！要与西风战一场，遍身穿就黄金甲。"他咏竹："雪压枝头低，虽低不着泥。一朝红日出，依旧与天齐。"在他起兵反元之后，有一次隐瞒身份乔装出行，来到一座寺庙。庙里的和尚见他形迹可疑，就盘查询问。朱元璋冲动地在墙上题写一首《愤题和尚诘问》诗："杀尽江南百万兵，腰间宝剑血犹腥；山僧不识英雄汉，只顾哓哓问姓名。"诗如其人，这些诗，分明都是写照他那由平民到天子的非凡人生。

朴实无华的诗，也有卓越技巧。败笔生辉就是一例：洪武十四年是鸡年，朱元璋亲临翰林院与学士们一起饮酒庆贺。席间提议，以"金鸡报晓"为题，各人献诗一首。文人雅士争相比试，各展才华，一时难分高低。朱元璋微微一笑，也挥笔参赛："鸡叫一声撅一撅，鸡叫两声撅两撅。"大家都感觉太俗，还像诗吗？众人互递眼色，鸦雀无声，忍不住的只好扭过脸去掩口窃笑。谁知朱元璋急转直上续上两句："三声唤出扶桑日，扫退残星与晓月。"

顿然，引发一片叫绝，令人叹服。妙，就妙在巧用"败笔"先抑后扬，出人意料地反败为胜，更显精彩。品读朱元璋的诗，倒有一种大智若愚、拙中见巧的感觉。

朱元璋做了皇帝，定都南京。一次微服巡视，巧遇一群赴京赶考的举子在渡口候船。万里长江波涛汹涌，巍巍钟山龙盘虎踞。目睹壮观景象，有个举子远眺燕子矶峭岩，脱口吟出"燕子矶兮一秤砣"之句，赢得了一致称赞："好一句气势磅礴的起始！只此一句也足见胸襟博大了。"在场的朱元璋不禁发笑。有人责问笑什么。他说："此句气魄虽大，只怕难能继续完诗。"的确，以偌大的燕子矶喻秤砣，又拿什么作秤杆、秤钩呢？良久无人吭声应接，朱元章见状又大笑，当即赋诗《咏燕子矶》一首："燕子矶兮一秤砣，长虹作杆又如何？天边弯月是钩挂，称我江山有几多！"巧妙，壮阔，众举子暗自佩服。出语超凡，敢把江山称为己物的，也唯有当朝天子。身为开国君主，总是深明创业难守成更难的道理。朱元璋纵然圆了皇帝梦，决非高枕无忧地安享清福，如诗所说："诸臣未起朕先起，诸臣已睡朕未睡。何以江南富足翁，日高三丈犹披被。"

综览中国历代帝王诗词，也是不乏佳作的。但其中出类拔萃的诗词，竟有许多出自徐州籍皇帝。说到皇帝的诗词，就数量而论乾隆最多，编印成的《御诗集》5集，收入4万多首诗篇，堪称中国个人诗集收诗量之"最"。他南巡4次到徐州，诗作也有上百篇。然而，数量之多并不体现诗的品位，诗坛排行，试问乾隆算是几流诗人？品评他的诗，多属"附庸风雅"之作，品读的感觉，如同嚼蜡。与徐州籍皇帝的佳作比较，能不相形见绌？邵大业所说帝王之州的龙吟虎啸，当指徐州籍的皇帝们是以诗词抒怀言志，倾吐自己的心声。

原载 2012 年第 2 期《徐州史志》

七夕媲美情人节

　　世上公认的情人节，至少有三个：农历七月初七称"七夕"，中国情人节；2月14日外国情人节；农历正月十五日称"元夕"，也曾当作中国情人节。国人看重的情人节是"七夕"，它与春节、清明节、端午节、中秋节和重阳节并列为中国六大传统节日，列入首批国家非物质文化遗产名录。

　　每逢七夕，夜幕降临，人们总爱仰望天河，遥想鹊桥会的故事。天宫的织女与人间的牛郎结为夫妻，却被王母娘娘拆散。二人化成牛郎星、织女星，隔离在天河两岸，只有每年七夕这天喜鹊飞来搭桥，他俩才能相会一次。以此美丽神话赞颂情人忠贞不渝，并寄寓美好祝愿。故事带有悲剧情调，七夕偶遇雨天，看着雨滴人们会说："瞧这泪！夫妻俩在鹊桥抱头痛哭呢！"谁不责备狠心的王母娘娘。正月十五"元夕"的爱情故事，充满喜剧色彩，不是神话，而是真实的历史。南北朝时期，陈国的乐昌公主与丈夫徐德言感情深厚。隋军的入侵使陈国濒临灭亡，他俩预感可能失散，便将一枚象征夫妻恩爱的铜镜一劈两半，各藏半片，相约来年正月十五，将各自的半片拿到集市去卖，寻找对方的下落。隋军灭亡陈国后，乐昌公主被迫做了隋朝大臣杨素之妾。翌年元宵节，她的前夫徐德言果真在街市上从半片铜镜找到线索，便在破镜上题诗："镜与人俱去，镜归人不归。无复嫦娥影，空留明月辉。"有权有势的杨素虽然宠爱其妾，但由破镜题诗得知了实情，十分感动。他毅然退出情场，找来爱妾的前夫，让情侣复婚，破镜重圆传为佳话。古人将正月十五当作情人节，有过不少描述，欧阳修诗云："去年元夜时，花市灯如昼；月上柳梢头，人约黄昏后。"辛弃疾诗云："众里寻它千百度，蓦然回首，那人却在灯火阑珊处。"

　　中国情人节该是元夕还是七夕？因七夕的由来更早，在周代《诗经》中已有牛郎织女的记载，而正月十五又要突出春节"元宵团圆"主题，两者居其一，所以规定七夕为中国情人节。外国的情人节由瓦伦丁节演进而来，源于公元3世纪罗马帝国时代，较中国情人节晚数百年，是为纪念基督教徒瓦伦丁为正义和爱情献身的事迹，与中国没有关系。

　　欢度情人节，在于感念爱情的忠贞不渝。情人的范例，绝不限于牛郎织女和乐昌公主夫妇。徐州历史上的爱情经典，也是不乏借鉴意义的，而且在风景名胜里还留存恋人们的踪影。喜逢佳节，何不游历探访，重温那些深情厚意？

云龙湖畔的同心池，是为纪念苏轼而易地重建的景观（原址在彭城路 1 号古代府署后院），"同心"二字表白情人相恋的真谛。苏轼刚直不阿，常于不经意间得罪当朝权贵，惹来祸害。他曾指着肚子问妻妾："有谁知道这里装的什么？"一个说是"文章"，一个说是"见识"，苏轼一概摇头否认。而王朝云的回答"一肚子的不合时宜"，当即获得苏轼称赞："知我者，唯朝云也。"他因"乌台诗案"被打入牢狱，宦海浮沉屡经苦难。被贬往惠州时，妻妾已陆续散去，只有朝云始终陪护，精心照料着他。朝云病逝入葬，苏轼题联："不合时宜，惟有朝云能识我；独弹古调，每逢暮雨倍思卿。"

观览徐州名人馆平台上的历代乡贤塑像，见到虞姬陪同项羽征战的英姿。经历灭秦战争，项羽建都彭城。他掠尽咸阳秦宫里的美女和珍宝，动用 30 万人马，运入彭城的楚宫。尽管身边美女多不胜数，但他情有独钟的，只有虞姬。带着她南征北战，历时五年的楚汉争雄，更是形影不离。儿女情长，英雄气短，战场上虽然出生入死，惊心动魄，而每当夜歇，英雄美女依然恩爱有加。当败退垓下，陷入十面埋伏的绝境，项羽吟出一首千古绝唱的好诗《垓下歌》，而虞姬则拔剑出鞘，随心之所思而起舞。虞姬为确保项王冲出重围，不愿成为他的累赘自刎。《霸王别姬》家喻户晓。盖世英雄匹配绝代佳人，以悲壮人生，演绎无与伦比的故事，将爱情的沉寂和功业的破灭，熔于一炉，能不催人泪下？

燕子楼既是徐州名胜，也是中国文化名楼，是以关盼盼丧偶独守的故事，形成千古美谈，家喻户晓的。值得重视的是以讹传讹，必须澄清。关盼盼为谁独守燕子楼？是张建封，还是张建封的儿子张愔？"白居易诗杀关盼盼"是真还是假？时至日前报刊文章还不止一次弄错。好在学者已经考证清楚，从张氏父子的官称可以辨别，关盼盼的恋人就是张愔，绝非其父张建封。而白居易"诗杀关盼盼"之说，纯属无稽之谈。那是明代文人蒋一葵、陈彦之在其诗文中胡编乱造的，竟然造成欺世骗人的恶果。不过，讹传倒也反证了关盼盼的情操高尚。从历史背景看，到宋代程朱理学形成之后，中国社会才产生"三纲五常"的伦理观念。此前的唐代，社会十分开放，妇女还没有这种礼教约束，再婚改嫁司空见惯。像皇后武则天、太平公主都不在乎乱婚行为，而唯关盼盼甘愿孤守不思新欢，更显现她对爱情的忠贞。

在徐州最感人的爱情，还是古邳青陵台的故事（青陵台是古邳八景之一，在睢宁县古邳镇城东宋花园村）。东周时期宋国康王游逛下邳城东桑园，发现采桑女子风姿绰约，便筑起一座青陵台，专供他观赏美女。他对其中一个少妇产生占有欲，此少妇是王府小吏韩凭之妻何氏，便命令韩凭把妻子献给自己为妾。韩凭与妻子宁死不从。宋康王就派人把何氏抢来。又派兵逼迫韩凭自杀，斩断何氏对丈夫的依恋。宋康王强迫她为妃，何氏说："请让我在青陵台祭奠亡夫，之后方能侍奉大王。"康王应允，何氏身着素服，登台遥对夫墓，跪拜哭祭完毕，猝然坠台身亡。青陵台蕴含的爱情故事，成为历代诗人讴歌的题材。李白诗云："古来得意不相负，只今惟见青陵台。"李商隐诗云："青陵台畔日光斜，万古贞魂依暮霞。莫许韩凭为蛱蝶，等闲飞上别枝花。"梦龙诗云："韩凭夫妇两鸳鸯，千古情魂事可伤。莫道威强能夺志，妇人执情抗君王。"还有《搜神记》《岭表录异》《太平寰宇记》《彤管集》等古籍，都有这一传奇的描写……

世上除了公认的情人节，桩桩精彩爱情都有自己的纪念地、纪念日。尤其拥有过真爱的人，从七夕联想更多的，还是属于自我的情人节，缅怀自己的爱情往事。

原载 2013 年 8 月 7 日《徐州日报》

古今征战中的大义深情

徐州以"兵家必争之地"著称。探访九里山，走过汉阙，仰望峭崖上的题刻。在"古战场遗址"大字的旁边，还有那首著名的古代歌谣："九里山前古战场，牧童拾得旧刀枪。顺风吹动乌江水，好似虞姬别霸王。"触景生情，壮怀激烈。

九里山前的古战场，是指山前以徐州为中心的广大区域。有史记载以来，在徐州一带究竟发生过多少次征战？文献记载说法不一，《徐州历代战事》从史籍辑录战例有314次，《古今征战在徐州》写有421次，而《徐州征战》则说："四千多年间，发生在徐州的有文字记载的大小战事共一千多次。其中较大规模的有四百多次，产生重大影响的也有二百多次。"

凭吊昔日战场，品赏古代歌谣，拾起放不下的，只有"旧刀枪"吗？其实更加珍贵的，还是那些打动人心的故事，血光掩映中的大义深情……

徐偃王仁义厌战而失国

历数徐州先贤，最早的能与中华第一寿星彭祖并驾齐驱、令人敬仰的人物只有一位。彭祖园东大门，有一副楹联是这样颂扬的："彭祖爱身益寿延年垂佳话；徐王厌战行仁慕义留美名。"

这位徐王，是古徐国第32代国君，名诞，尊称徐偃王（公元前992年—前926年）。推究文化渊源，徐州远古文明，就是土著的东夷文化与西来的中原文化的融合。东夷氏族部落又称徐夷，在淮河、泗水流域繁衍生息，早在尧舜时代东夷氏族首领皋陶就是掌管刑法的大臣。皋陶之子伯益又是辅佐大禹治水的有功之臣。夏朝建立，伯益之子若木受封为古徐国的开国之君。当时的大彭氏国，是古徐国区域内的一座城邑。至周朝，在众多的诸侯国中，徐国以仁义之道治国，尤其徐偃王大力推行仁政，使国家迅速富强起来。周朝后期朝政腐败，诸侯国不满宗主国的暴虐统治，都愿意跟以仁政著称的徐国结盟，纳贡来朝的多达36国。深得诸侯各国拥戴的徐国，自然成为统辖淮泗流域的东方盟主，就连周朝天子也都敬畏偃王的威德，承认他的东方霸主地位。可以说，徐国是周朝时期第一个名正言顺的霸主，要比春秋五霸的兴起早得多。

可是，徐国的强盛，却引起宗主国周穆王的担忧，于是周穆王令楚国发兵征讨徐国。大军压境，徐国虽有力量抗击来犯之敌，但因偃王以仁为本，认为宗主国动兵的目的是想除掉自己，只要牺牲自己，就会让百姓免遭战祸，便毅然从泗州都城出走躲避。偃王一走，众多百姓愿意跟随而去，竟形成一次史无前例的大撤退。徐偃王北走彭城的武原山，因此改名为徐山（邳州西北的徐山），从此才出现了徐州的地名（"徐州"一词，有别于大禹分天下为九州时的自然地理区域概念，也非行政区划，"徐州"始作城邑名称）。徐偃王的仁爱之举，没能感动敌人，强兵仍然追杀不放，迫使他率领部分徐国人南下，到达浙江宁波一带，而偃王最终投海自尽。这就造成偃王"爱民不斗，遂为楚败，因仁失国"的历史结局。感念偃王品德，浙江的遗迹颇多：舟山有偃王宅，嘉兴有偃王庙及陵墓，衢州、龙游筑有偃王祠等。因为偃王的仁义深得民心，周穆王权衡利弊，又封徐偃王的次子宝宗为爵，让他继续治理徐国。

关于徐偃王的历史记载有多种版本，也有说周穆王发楚师袭其不备，大破之，杀偃王。其子宝宗遂北徙彭城武原山下，接替王位。但从浙江沿海的遗迹来看，偃王远走浙江是可信的。至周敬王八年（公元前512年），吴国兴师北渡淮河才灭亡徐国，结束了徐国的历史。

楚汉战争中的仁义之举

楚汉战争留传的许多成语典故，都是历史文化的载体。按说烽火硝烟、兵戈铮鸣，少不了血腥与恐怖。然而，人性和人情却未因此而泯灭。就从成语"分一杯羹"的由来说起吧。

秦朝灭亡，项羽自封西楚霸王，定都彭城。公元前205年3月，汉王刘邦得知项羽害死"义帝"（即楚怀王）的消息，号召反楚，集结各路诸侯56万兵马，向西楚进攻。趁项羽出兵伐齐，都城兵力空虚之机，一举大捷，占领彭城。可是，刘邦因胜利冲昏头脑，连日沉醉于酒宴庆贺，放松了守备。项羽听说彭城失守，当即自带精兵3万，从鲁南入萧县，东攻彭城，汉军大败。10多万士卒被赶进泗水、睢水淹死。刘邦险些被俘，趁狂风大作、飞沙走石的掩护，他带领几十名骑兵突围逃命。楚兵追杀不放，在徐州附近萧县皇藏峪和铜山汉王乡，两地风景中的拔剑泉、马扒泉、皇藏洞等人文景观，共同演绎了刘邦这次天助有灵、死里求生的故事。争夺彭城惨败，刘邦的父亲刘太公、妻子吕雉都被俘虏。项羽便凭人质讹诈，扬言刘邦如果不来投降，就杀掉他的父亲炖成肉羹吃。而刘邦得此信息，却回说：我和你是结拜兄弟，我的父亲也是你的父亲，如果杀了老父，就分一杯羹给我。被俘的刘太公和吕雉的下场，到底怎么样呢？

兵不厌诈，项羽与刘邦"分一杯羹"的对话，纯属用兵之术。事实上，刘邦的父亲和妻子毫发无损。战争结局，传有佳话：项羽兵败垓下自刎。消息传来，彭城守将不战而降，大开城门，迎接汉军。可是，因为当年楚怀王曾经封赐项羽为鲁公，领地在曲阜一带，该城军民甘为鲁公尽忠尽孝而坚守拒降，如果强攻必有重大伤亡。攻城不如攻心，兵戈交锋没忘情义。据史描述，刘邦是"用鲁公礼，收项王尸身，亲为发丧"，将之葬于谷城的。刘邦泣读祭文，还称颂"项王坦诚盖世"。追忆当年彭城之战，是项羽"拘太公而不杀，虏吕后而不犯，三年留养，尤见性情。"鲁人被刘邦的行为感动，大开城门，迎接汉兵入城。可见，战争未必都是流血的政治。正如《孙子兵法》所言："不战而屈人之兵"，即不用发动或进行战争，就能让敌人屈服、投降。恰是兵法中的最高境界。

将军同仇敌忾血战台儿庄

抗日战争时期，上海、南京相继沦陷，日本侵略者兵锋直指战略要地徐州。1938年3月，日寇投入七八万兵力，分两路向徐州东北的台儿庄进发。当时第五战区的国军，由李宗仁统率指挥徐州会战。庞炳勋部奉命调往临沂、滕县，阻止板垣师团南下。日军在飞机大炮和坦克的掩护下，向临沂猛扑。我方官兵不怕流血牺牲，坚守阵地，击退日军多次冲锋，顶住了板垣师团的攻击。第五战区司令长官李宗仁在他的回忆录中，为这场阻击战写道："敌军穷数日的反复冲杀，伤亡枕藉，竟不能越雷池一步。当时随军在徐州一带观战的中外记者与友邦武官不下数十人。大家都想不到，一支最优秀的'皇军'竟受挫于一支名不见经传的'杂牌'部队。一时中外哄传，彩声四起。"但随着战局的深入，庞炳勋的部队因敌我实力悬殊，伤亡惨重，急待增援。在第五战区，除张自忠的第59军，李宗仁已无兵可调。

情况确实特殊，李宗仁不仅知道，张自忠与日军板垣师团的首领板本征四郎的私交甚好，而且还了解张自忠与庞炳勋两人的仇怨颇深。张庞二人，原属西北军冯玉祥部下。当年中原大战，冯玉祥因兵败而下野，军中大乱，所属各部自寻出路。庞炳勋趁军情混乱，企图吞并张自忠的部下扩大实力。

他发动袭击，张自忠险些被炮火炸死，就此结下了仇恨。这样不共戴天的冤家，如今却走到一起，同属于第五战区。李宗仁召见张自忠，表述战况需求。面临考验的张自忠，在民族大义与个人恩怨之间，当即抉择，摈弃个人恩怨，率部与庞部协力作战，以一昼夜180里的速度，及时增援临沂。

庞炳勋出城迎接自己的仇家。相见时，张自忠只说："往事一笔勾销。老弟拼死保住临沂，自忠岂能示弱？"在后继的阻击战中，他以"拼死杀敌，报祖国于万一"的决心，指挥激战，与敌肉搏。茶叶山下与刘家湖阵地，多次失而复得，拉锯式拼杀，惨烈无比。数天鏖战，敌军节节败退，国军相继收复蒙阴、莒县。不久，日军再派板本旅团向临沂、三官庙发起攻势，妄图有所突破。张自忠和庞炳勋两军协同抗击，粉碎日军增援台儿庄前线的企图，确保我军台儿庄大捷。张自忠部付出巨大代价，一个月内战死一万余名将士，指挥官有四分之一殉国。面对张自忠的不计前嫌、同仇敌忾，庞炳勋感激涕零。自此，也成就了张自忠抗日名将的英名。至1940年，张自忠在襄阳与日军战斗中，不幸殉国，追授上将衔，为第二次世界大战中牺牲殉国的最高将领之一。

交锋淮海黄埔同学见真情

黄埔军校1924年成立，是近代中国最著名的军事学校，给抗日战争和国共内战，培养出许多闻名遐迩的指挥官。新中国建立，授衔的元帅和大将，不乏黄埔校友。陈赓大将就是黄埔第一期的出色学生，东征时曾救过校长蒋介石的命，名列"黄埔三杰"，校友对他格外敬重。在军旅生涯中，他与出身于黄埔军校的国民党将领的恩恩怨怨，既是国共两党合作和斗争的缩影，而且成为现代史中的传奇佳话。

先来说淮海战役。1948年冬季，陈赓率第四纵队协同兄弟部队在徐州西南切断津浦铁路，参加围歼黄维兵团的战斗。这段经历，常令人寻思他与黄埔同学的情结。他的对手之一，是黄埔一期同学，敌军第12兵团司令黄维；之二，是陈赓在黄埔四期当连长时本连的学生，敌军第12兵团副司令胡琏。在活捉黄维和胡琏，及另一个副司令兼第85军军长吴绍周时，还击毙了黄埔第三期的学生、第14军军长熊绶春。

按传统观念，军人以服从命令为天职，交战双方各为其主。虽然是黄埔同学，交起手来，也决不含糊。陈赓和黄维是黄埔一期同窗，战役打响，黄维兵团奉命加速北进。陈赓则奉令就地将他围歼。陈赓要以 18 个团对付黄维的 33 个团，兵力对比，悬殊甚大。陈赓决定采取"先阻后攻"战法，受阻之敌凶猛突击，由此展开一场大血战。黄维哀叹："我们如不突围出去，只有在此待毙。必须打开一条血路。"陈赓当即命令："紧紧咬住敌人，猛追猛打，不让他有喘息机会。"经惨烈拼杀，全歼黄维第 12 兵团。

围歼期间，陈赓利用黄埔情缘开展攻心。黄维兵团所辖第 14 军军长熊绥春是黄埔第三期学生，陈赓因当过此人在校时的队长，对他很熟悉，便写了一封亲笔信叫被俘的该军参谋长梁岱送去。熊绥春见信后虽激动得泪流满面，却因犹豫不决未能及时投降。当我军发起总攻，他在仓皇逃跑中被乱枪打死。他的参谋长梁岱在所写的《第十四军被歼纪实》一文中回忆说："陈赓嘱咐熊绥春的卫士一定要找到尸体，好好埋葬，立个碑，以后让他的家人好查找。"

而黄维因思想顽固不化，才落得被俘的下场。不仅陈赓，还有徐向前、罗瑞卿、林彪、左权等共产党的高级将领都是黄埔同学，对黄维都有过影响力。当黄维在双堆集被围的危难关头，解放军中原野战军司令员刘伯承和华东野战军司令员陈毅还曾多次劝降，但因黄维对蒋介石愚忠，未能产生效果，令人遗憾。

陈赓的黄埔情结，贯穿始终。在淮海战役前的洛阳战役，全歼敌青年军第 206 师，被俘虏的师长邱行湘是其黄埔五期学生。在淮海战役之后，1949 年秋季，陈赓兵团在广州的阳江地区又打败黄埔三期学生、蒋军第 21 兵团司令刘安琪，黄埔二期学生、第 13 兵团司令沈发藻，全歼两个兵团所属各军 4 万余人；相继在滇南还打败了淮海战役漏网的黄埔四期学生、蒋军第 8 军军长李弥和黄埔一期学生、第 26 军军长余程万，另在西昌打败黄埔一期的风云人物胡宗南和他的参谋长、黄埔四期学生罗列。交战过程，陈赓一直不忘同学情缘。

黄埔五期学生、被俘师长邱行湘多年以后，在回忆录中写道："我在洛阳中学以南解放军的一个旅司令部里面，以一个被解放者的身份，受到陈赓大将的召询。他以既严肃又宽大的态度对待我，并且微笑着和我握手，使我当时惊慌疑惧的心情逐渐安定了下来……最后要我到解放区的后方去，并给予我一些生活上的照顾。共产党把我从罪恶的深渊里拯救了出来，使我获得了新生，这种天高地厚的恩德，真是没齿难忘。"又说："在洛阳战役中，我不仅没有及时地投向人民的怀抱，城破后还不肯放下武器，坚决抗拒，造成了滔天罪行。想到这里，我就愧悔无以自容。"战争结束，陈赓不忘旧情，还专程从云南赶到重庆，看望身为战犯的黄埔老同学，使宋希濂等人如沐春风。

千古徐州，平均一二十年发生一起战事。至淮海战役结束，终于熄灭频繁的战火，迄今已赢得大半世纪的和平。昔日战场硝烟散尽，烧焦的土地早已化作丰产的良田、兴旺的城镇。徐州的姿态，是以"商家必顾"取代了"兵家必争"。随着海峡两岸沟通及交往，许多黄埔校友相约重逢。年少同窗共读，戎马生涯，驰骋抗日疆场，而在淮海战役等战场还曾反目为敌，殊死战斗，令人不堪回首。人生未老，而今又携起手来，致力于中华民族的伟大复兴。

原载 2014 年 12 月 13 日《彭城周末》

大河与古城的千秋恩怨

俯视徐州，大河从西北流来，穿过繁华的市区，折转东南流向远方。沿用古称，尽管人们还叫它"黄河"，它却早已失去黄河那种浊浪滔天的气势，变得平缓而清澈，倒映出天光云影，倒映出沿岸的高楼、长桥、茂林、人家，显现着和谐与安详。

河与城相依为伴，自古结下不解之缘，一弯河水紧紧拴住了城的命运。仿古重修的牌楼，风采依旧，题书"大河前横"的匾额，流露着蕴涵：城前横卧的河流，几经变迁而更名；河边坐落的古城，几经沉沦复崛起。谁能数清它们的千秋恩怨？从大彭国濒临古获水的岸边，河水养育先民的恩惠；到彭城邑"汴泗交流郡城角"的航运之利，及元明以来黄河为徐州赢得"五省通衢"的殊荣；直至当代穿城而过的故黄河，构成美不胜收的风光带，营造崭新的生态环境……兴也是河毁也是河，河流给古城留下了太多的记忆。城下城叠压的考古发掘，让人惊愕地窥察淹没的辉煌！

一首古老歌谣，表述着世代人的心愿："武宁门外水悠悠，万里长堤卧古牛。青草绕前难下口，长鞭任打不回头。风吹遍体无毛动，雨润周身似汗流。莫向函关问老子，国朝赖尔保徐州。"诗中不着一个"铁"字，写的恰是镇河的铁牛。神牛可曾镇住大河的狂暴？它能保住徐州吗？祖先治水既有科学的思考，又有对于神灵的迷信。按五行相克相生的说法，水来土掩，土能克水。"丑"是土和牛的双义字，由此推衍出牛能镇水的神话，传说大禹治水就铸造了镇河牛。大禹功不可没，但他的治水不可能一劳永逸。有史记载以来，两千年间黄河决口泛滥1500多次，其中132次波及徐州。早在西汉元光三年（公元前132年）黄河从濮阳决口，洪水夺泗而来，徐州重灾。汉武帝亲临现场指挥堵决，目睹漫流的洪波，竟也不禁悲歌："我谓河伯兮何不仁，泛滥不止兮愁吾人。"

徐州的镇河牛，始铸何时无从考证。可以肯定，历史上在徐州至少铸造过五尊镇河牛。明代嘉靖年间的神牛，遭遇天启四年的大水，连同徐州城一起被淹没；清初重建州城，康熙年间重铸的神牛，又被激浪吞掉，一无踪影；待护城石堤保障了州城的安全，嘉庆年间再铸神牛并建筑牌楼，以示神威，黄河却于咸丰年间从仪封改道入海，丢下这条蜿蜒700余公里的废黄河。古牛毁于"文革"，觉醒的人们反思这场文化浩劫，仿铸卧姿的嘉庆铁牛之后，又新铸一尊昂首屹立的铜牛。江河是镇不住的，镇河牛只是当作传世的吉祥物，祝愿黄河安澜为民造福。

灾难显示大自然的威力。有史记载以来，黄河发生过26次改道，流经徐州的故黄河是它第25次丢弃的河道，从1180年（金代大定二十年）至1855年（清代咸丰五年），黄河水"夺泗"在徐州绕城流淌了675年。黄河是一条泥沙巨流，淤积的泥沙抬高了河床，阻断泗水河上游的来水。由于来水的滞积，在金元之交形成了微山湖、昭阳湖、独山湖和南阳湖，统称"南四湖"。古代的徐州城多次被黄河吞没，近年来城市建设开挖基坑，于地下屡屡发现明代古城废墟。据《徐州府志》记载：天启四年（1624年），"河决魁山东北堤，灌州城，城中水深一丈三，官廨民庐尽没，人溺死无算。"附近的古邳、吕梁、沛城、留城等古城，也都沉陷于地下。微山湖还有"水淹18连城"的传奇！沂河的滞积又形成了骆马湖、黄墩湖，河流的变迁，制造着一幕幕城乡沉没的人间悲剧。

有灾难就有抗争，就有科学的探索，也就有了遵循自然规律、趋利避害的举措。远古的大禹治水，就是一个范例。尧帝在位时，洪水泛滥，民不聊生，尧派鲧治水。鲧采取堵阻的方略，结果洪水更加泛滥。后来尧帝传位给舜，舜帝处死了鲧。又派鲧之子禹继续治水，禹接受其父失败的教训，采取疏导的方略，终于平息水患。功成名就，舜帝便传位给禹，禹建立了夏朝。黄河从黄土高原冲刷而下，平均每年携带16亿吨的泥沙，这就注定它那"易淤、易决、易徙"的习性和治理的艰难。在徐州凡为治河做出贡献的人，都永垂青史：北宋知州苏轼，身先士卒抢筑大堤，抗洪保城。他夜宿城上巡查险情，屡过家门不入。临危时刻，以诗言志——"坐观入市卷闾井，吏民走尽余王尊。"一旦堤防溃崩，他会像汉代东郡太守王尊一样，用身体填堵决口，力挽狂澜，确保百姓和属下脱险；明代治河专家潘季驯，四任总理河道达27年之久。"筑堤防洪，束水攻沙"，他遵循科学规律，营造堤坝体系，走险探测水情，浪打舟翻，险些丧生；清初三帝康熙、雍正、乾隆相继努力，史无前例，在沿河一线构筑长达70里的护城石堤（庆云桥西端，尚存残堤一截，尚可窥豹一斑，想象当年它的雄伟）；新中国成立后徐州市首任建设局长胡大勋，进驻七里沟封滩固沙，首创果园，揭开千里故道开发利用水沙资源的新纪元……

　　尤其令人崇敬的，还是古往今来、不见经传的无名英雄。他们的伟业有目共睹：黄河下游流经平原的河段，素称"悬河"，在徐州的黄河故道，高出地面3至7米，当今黄河经开封、曹岗一带已高出地面10米。时当黄河汛期登堤，放眼眺望，一边是拍岸惊涛在堤坝的控制下，安稳地奔向大海；一边是千家万户的城镇、生机勃勃的原野，在堤防护卫下安然无恙。在徐州，古泗水原非地上河，黄河夺泗，泥沙逐渐淤积河床，不断地抬高水位，迫使不断地筑堤抗洪，人与河展开持久不息的夺高竞赛，终于造就了地上"悬河"。这个奇观就是一座历史丰碑，纪念了万千劳动者的不朽功绩。如今，在黄河千里故道两岸，又利用"悬河"高程，依山就势构筑许多的平原水库，美曰"长藤结瓜"。而往昔黄河水灾造成的沙荒地带，正化作绿洲，果园、林场、农田遍布。人们不再去做"驯服江河""主宰自然"的痴梦，只求与自然和谐相处，善待江河，遵循规律，造福于民。

原载 2006 年 7 月 25 日《徐州日报》

地名，历史的印记

从街巷改名看到的时代脚步

要把今日的徐州地图，对照古时的府城图，就会发现许多街巷的方位没变，名称变了。其中，有些街巷虽然消失，但因为在那里曾经发生过重大事件，街巷的名字也就成为抹不掉的记忆。许多古街老巷虽然还在，面目却被弄得似是而非。时代远了，让我们难以忘却它们的经历，探微索隐，就会觉得寻常巷陌并不寻常。

先说大同街，原来它叫察院街，是因古时的都察院坐落于此而得名的。这个衙门负有监督查办官吏的职责，州府科举的考试也在这里举行。逢考时，府辖八县的生员（秀才）云集在此，就近食宿的巷子名叫文学巷。辛亥革命胜利，结束了中国的封建帝制，倡导中山先生"世界大同"的思想。察院街不仅于1927年改名大同街，继而又在都察院故址建成中山堂，借以弘扬民主共和的时代精神。自隋唐至晚清，延续千余年的科举制度结束了，过往中山堂西侧文学巷的人，谁还知道这巷名字的由来？不过，从这里走出来的文化名人，大家还是熟悉的。例如康熙三十六年赴京殿试，金榜题名的状元李蟠，光绪二十八年赴省城金陵应试，"庚子辛丑恩科"（历史上最后一次科举考试）的同科举人张伯英、张云生（为叔侄俩）和武丛心等，都曾是家喻户晓的人物。

从辛亥革命至北伐战争前后，为纪念志士仁人中的陈英士、崔道平、王少华、梁中枢，特将莺市街用其谐音改为英士街、毓秀巷改为道平路（两街统归建国西路之后，仍有道平桥）、县署街改为少华街、二府街改为中枢街。辫帅张勋盘踞徐州时，操纵宣统皇帝复辟，凭其淫威自我神化，建造生祠，该处巷子定名祠堂巷（祠堂故址在原祠堂小学校内）。由他导演的复辟丑剧，仅仅上演12天，就在国人的唾骂声中收了场。20世纪初，徐州也因此事，成为全国关注的焦点。后来的祠堂巷，改名为更新巷，寓意历史潮流不可抗拒。"共和"势必取代"帝制"，螳臂挡车的张勋身败名裂。历史前进的车轮，在这条小巷留下了时代轨迹。

这条巷子现在已经拆除，苏宁广场的高楼大厦拔地而起，张勋复辟的往事，被收入记忆的深处，每当搜寻出来，倒是余味无穷的。当年张勋为他的生祠，自题楹联："我不知何者树德，何者立威，只缘余孽未清，奋戟重来，稍尽军人本职；古亦有生而铸金，生而刻石，自揣美名难副，登堂强醉，多惭父老深情。"这副对联，一开始就以理亏心虚的口气，羞答答地自问：我有什么"德"？我有什么"威"？然后又自圆其说地自答，因为还有一些"余孽"（余债）未了，只好拖着枪杆子来到徐州。想干什么？又说要"尽军人本职"，简直是欲盖弥彰，不打自招。下联愈加耐人寻味，说他一心想效法古人，既要"铸金"，还要"刻石"，既做婊子，又立牌坊，因怕"美名难副"，只好装疯卖傻，来一个"强醉"登堂，还胡说是"父老深情"……如此滑稽，如此龌龊，古今罕见。历史上的跳梁小丑，最精彩的表演，莫过于他。

从地名领略到的清风美德

说到文亭街的由来，从前街上有一座凉亭叫"一文亭"。文婷街的名字，取自一文亭。古时的一文钱，相当一分钱，俗话"分文不值"，是很不值钱的意思。而这里的"一文"二字，恰恰显示人品的高贵无比，那是用再多的钱也买不到的。一文亭的故事，反映清代名吏陶在铭的政绩。此人浙江会稽举人出身，光绪年间历任铜山知县、徐州知府长达 10 年之久。他清正廉洁，办过不少好事。卸任离徐时，百姓在道路旁边放置一个簸箕，倡议过往行人各投一文钱，积少成多为陶公赠礼送别。陶在铭坚决拒收，人们只好用这笔钱建造了这座亭子，取名"一文亭"，表示感念不忘。当年为赞扬陶公品格，还筑有陶公阁，后来，以阁的方位为准，又分别命名两街为东阁街、西阁街（俗称东阁头、西阁头）。

与"一"字有关系的街巷名称，还有一人巷。这巷的命名，意在倡导谦让之风。别的古城也有类似的掌故。某朝有两户人家争夺宅基，互不相让。一方因有人在朝中做官，便仗势欺人。可是，做官的人知情之后，当即写信，告诫家人与人为善，宽以待人，责令自家拆墙后撤。对方为之感动，也立即后撤，互让之间，闪出了一条巷子。类似的故事，当数桐城县的六尺巷最典型。清代康熙年间的宰相张英在家书中的题诗是："千里修书只为墙，让他三尺有何妨？万里长城今犹在，不见当年秦始皇。"于是，共同让出了一条六尺巷。徐州的一人巷，具有同工异曲之美。因巷子特窄，民谣称颂："一人巷啊一人巷，一人走来一人让。"时过境迁，一文亭、陶公阁、一人巷都已荡然无存，而地名故事作为非物质文化，都已化作精神财富，传承下来。

美人巷，谐音美仁巷，相传因虞姬在巷里住过而得名。刘邦赢得天下之后，追忆当年的彭城之战，说项羽"拘太公而不杀，虏吕后而不犯，三年留养，尤见性情。"可想而知，被俘虏的太公和吕后，少不了虞姬的照料。尤其感人的，还是她忠诚于爱情的故事。多年跟随项羽出征，侍候在身边，至项羽兵败垓下，为让项羽放下拖累，冲出重围，虞姬甘愿自刎亡身。"人不是因为美丽才可爱，而是因为可爱才美丽"，美仁巷的由来，诠释了这句哲理名言。

老地名写照徐州古战场

徐州以"兵家必争之地"著称于世，地名就是一种印记。九里山，因战争而名扬古今。九里山口建有一对汉阙，峭崖石刻上就是"九里山古战场"几个大字，后刻有施耐庵《水浒传》中的那首山歌："九里山前古战场，牧童拾得旧刀枪。顺风吹动乌江水，好似虞姬别霸王。"九里山前古战场，泛指徐州一带，是以徐州为战略中心的广大区域。

有趣的是，市区东南棠张乡的一些村庄，村名都起源于战争：铁营村，本是驻军的营盘；谷堆村，原为部队堆放粮草的地方；炉上村，曾设有熔炉，是制造兵器的军工作坊；马栏村，即训练战马的场所。虽然当年的军事设施消失了，战火烽烟散尽了，而自古以战争设施确定的村名，一直沿用至今。村里出铁匠、镟匠，据说，他们是古来兵工制作的传人。这些古代战争留迹，与明朝的历史有关系。朱元璋是开国皇帝，称明太祖，死后皇太子朱允炆继位，其叔父燕王朱棣篡夺皇位，称明成祖，迁都北京。徐州地处南北二京之间，战略意义十分重要，朱棣的兵马经由徐州之战进取南京，夺得皇位。朝廷在徐州设置的徐州卫、广运仓，在军事上、漕运上的作用，都位居全国要冲地位。棠张乡是徐州府城的近郊，那些村庄当成军事要冲的往事，犹如历史长河的浪花，滚滚而过，沉淀下来的，唯有这些村庄的名字。由此，还能洞察古战场的蛛丝马迹。

王陵路的名称，更不寻常。"英雄造时势，时势造英雄"，灭秦战争和楚汉战争，在徐州一带成就一大批良臣武将。汉初功臣封侯，刘邦共封143人，仅沛县籍的就有23人。"五里三诸侯"的掌故，表露人才辈出的密度，安国侯王陵是"三诸侯"之一（另是颍阴懿侯灌婴、绛侯周勃）。王陵路南侧的王陵母墓，古冢绿树成荫，冢前筑有石坊和墓碑，镌刻着"汉安国侯太傅右丞相王陵母之墓"。地名与景观，弘扬一位巾帼英雄大义凛然、无私无惧的精神。楚汉战争之际，王陵归汉，项羽劫持其母，企图逼降王陵。王母让使者转告儿子，切莫顾念母亲而动摇辅汉的决心。为断绝儿子的恋母之情，她拔剑自刎。从残酷的战争中，站立起一位宁死不屈的母亲。在中国历史上，王母伏剑、孟母三迁、岳母刺字，齐名为"三个伟大母亲"。

原载 2014 年第 5 期《江苏地方志》

消失的石磊巷

寻常巷陌不寻常

石磊巷消失了，但因其原先具有乡土文化特质，而成为徐州不可忘却的记忆。

巷名怪怪的，两个字里写了四个"石"字，俗称"石硠巷"。"硠"，又是个方言字，例如徐州土话说的"坷硠头子"等。石磊巷是条著名古巷，位于户部山以西，连通着彭城路和中山路两条主干道。巷的著名，倒与"石磊"无关，而是因为有两处毗邻相连的古迹——华祖庙和挂剑台。作为历史文化载体，怀古思贤，石磊巷才被世人格外关注。当下，城市建设日新月异，在旧城改造进程中，石磊巷连同原来的古迹完全消失，代之兴起的是高楼大厦。若要指认它的从前位置，大致在海云大厦以南一带，现在已经寻找不到一点痕迹。不过对老人来说，它的风貌和往事依旧刻骨铭心。

20世纪40年代我入读的小学校，就是设在石磊巷华祖庙里的模范小学。学校以庙堂当教室，生源不多，一年级和三年级实行复式教学，教室安置在坐西朝东的大殿里，大殿里还留存东汉名医华佗的神龛。其他房屋是办公室和别的年级教室。院落有一座古墓，碑石上镌刻"后汉神医华佗之墓"几个大字，墓前石俑肃立，石桌上时而有人敬香，那是谁家有了难治疾病前来礼拜求助的，神秘分分，备感庄重。

小学校以东的古迹，是始于古徐国的挂剑台，数千年间古台屡毁屡建，至明代顺天二年（1485年）复建的挂剑台，约有一人多高，伸平双臂丈量，两庹多宽。台上刻有《徐人歌》："延陵季子兮不忘故，脱千金之剑兮带丘墓"，用上下句当作对联，横联是"践信泉台"。明朝知府宋诚撰写题为《剑台事实》的碑文，述说古台的由来。模范小学的老师也经常给学生讲起两处古迹的故事。挂剑台院里的古戏台，逢年过节有时演出戏曲。院门前的汪塘，水清如镜，倒映出古老建筑的风貌……那些故地往事，没因街巷变迁被淡忘，时而怀念，愈加理解弘扬人文精神的重大意义。

央视重提挂剑留徐事

日前，中央电视台《百家讲坛》特邀王立群教授，主讲社会主义价值观主题词的"诚信"。当今所讲的诚信,与中华传统美德一脉相承。他说起古徐国挂剑台的故事,内容与徐州《剑台事实》碑文所述同出一辙,取自《史记·吴太伯世家》。

公元前544年,吴国公子季札(尊称为延陵季子,延陵今常州一带是他的封地,春秋时代吴国国王的儿孙,称为公子公孙)代表吴国宗室出使鲁、郑、卫、晋等中原诸国,途经徐国,徐君视季札为上宾,隆重接待。当年吴国传承干将莫邪造剑技术,宝剑驰名中原。徐君喜爱季札的佩剑,有心索取,却难于启齿。季札明白徐君的恳求,内心当即决定要将宝剑赠给他,心照不宣也没说出口。因为佩剑出使是一种礼仪,只好出使归来,才可了此心愿。不幸,返回时徐君已经病死。季札专往墓地祭奠,为了兑现承诺,特将宝剑挂在墓边树上。随从人员提醒:"徐君已死,宝剑还需给吗?况且你并没有出口答应。"季札说:"这是从开始就已心许过的,如果因人死而违约,岂不让我亏心!"他走后,徐国百姓为表彰吴季子有情有义的美德,自愿捐资建筑古挂剑台,并唱响一首《徐人歌》:"延陵季子兮不忘故,脱千金之剑兮带丘墓。"据学者考证,《徐人歌》创作于公元前500多年,当比屈原的《楚辞》还早,该是徐州有史记载的最古老歌谣。这些故事,人们并不生疏,经王立群教授在央视《百家讲坛》的宣讲,竟然那么富有新意,对其内涵的体会,要比通常的理解深刻得多。

王教授认为,诚信表现在无欺与承诺。关于无欺,他讲了历史上的三个故事。一是不欺人。别说对待成年人,就连对待小孩也是不可欺的。某太守视察基层,一群玩童骑着竹马欢迎,还问他几天返回,到时再来欢送。太守说三天返回,但提前一天就结束了视察,为了不欺人,便在途中多留住一天,没让孩子们失望。而今表示诚信,还有"童叟无欺"的说法。

二是不欺天。也是一位太守的事,这位太守提携一位下属任职当上县令,下官感恩行贿,说是天知地知你知我知,别人是一概不知的,劝说上司放心地收下贿银。上司态度明朗,不可欺天,坚决拒收。

三是不欺心。这要比前两者的境界更高,说的正是季札挂剑留徐的往事。那般胸怀,更是难得的良知,值得发扬光大。石磊巷古挂剑台的消失虽然留下遗憾,但为传承文明在云龙山重筑挂剑台,也令人欣慰。那里依山傍水,风景秀丽。石坊矗立,横额镌刻"季子挂剑台"五个大字。拾级而上,登临高台，在徐君冢旁筑有碑亭，铭刻着历史故事的原委。景墙题刻："挂剑酬心，践信泉台。"在徐君冢两侧刻有《徐人歌》的字句，金光闪闪，尤为注目。而挂剑台前新立的石坊，题刻的两副楹联："见礼知政，闻乐知德；观风审音，挂剑酬心""挂剑念先贤，旧事遍夸天下口；守诚尊志士，新台再继世中情"，横批"至德遗风"，也确实概括了人文景观的内涵。

老照片钩沉神医华佗墓

原石磊巷的两处古迹，没有留下痕迹，再也不可能看见原来的模样。世上常有这样的事，贵重的事物看似寻常，不珍惜，不爱护，当它一旦消失又后悔莫及。尤其被毁的是重要文物，那是历史载体，彰显古城灵魂，并且见证城市的非同凡响，能不令人痛惜？

一个偶然机会，让我有了重大发现，市城建局档案室收藏的老照片编印成册，令人震撼，里面竟有一幅华祖庙的华佗墓留影。享誉千古的文化真迹，只剩下这点东西，真可谓：价值无量，千金不换。

钩沉这庙这墓，能够表明什么？

华佗字元化，是一位世界级的古代名医，如今赞美医术高明的用语，还说"华佗再世""元化重生"。他无愧神医称誉，在内、外、妇、儿各科的临诊治疗，都曾创造过医学奇迹。尤其以麻沸散（临床麻醉药）行剖腹术闻名于世，开世界医学史全身麻醉手术之先河，早于西方1600多年。《三国演义》中传奇地为关羽刮骨疗毒，给曹操治脑要开颅手术等，更是家喻户晓。

华佗与徐州的缘分特别。历史上的沛国（今沛县）是汉代的诸侯国，华佗的出生地谯郡属沛国（今安徽亳州）。他的行医足迹，大抵是以彭城为中心，遍及今江苏、山东、河南、安徽的广大地区，辉煌的一生大致在这里度过。徐州人感念华佗救死扶伤的恩德，尊为华祖供奉，建有许多华祖庙。徐州城原有3座，一处在石磊巷，一处在云龙山，一处在城北的朱庄。至于州府下属的丰县、沛县、铜山等地，凡相传华佗居住或行医过的地方都有华佗庙，有的县多达三四处。石磊巷的华祖庙，因有华佗墓而影响最大，名声最响。可惜，原有的这些庙都已被毁，荡然无存。相比亳州、许昌的华佗庙和墓茔能够保存至今，更显出徐州维护历史文化遗产的缺憾。

老照片摄下的华佗墓，意义非常重大。

华佗的死，曹操罪不可恕。正史记载与《三国演义》不同。曹操患有头风痛(三叉神经痛)，发作起来心乱眼花，华佗施治一针便好，但不能除根，经常复发。曹操为自己方便医治，想把他长留身边。这样虽可让华佗名利双收，但华佗淡泊名利，早年就曾两次被举荐入仕，都被他拒绝。此时，他一心想着自由行医，为百姓治病，于是托词回家。到家以后又以妻子有病为由，拒绝邀请。曹操大怒，将华佗抓回许昌杀了。华佗被杀，身首分离，头颅还被游传原籍亳州示众。是华佗的弟子樊阿(彭城人)冒着生命危险收殓他的头颅，悄悄安葬在彭城的。曹魏亡后，彭城的华佗墓才公之于世，老百姓便纷纷为华佗筑庙、塑像，每年春秋两次祭祀。另据《道光徐州府志》记载："明成祖永乐初，徐州知州杨节仲修山川坛，掘地得一首骨，疑为佗首。"于是"加土造墓，并题其碣"，这就是石磊巷内华祖庙及华佗墓的由来。

当华祖庙成为小学校的时候，校园角落的这座古墓很少有人留意，我是大学历史系毕业之后，探研徐州文史资料才对它有所关注的。1979年我调进中山南路徐州日报社工作，社址离童年的母校故址不远，怀旧探访，得知小学校于20世纪50年代迁出后，庙的房屋早被别的单位占用。华祖神殿成为办公用房，已无神龛。经过"文革"浩劫，华佗墓在所谓的"破四旧"中被红卫兵摧毁。

享年104岁、曾任市政协副主席的范存德老人，十分熟悉华佗和华祖庙的历史变迁。1950年后，华佗庙部分房屋用作云龙区卫生所，还曾当作徐州市医学会的处所，开展学术活动。庙与墓的厄运当时就令人关注，多年来范老等人奔走呼吁，上书建议确立文物保护单位，整修华祖庙与华佗墓。分管市长还曾批转，卫生部门也发过文件，但一直未能落实，后来竟被拆除一光。

范老辞世前，曾留下肺腑之言："华佗生前不求功名利禄，一心为民解除疾苦；死后其葬首之地历经沧桑，至今无安身之所。作为炎黄子孙，怎不痛心疾首？我虽是满头霜雪之人，也要为重修华祖庙、墓而效力，不达目的不罢休。"由这幅老照片《后汉神医华佗之墓》的往事钩沉，可不又让更多的人痛心疾首？试想，中央电视台，《百家讲坛》，讲述核心价值观引证例证，华佗的为民敬业，樊阿的待人友善，不都是珍贵的教材么？

原载 2015 年 11 月 20 日《彭城周末》

考古成果显现城叠城

国家经济"十三五"规划开局之际，以"溯源"为题，徐州博物馆举办考古成果展，反映"十二五"期间，各项大型基建考古，取得丰硕成果。在48项考古工作中，累计发掘遗址面积近8000平方米，于层层叠压的古城之中，突出展示明代和汉代的古城遗存。

衡量考古成果，那些出土文物、影像实录能够让人领略什么？

抽象的时空，骤然具体起来，以形象表白一切。看到的就是时光流淌所形成的历史长河，虽然徐州的地理方位千古未变，但因历史变迁而不时地更换模样、增添内涵。难怪先哲有言："人不能两次踏进同一条河流。"时空如同经纬交织，步入展厅也就立足于历史与地理的交叉点上。古往今来的徐州，是那么的一目了然。

先说地下的明代古城：

明代洪武年间，为加强防务，徐州城进行迁建及大规模扩建，周长达9里。天启四年（1624年），黄河在奎山下决堤，大水灌城，城中积水1.3丈，徐州城被大水浸泡3年多，淤积3至4米厚的泥沙埋没了城市。崇祯元年（1628年），兵备道唐焕奉命重建的城市，与洪武城雷同且重合，形成了叠城奇观。清代仍沿用崇祯城，仅局部修缮加固，民国时期城墙被拆除。

"十二五"期间，结合城市建设对地下明代城墙进行多次勘探与发掘，先后清理出老东门的东城墙、回龙窝的南城墙、地处移动公司下的西城墙等，确认明代徐州城的范围及崇祯城与洪武城的叠压关系。明清时期为防黄河水患，徐州城外加筑护城石堤，在解放北路徐州供电公司、民主南路时代广场、苏堤路天山绿洲等处工程施工中，均发现规模宏大的护城石堤遗迹。

根据文献记载还需补充的是，明代古城覆没于1624年7月16日子时（23点至1点为子时）。黄河素称"悬河"，河水被堤坝托起高过了城中的房顶，夜间决堤猝不及防，当警锣把人们惊醒，已陷入倾城之危。清代同治《徐州府志》追记这场灾难："河决奎山东北堤，灌州城，城中水深一丈三，官廨民庐尽没，人溺死无算。"黄河"担水六斗泥"，是世界上含沙量最大的河流，每立方水常年平均含沙量37千克，最高含沙量达651千克，水灾过后必遭泥沙覆没。徐州毁城后曾经南迁二十里铺重建新城，开工十月余，官员陆文献上书崇祯皇帝"徐州不宜迁六议"，指出迁址有六个不当："运道不当、要害不当、有费不当、仓库不当、民生不当、府治不当"，全面分析，申诉迁回原址重建新城的理由，朝廷采纳了他的建议。在原址淤积层上重建新城，因为城郭、街坊和主要建筑设施，多在原处按原有形制及规模建造，所以形成了上下两层的叠合。

回顾 20 世纪的发现，不乏奇巧重叠：城下城——抗日战争爆发后，市民开挖防空洞，在南门大街（今彭城路）清代城南门的故址，两家商店掘出了明代奎光门瓮城的一对耳门；街下街——在统一街（古城北门大街）、和平街（古城西门大街）、太平街等处地下，都曾掘出明代古街的石板路面；府下府——彭城路 1 号原市级机关北院，是清代徐州府署故址，多次发现地下明代的知府衙门遗迹（唐宋以来一直作府署驻地，更早为项羽西楚故宫遗址）；庙下庙——在青年路（原城隍庙街），拆除清代城隍庙大殿建楼时，开挖基坑，发现明代城隍庙屋顶琉璃瓦的残存；井下井——原风化街的二眼井、文亭街的四眼井等古井之下，都重合明代的水井，探得到井下之井的石台石圈井壁……

近年来明代徐州城考古收获颇丰。2005 年中心时尚大道施工处发现古代统一北街及两侧商铺建筑；2006 年大同街皇城大厦施工处发现徐州卫（军事机构）遗址；2009 年彭城一号地下再次发现州署遗址；2012 年中央国际广场施工处发现成组的明清建筑；2013 年，苏宁广场施工处发现鼓楼基址以及大量的生活设施。这些都为还原明代城市的情景提供了依据。

再说地下汉代的徐州古城：

徐州地区汉代城址众多，据 2013 年 6 月在徐州市区苏宁广场遗址考古证实，汉代生活地面距离现地表约 11 米。另根据文献记载和考古资料，徐州地区的汉代城址共有 10 座。2012 年 8 月至 2013 年底，徐州博物馆对汉代城址资源进行考古调查，并对彭城（徐州市区）、石护城（铜山区柳泉镇）、湖陵城（沛县龙固镇）、司吾城（新沂市王庄镇）四座城址进行了勘探和试掘。彭城位于徐州市区，是西汉楚国、东汉彭城国的都城所在。在 1987 年，古彭地下商场施工时就发现大量汉砖、绳纹瓦、五铢钱；2000 年国际商厦施工时发现汉代灰坑遗迹和大量建筑材料；2005 年，金地商都二期施工发现了面积超过

4000平方米的大型汉代夯土台基，推断可能为西楚故宫及两汉楚王、彭城王的宫殿所在，尤其带有"寿福无疆"文字的瓦当等物，皆被认证为宫殿建材。有一段鹅卵石铺成的道路，可能是宫廷之路。陶质下水管的出土，说明当时的城市已有了排水系统；2009年，大同街天成国际商贸城施工处发现新莽时期的钱币窖藏，大部分为货泉，约重1.5吨；2013年，苏宁广场距地表9.7米处发现了西汉楚国都城彭城的东城墙，位于今彭城路沿线，清理长度190米，城墙底宽30米，东城墙向东紧邻古泗水河道……

　　考古，是适逢城建工程开掘地基进行的。解剖大地，厚达十多米叠压着的不同时代的文化遗迹依次可辨，恰似徐州四千多年的历史缩影。从远古大彭氏国，到当今徐州市区，世代人民繁衍生息。城叠城见证历史，展现这座城市由无到有，由小变大，毁后复生，振兴发展的曲折历程，以及先民不屈不挠的伟大精神。

原载 2016 年 3 月 4 日《徐州日报》

花园饭店的非凡岁月

花园饭店，是徐州著名的老字号。如今的饭店规格，大都是以"星级"为标志的，花园饭店属于哪个星级？论其资格之老、名气之大，在全国也是首屈一指。这决非言过其实，有例为证。

1995年，花园饭店参评星级宾馆，须到国家工商总局注册。巧遇广州也有一家知名的花园饭店，同往申请注册。按照政策规定，国内涉外星级宾馆不能同名，国家工商总局只能批准一家。于是权衡资历，进行裁决，以公平为原则，国家工商总局负责人表示："请你们两家把店史报过来，谁创立的早，谁就有冠名权。"当时，徐州花园饭店找到市政协负责编辑《徐州文史资料》的赵彭城先生，取来一摞文史资料，皆为记述几十年间我国经历诸多重大事件时，花园饭店接待过的叱咤风云的人物资料，以及民国时期相关的报纸。国家工商总局了解实情后，负责注册的领导同志不由惊赞：徐州花园饭店，原来早就是历史明星了！顺理成章，准予注册。而广州的那家花园饭店，只好改换了名称。

花园饭店作为历史文物保护单位，完好地存留那栋老楼，由新楼继续经营，接待各方来客。店的字号，实际上已是一枚历史徽章，老楼承载着的不同时代信息，为名城徐州构成一处独具魅力的人文景观。

花园饭店坐落于淮海路、解放路和大同街的交叉口上。庭院是敞开式的，过街行人可以清楚观览那栋三层老楼。此楼建于1916年，院门设在察院街上，这街是东门大街，1927年北伐胜利后才改名为大同街。楼主是苏州富商吴继宏，他做烟草生意发了财，特请洋人设计，并雇上海技工监造一座德国式的花园别墅。民国初年，相比满城清朝遗留的旧式老房，别墅不仅房型新颖别致，还配有徐州前所未有的暖气壁炉和西式卫生间。它的出现，陡然刷新了时代，耀眼无比。吴继宏因在徐州挣钱的机会不多，而常住上海。为避免住宅闲置浪费，自1919年就将花园别墅改为花园饭店，开张营业。还雇请南北名厨，主理中西餐点。当时，那典雅华贵的西式设施、中西兼备的精烹美食，自然成为军阀权贵、士绅名流享用的首选。有言道"无心插柳柳成荫"，吴继宏做梦也没想到，他所开设的这爿饭店，后来成为历史上的一座"政治大舞台"。在那风雨飘摇的年代，历史激流在此留下太多的波痕浪迹。

最先住进花园饭店的知名人物，是辫帅张勋。他密请各省清廷旧臣遗老，密谋复辟"大业"；在军阀混战时期，张宗昌、褚玉璞、孙传芳、陈调元等军阀巨头都来下榻过；1927年的"徐州会议"，蒋介石在此会同吴稚晖、胡汉民、李烈钧等人与冯玉祥达成联合"清党"和继续北伐的协议，蒋与冯结盟，成为"拜把兄弟"；1937年，国民党第五战区司令长官李宗仁以花园饭店为行辕司令部，指挥对日军的"台儿庄会战"。著名作家、诗人郁达夫和名记者范长江作为战地记者前来采访，并相遇后来成为盟军在华最高参谋长的史迪威上校；1938年，徐州沦陷，日军强占花园饭店，开设日军高级招待所"鹤家屋"旅馆；抗战胜利以后，周恩来、张治中、马歇尔组成国共军事调停三人小组，来徐入住花园饭店，检查停战协定执行情况，并与徐州各界人士合影留念；1948年初，往来入住花园饭店的国民党将领、要员，还有蒋经国、蒋纬国、刘峙、李弥、邱清泉、于右任、杜聿明、黄维等人，在此宴会、议事；1949年4月，徐州市人民政府接管了花园饭店，从此揭开历史新篇章，光荣地接待过朱德、陈毅、刘伯承、粟裕等首长；1951年，人民政府以四亿四千万元(旧币)洽买，花园饭店成为徐州市政府第一招待所；1952年花园饭店恢复原名……

如今，这里还保存着国共和谈时的花梨木会议桌，蒋介石和宋美龄用过的雕花卧床等物件。在楼前，以那株苍老的石榴树为背景，无数风流人物都曾摄影留念。楼里楼外凝重的历史氛围，引人情思翩翩。

原载 2011 年 5 月 10 日《徐州日报》

画像石上的先哲风采

徐州故黄河东岸，排列四座大型花岗岩浮雕，逐一欣赏仿佛目睹历史文化的辉煌。第一座是《孔子见老子》，它以汉代画像石经典作品为蓝本，复制加工放大而成，长卷式的图面高 3 米、宽 20 余米。刻画先哲的身材与真人相似，神态栩栩如生，千秋往事凝固于此，拉近了古今的距离。

孔子与老子是儒家和道家的宗师，两位文化巨人的会晤是中国文化史上的一件大事。他俩的对话，是中国两大文化派系思想观念的交流互鉴，古文献多有记载，汉代画像石则是以造型艺术方式将它再现。据古籍记载孔子曾在 17 岁、34 岁、51 岁、57 岁不同时间问礼于老子，问礼的地点各不相同。

《庄子·天运》篇，"孔子行年五十有一而不闻道，乃南之沛见老聃"，这里记的是他们在沛县的一次会见。《史记·老庄申韩列传》及《礼记·曾子问》等所记的"孔子适周问礼老子"，是公元前 518 年在东周京城洛邑（今洛阳）的会见。这次会见，也是多处汉代画像石共用的题材，生动地展现了相见时的情景。鲁国孔丘在而立之年，已是大有学问的人。他得知在京任职守藏史（国家博物馆馆长）的老聃（即老子），是位年高德勋、博学多闻的长者，尤其老聃所掌管的文物典籍，更是宝贵资料，就想前往求教。经过他的学生南宫敬叔转告，得到鲁昭公允许，还为他们配备一辆车子和一个驾车的仆人，支持孔子师徒进京求教。老子听到鲁国名人孔丘专程前来拜访，十分高兴。他令僮仆将道路打扫干净，套上车，亲自迎客。

老子盛情接待，二人谈经论道，尽情地交流思想，孔子还在那里饱览了书籍简册。满载而归时，老子送行至黄河岸边。面对滔滔激流，二人触景生情，因流水而引发了迥异的哲学思考。

孔子叹曰："逝者如斯夫，不舍昼夜！"这话也在《论语·子罕》篇说过，多被后人理解为，时间像流水一样不停地流逝，感慨人生世事变换之快，亦有惜时之意。其实句中的"逝者"没有特定指向，宇宙万物无一不是逝者，无一不像河里的流水，昼夜不停地奔流，一经流去便不会再流回来。"不舍昼夜"四字，应是心境的写照。万事万物，无一不是奋发向前，义无反顾。一如奔流入海的河水，浩浩荡荡，分秒不辍。人生的境界亦如是，无论老幼，不分贤愚，都应该勤奋不辍地追寻更高的境界。

老子手指浩浩黄河，对孔丘说："汝何不学水之大德欤？"孔丘曰："水有何德？"老子表述这样的感悟："上善若水。水善利万物而不争，处众人之所恶，故几于道。居善地，心善渊，与善仁，言善信，政善治，事善能，动善时。夫唯不争，故无尤。"

这些理念，老子且在《道德经》专有论述。他把水人格化了，是说最好的德行就像水：水善于滋养万物而不争功名，能够在众人都厌恶的环境中安居乐业，所以水就接近于"道"的境界。他认为最善的人应该具备七种水德：居住，要安守与人无争的善地；胸怀，要如同渊潭之水清澈而深邃；行为，要像水有利于万物而甘作奉献；言语，要像水往低处流那样始终如一地恪守信义；为政，要像水一样清净廉洁而善于治理；做事，要像水一样尽其所能供人需求；行动，要像好雨知时节一样把握时机。这些也概括为：谦卑低流，养育万物；静流水深，负重载物；胸襟博大，随遇而安；不避污秽，荡涤澄清；阴弱无骨，以柔克刚等品质。

关于水的哲学，老子展示出一个自然平和而恬适的精神空间。这是对他"无为而治"的主张做出的形象化诠释。孔子见老子的佳话，体现儒家先师和道家始祖的互敬互学。孔子长途跋涉、虚心求教的治学态度，尤其让人赞佩不已。

日前，余秋雨来徐州纵谈文化，说及"在公元前5世纪，全人类发生一件非常奇怪的事情，就是全人类最聪明的人差不多同时诞生了。释迦牟尼比孔子大14岁，孔子死后10年，古希腊的苏格拉底诞生了。亚里士多德比孟子大12岁、比庄子大15岁，阿基米德和韩非子只有7岁之差。"可是，他在纵论中却忽略了孔子与老子的缘分。常言"百年修得同船渡，千年修得共枕眠"，人海茫茫，往事如烟，亘古以来这两位伟大哲人不仅生存在同一个时代，而且多次会晤，才是最为令人不可忘怀、惊叹不已的事。精彩会见的一幕，又被画像石刻凝固下来供人仰慕共赏。世界文化史上的这种独有发生在中国，徐州也在其中。

原载 2012 年 11 月 27 日《徐州日报》

彭祖寿高八百之谜

　　人的生命只有一次，期求健康长寿多作奉献，享受生活，总是人们的共同心愿。彭祖是中华第一老寿星，《庄子·逍遥游》说："称长久者，止于彭祖。"他把彭祖的寿数看作人类生命的极限。的确，人毕竟不能永生，唐代诗人李贺在《浩歌》中写道"彭祖巫咸几回死"，叹息即便是彭祖、巫咸（古代神巫）也还有寿终正寝的时候。那么，彭祖享年几何呢？最早的说法，是西汉刘向的《列仙传》，彭祖"历夏至殷末，八百余岁。"尽管后世亦有 700 岁、767 岁等说法，通常都是说彭祖享年 800 岁。

　　健康人的寿限究竟能有多长？据科学家蒲丰的"寿命系数"学说，哺乳动物的寿命应为其生长期的 5—7 倍。人的生长期约 25 年，寿限可达 125—175 岁。有些科学家还设想，人的机体可能使用 200 年而不致损坏。事实上，据世界人寿资料的最高纪录：1795 年日本一个叫万部的农民应宰相之召去东京，那时万部已经 194 岁，他的妻子 173 岁，儿子 153 岁，孙子 105 岁，可谓"长寿之家"；英国人弗姆·卡恩，他一生经历了 12 个英国国王，死时寿高 209 岁。传说中彭祖的年纪要比他们大得多，在《神仙传》《列仙传》《世本》《史记》正义引文等有种种说法。有的说，彭祖历经夏商两代，767 岁仍不衰老，而且是商王朝的大夫，任守藏史（藏书室官员）。商王曾向他询问长生之道，他守口如瓶，拒不传授。商王恼羞成怒，决定杀他。彭祖逃亡，失踪多年，后来有人在流沙国以西的地方找到了他，这时的彭祖已经年过八百……还有的说，高寿的彭祖一生中失去了 49 位妻子、54 个子女。元代诗人杨少愚所咏："七七鸾弦续未休，韶光八百去如流。"也是颂他寿高八百，续娶了七七四十九位娇妻。

　　不过，彭祖的传说是神话，缺少科学依据，总不能信以为真。在尚无文字记载的上古时代，历史是靠口头讲述流传后世的。由于对英雄人物的崇敬，传说中不断地将人神化，涂染想象的色彩。文史工作者的责任，就是以科学分析来揭开神话的外衣，窥探事实的真相。如何理解彭祖的年龄？朱浩熙先生在《彭祖》一书中说得好："说彭祖八百岁，虽然说明他年长寿高，但未免带有神话色彩。实际上是反映了彭祖所创建的大彭氏国，拥有八百年的历史。

彭祖在尧时受封于大彭国（今江苏徐州一带）。后来，大彭国相继成了夏朝和商朝的属国。夏王朝统治约为四百多年，商王朝统治约为五六百年，到商武丁四十三年，'王师灭大彭'。大彭国大概经历了八百年左右。"所以，彭祖寿长八百之说，既指大彭国存在的时间，也指该国统治者世袭在位的累计时间。

彭祖姓篯名铿，是黄帝的后裔，颛顼的玄孙，陆终氏的第三子。他和禹、后稷、皋陶、契，都是传说中对人类有重大贡献的上古英雄。初创的大彭国，处于原始氏族公社向阶级社会过渡的时期。彭祖的主要功绩在于开发彭地，治理古国，率一方先民迎来人类的文明曙光。彭祖精通养生之道，想必健康长寿，也是合情合理的。有关"彭"的历史实录，最早的是安阳殷墟出土的甲骨文，有十几片记载了"彭"。其中一片刻有"辛丑卜，亘、贞：乎取彭？"意思是，商王在辛丑这天占卜，问一个叫亘的贞人，攻取大彭国是否可以？甲骨文是商代王室的典籍，这一发现，印证了《竹书纪年》关于商王武丁四十三年灭亡大彭国的记载。这片甲骨文不仅记录了历史，自身也是历史事件的物证。当时彭祖已经去世数百年，在诸多刻有"彭"字的甲骨文中，尚未发现关于彭祖其人的记载。而《竹书纪年》和《逸周书》所记载的夏启十五年，彭伯寿奉命远征西河（今安阳）讨伐武观的事，写的只是彭祖的后代"彭伯寿"，也显示出当时大彭国的强盛，倒是反证出彭祖已经不在人世。由此推究，彭祖享年也仅百岁左右。《竹书纪年》《逸周书》都是从战国古墓出土的史册，相距大彭国灭亡的时间又已数百年，至于彭祖死后的千百年间，其他古籍的记载想必都是取自世代流传的口述资料。关于彭祖其人的史实，迄今尚未发现他及大彭国存在期间的任何物证或文字，这还都期待着考古的新发现。

高寿之说，是彭祖文化的重要组成部分。对它的研究，不在于考证彭祖确凿的岁数。享年八百并非实指，而这只意味着对于健康长寿的追求。研究的重点还是彭祖高寿的必由之路——相关生命科学的古老传说：彭祖重视饮食，善于烹饪，被厨师尊为鼻祖；彭祖"善导引行气"以助吐故纳新，且仿鸟兽动作设计健身体操，被誉为气功和体育运动的开创者；彭祖性恬静，以修身自强，十分注重心理健康；彭祖行为谨慎，保持防患意识，体现对于生命的无比挚爱……梳理彭祖文化脉络，思索着种种生理的、心理的、自然的、社会的互为共济的生存条件，仿佛寻觅到了现代生命科学的遥远源头。彭祖的睿智，令人惊叹。4000年前，刚从蒙昧时代走出的这位先祖，认识世界果真如此博大精深吗？可是，这毕竟是神话中的人物。原本的彭祖经历千百年的传颂，后世出自崇敬之心，不断添加美好的成分。以彭祖高寿为凝聚中心，集大成的自然是远古人民的养生保健经验。

原载 2011 年 4 月 18 日《彭城晚报》

一幕悲剧的千古思辨

《史记》最精彩动人的章节、最耐人寻思的境地，莫过于《项羽本纪》中的兵败垓下。项羽从率领八千子弟起兵，发展到歼秦的四十万大军，又经历五年的楚汉战争，至兵败垓下仅剩二十八骑。他与爱妾虞姬诀别之后，溃退乌江岸边（苏皖交界处的乌江镇），乌江亭长已为他备好渡船。他面对生死的抉择：要么求生，渡江就是选择了希望，抑或重整旗鼓、东山再起；要么赴死，迎战追兵身陷重围，势必血肉涂地，惨烈捐躯！项羽选择了后者，告终人生。

古往今来，对于这幕历史悲剧，曾有不少名人各抒己见，竟至针锋相对、大相径庭：

第一种见解，以李清照的《夏日绝句》为代表："生当作人杰，死亦为鬼雄。至今思项羽，不肯过江东。"她用诗化的诠释为英雄观定格，这种见解体现了大丈夫"不成功，便成仁"的传统理念。标志着国人对于"英雄"的道德价值体系和情感范围的认同。历代诗人赞同此说的颇多，如"空歌拔山力，羞作渡江人"（于季子《咏项羽》）；"乌江不是无船渡，耻向东吴再起兵"（胡曾《乌江》）；"乌江耻学鸿门遁，亭长无劳劝渡船"（汪绍焻《项王》）；等等，这种延续共鸣的现象，显示传统观念的稳固形成。"宁可玉碎，不可瓦全"，败时的杀身取义，毫不逊色胜时的辉煌。项羽拒绝求生的渡船，只把战马嘱托给好心的亭长，让它渡江逃命，而自己却徒步迎战拼杀，至寡不敌众的必死时刻，他慷慨自刎。至死，项羽不承认自己的过错，只是慨叹"天灭我也，非战之罪"。越是悲壮、苍凉，越是展现英雄本色。

第二种见解以杜牧的《题乌江亭》为代表："胜败兵家不可期，包羞忍辱是男儿。江东子弟多才俊，卷土重来未可知。"先是批评项羽心理素质的缺陷，没有包羞忍辱的肚量。既然胜败乃兵家常事，何必因"八千子弟无一生还"而"无颜见江东父老"，又惋惜不该辜负乌江亭长的好意，渡江东山再起还是有希望的。事实上，项羽已经突围抵达渡口。只是为了维护个人的面子、英雄的名节，项羽自愿地走向死亡，放弃夺取天下的伟业。从根本上说，不是刘邦杀了他，甚至也不是自杀，而是他所固守的道德意识和精神理念杀害

张成珠随笔选

了他。

第三种见解是跟杜牧唱反调，以王安石的《乌江亭》诗为代表："百战疲劳壮士哀，中原一战势难回。江东子弟今虽在，肯与君王卷土来？"这是以诗评诗，否定项羽返回江东重整旗鼓的可能性。

其实，项羽返回江东卷土重来的可能与否，都是假设。岁月不能逆转，历史铸就的事实不可能抹去重来。研究史学旨在鉴古思今，有助在现实中决策。这是令人思索的重大课题。就广义的"项羽现象"而言，毛泽东诗词中曾提出"不可沽名学霸王"的论断。毛泽东品读《历代诗话》，对于评诗者所云的"项氏以八千渡江无一生还者，谁肯复附之？其不能卷土重来决矣"批了四个字："此说亦迂。"总之，既不该以此揣摩民众对战争暂时胜负的态度，更不该把国家政治军事斗争的成败，完全归结于个人的声誉。要紧的是，战者切实地总结经验教训，审时度势，千方百计扭转局面，将东山再起的可能性化为现实，而项羽缺少的恰是这种政治家的气度。刘邦能够包羞忍辱，鸿门宴上丢尽面子，深受屈辱，他却从罗网中逃生，赢得一争天下的机遇。他布衣出身，没有贵族项羽的尊贵感，所以输得起，屡败屡战，越战越强，最后全胜。项羽兵败垓下，虽已突围，有了江东再起的可能，他却碍于情面又缺乏刚韧之气，只能以甘为"鬼雄"而告终。

第四种见解，针对霸王别姬的情节而言，一般看来那是经典式的悲剧：爱情的沉寂、功业的破灭熔于一炉，富有审美价值。这个题材自古屡见于诗文、戏曲，现代又搬上戏剧舞台、影视屏幕、演唱现场……项羽面对的现实，大势已去，爱姬相伴始终，忠贞不渝直至诀别，生有何欢，死有何憾？曹雪芹倒是独树一帜，他在《红楼梦》中，借用林黛玉之笔，表述过一种心愿：既然项羽逃到乌江总不免一死，还不如相随虞姬自杀，让英雄与美人圆了同生共死之梦，岂不更好？想来，问题并不简单。英雄死在何处至关重大，首先要追求英雄的名节。无论是女人的感情及其生命，还是英雄本人的生命，都不可与"名节"抗衡。否则，项羽就不是人杰鬼雄。旧观念的如此固守，情恋双方，何求天平的对等？虞姬的单方殉情，虽然令人哀叹，也只能作为英雄形象的一种陪衬、点缀，却比鸿毛还轻。难道为了男人的名节，就须亵渎女人的爱情？

置身于构建和谐社会，重视"人文"和"人本"的今天，至今思项羽的历史背景，已经大不相同。人生必须肩负责任，而且挫折难免，甚至穷途末路。你可以忧伤，也可以痛悔，但切莫轻生。你应确信，追求成功者决不放弃；放弃追求者绝无成功。坚定的信念，必然经受韧性的检验。倘如此，当你身陷绝境，忽逢一艘"乌江亭"样的渡船时，能不悠然地踏上新的征途吗？假如恋人忘却自我的人格价值，要为男人的"尊贵"而牺牲，你能萌发"人本"的觉醒吗？

原载 2006 年 11 月 23 日《徐州日报》

刘邦赢在情商

步入徐州狮子山的汉文化景区，一尊刘邦雕像迎面而立。仿佛跨过历史长河，翻越岁月高山，两千年前的伟人骤然出现。常言"以史为鉴"，面对刘邦，你可曾想过要向他借鉴什么？

这个话题，古老而现实，恢宏而细致。

一个平民出身的小亭长，对抗的是暴秦、强楚，仅费七年时间就打下天下，做了皇帝。刘邦的成功要领是啥？古人的历史经验，还有什么现实的普遍的意义？答案是肯定的。不论你怎么现代、怎么新潮，而指导处世的人生哲理亘古不变。重温刘邦的所作所为，探求成功之道，十分必要。楚汉战争的胜负，根本上是刘邦和项羽在智商与情商上的较量。刘邦的智商未必超过项羽，但情商却大大胜过了他。

"情商"一词，是与智力、智商相对应的概念。情商也是情绪智商的简称，据学者抽样分析：情商的影响力，是智商影响力的 9 倍。人生事业的成功与否主要取决于情商，而不是智商。考察现代世界杰出首脑人物的情商素养，可概括为宽泛的亲和力、较强的理解力、娴熟的协调力和稳定的心理平衡力。对照刘邦所作所为，令人惊奇地发现，如此四项素质竟与这位大汉天子全然符合。

自省自励

"聪明反被聪明误"，这句大俗话道破了一个秘密。高智商的人为什么也会遭受挫败，原因是情商低下。刘邦的卓越，凸显情商效应，他的成功是善于控制欲望、把握情绪的结果。

当项羽鏖战巨鹿歼灭秦军主力之际，刘邦乘机入关，轻而易举地占据秦都咸阳。秦皇宫庭的豪华，珍宝美女的众多，让他怦然心动。沉迷于宫廷生活的刘邦，只顾寻欢作乐，尽享富贵，却忘记形势的严酷。樊哙进谏警示，他不听。张良也来指明要害："忠言逆耳利于行，良药苦口利于病。愿沛公听樊哙言。"刘邦听劝，知错就改，财宝美女丝毫不占，理智地离开秦宫，返军霸上，拱手等候项羽前来接收。如不这样，必定激怒项羽，无异于以卵击石，自寻灭亡。项羽的军师范增看得明白："沛公居山东时，贪于财货，好美姬。今入关，财物无所取，妇女无所幸，此其志不在小。"

项羽的表现恰恰相反。灭秦后，他自称西楚霸王，定都彭城。说是"富贵不还乡，如锦衣夜行"，于是在彭城大兴土木，建筑宫殿（故址即徐州彭城路1号），而且掠走秦宫中的美女和珍宝，动用30万人马，历时1个月，才把这批"战利品"运入楚宫，供他享用。楚宫富盖天下，稀世珍宝的和氏之璧、隋侯之珠、太阿之剑等，件件价值连城。彭城作为西楚首都的5年，也是历经楚汉战争的5年。项羽的霸业由鼎盛走向灭亡。他告别了楚宫，奔赴沙场决一死战，丢舍了所有的财富，以至爱姬和自己的头颅。与此同时，刘邦则赢得了天下。

二人迥异的人生履迹表明，欲望具有利与害的两面性。七情六欲人皆有之，要紧的是适度掌握。人们可以经由欲望的启动，奋斗开创，赢得伟业；也可以放纵欲望，自我失控，把一生输得精光。

人，是情绪生物。高情商的人善于觉察，及时调整心态，沉稳地应对种种局面。由此左右逢源，灵活机动，逢迎得当，从而获得成功。鸿门宴是个例证，范增誉为项羽亚父，一心为项羽着想，他把刘邦看作后患，决意趁机把他杀掉。刘邦赴宴如入虎口，但他稳住情绪，毫不惊慌，能屈能伸，不惜忍辱负重但求平安脱险，以退为进，后发制人。当别人不在乎你的时候，你必须自信；当别人不太在乎你的时候，你又必须自敛。审时度势，把握情绪总是刘邦的拿手好戏。得意忘形的项羽，拒绝斩除后患的建议，放走刘邦，分明是给自己准备了掘墓人。"性格决定命运，细节决定成败"，鸿门一宴，便证明了这个道理。

刘邦一生的言行举止，啥时低调做人，啥时高歌猛进，啥时毕露锋芒，啥时隐晦潜行……心态种种尽在适时调节之中。他尤其善于自我激励，从不气馁，屡败屡战，越战越强；平民、亭长、沛公、汉王、皇帝，步履艰辛，拾级而上，直至最终成就伟业。项羽与刘邦的情商则呈现反差。胜时狂傲，自封霸王，霸天下令诸侯，不可一世。垓下一败，四面楚歌，伤心的泪水来的却比谁都快，又自毁士气动摇军心。胜败乃兵家常事，他却"无颜见江东父老"，死要面子而拒绝乌江渡船，放弃了东山再起的最后希望。陷入误区不能自拔的他，直至自刎只怨"天亡我矣"，醉迷的心就是不认那壶酒钱。

刘邦以弱胜强打败了项羽，实践出真知："你要取胜别人，先要战胜你自己。"人的一生只有战胜自我、完善自我，才能出类拔萃，立于不败之地。而项羽的悲剧，也不失反面教材的意义。

广结情缘

情商也是一种来自心灵深处的力量，它同时也能影响和控制他人的情绪。胸怀坦荡的刘邦，人缘好朋友多。招贤纳良，不论出身贵贱：张良是贵族，萧何是县吏，韩信是待业平民，陈平是游士，樊哙是狗屠，灌婴是布贩，娄敬是车夫，彭越是强盗，周勃是吹鼓手。由五花八门的人组成的队伍，俨然是一支"杂牌军"。大家同心相契，生死与共。凭借人格魅力，刘邦把各路人马集合于他的旗帜之下，分散的力量拧成一股劲，所向披靡。说白了，人际关系是社会资源，情分结缘，是开发人力资源的一种手段。

不计前嫌，体现了刘邦的讲究诚信。"用而不疑，疑而不用"，原属项羽部下的韩信、陈平等人前来投奔汉军，刘邦总是敞开大门，一视同仁地欢迎他们，而且委以重任。有才之人，需要的不只是应得的酬劳，更需要尊重和信任。猜忌，是领导者的一大忌讳。用人不疑，则表现出刘邦的魄力。陈平来自敌方，竟得到刘邦的信任，这让他的一些老随从猜疑、妒忌，说了不少陷害的坏话，而刘邦对陈平仍然委以重任。为了让陈平能够成功地实施反间之计，刘邦还特别拨给他大量财物，供其使用，并且允许他随时与自己会晤。如此坦荡，既确保使用人才的成功，也破除小人的种种暗算。

论功行赏与赏罚分明，是评估人才的一种方式。合理酬劳，不仅是对贡献者的功绩予以肯定，还能继而调动更大的积极性。刘邦夺取天下以后，对功臣论功行赏，不但封赏了萧何、张良、韩信、彭越等一大批功劳显赫的人物，还封赏了他并不喜欢的人——雍齿。这就使得一些原有失落感的人，也取得心理上的平衡。由此足见刘邦深谙领导艺术，正是由于他能够信任人才，使用人才，充分地调动他们的积极性，又暗自加以防范和控制，避免意外事故的发生。这样的阵营，必然坚如磐石，不可动摇。

知人善任

楚汉战争结束，公元前202年二月初三，刘邦在定陶称帝。当月，刘邦从定陶来到洛阳评功论赏，遂定都洛阳。在南宫设宴庆贺时，他曾留下这样的名言："夫运筹帷幄之中，决胜千里之外，吾不如子房（张良，字子房）；镇国家，抚百姓，给馈饷（供给军饷），不绝粮道，吾不如萧何；连百万之众，战必胜，攻必取，吾不如韩信。三者皆人杰，吾能用之，此吾所以取天下者也。项羽有一范增而不用，此所以为我所擒也。"由此得出结论"得人者得天下，失人者失天下"，出言由衷，一语道破了天机。

登上皇帝宝座，居高临下的他依然保持清醒，将自己与张良、萧何、韩信相比，自叹不如臣下。他不仅知道自己有几斤几两，而且还懂得尺有所短、寸有所长的道理。知人善任的诀窍，在于以"寸"之所长，驾驭有所短之"尺"。他是集合人杰之大成，使自己变得不可战胜，所以能够夺得天下。而这些，也是他手下任何一个文臣武将都做不到的。思忖刘邦的"知人善任"，首先是知人，其次是善任。而知人当中又首先是知己，然后才是知彼。这样就能按照人尽其才的原则，把人才安置在最合适的位置上，放手让他发挥积极性、创造性，事必躬亲者未必就是好领导。刘邦处理自己与"三杰"的上下级关系，为领导者的立身处世树立了榜样。

就打仗而论，项羽的能力并不低于刘邦，项羽自吴中起兵，他亲率的八千子弟，迅速壮大为数万人马，巨鹿之战一举歼灭秦兵主力。与项羽争天下，刘邦说"宁斗智，不斗力"，他所指的"智"，是集体智慧。如何将每个人的智力精诚地团结起来，这是情商的作用。项羽相反，刚愎自用，排斥贤能，韩信与陈平的离去、范增的气死，使他落得孤家寡人，能不灭亡？比照刘邦，情商高低一见分晓。

情深义重

从灭秦战争到楚汉战争，至汉朝建立，刘邦及其文臣武将，在历史的舞台上出演过一幕幕情感大戏。其中的许多情节都被纳入成语典故，或编创传统剧目，代代相继，久盛不衰。譬如萧何月下追韩信，就将一个"情"字演绎得淋漓尽致。

楚汉战争爆发，韩信逃出楚营投奔刘邦，起初因为缺乏了解未得刘邦的赏识。韩信一气之下，毅然离去。萧何觉察韩信有胆有识，是个难得的人才，当即放下紧急公务，亲自策马连夜追赶。他不但找回韩信，还说服刘邦拜韩信为大将军。刘邦诚恳相待，特意专此筑起拜将高台，以隆重仪礼恭请韩信就任，授予实权和官位。朝野震撼，无不刮目相看。果然不失所望，韩信率军渡陈仓，战荥阳，破魏平赵，收燕伐齐，屡战屡胜，最终在垓下设十面埋伏，一举歼灭项羽全军，为刘邦平定了天下。

士为知己者死。视刘邦为知己，甘愿为大汉帝业献身赴死者，除王母伏剑，还有纪信捐躯救主等故事。汉高祖三年（公元前 204 年），刘邦被项羽围困荥阳，危难之际，纪信因面貌很像刘邦，便自告奋勇假扮刘邦，率两千人马从东门突围，借此转移视线，让刘邦乘机脱逃。纪信奋力拼杀，满身是伤，终了被俘。就在楚军生擒假刘邦，沉迷未醒之际，真刘邦已经从西门出城远走高飞。项羽识破纪信伪装，劝降未成，就将他活活烧死。纪信舍身救驾的忠烈之举，荡气回肠，催人泪下。刘邦称帝以后，厚赏、追封了纪信。历代推崇忠义典范，供奉纪信为冥神城隍，纪信不只受封为"赞化灵公徐州府城隍"，而且还被封为十三省总城隍，长安古都也在其中。各地民间都敬他为保护神，足见纪信事迹的影响多么深远。

　　烽火硝烟、兵戈铮鸣，本当少不了血腥与恐怖。然而，人性和人情却未因战争而泯灭。楚汉战争传有佳话：刘邦与项羽在战场的拼杀虽然你死我活，但也各有仁义之举。项羽兵败自刎以后，因当年楚怀王封他为鲁公（封地在今曲阜），该城军民甘为鲁公尽忠尽孝而坚守拒降，如果强攻必有重大伤亡。攻城不如攻心，兵戈交锋勿忘情义打动。据史书描述，刘邦是"用鲁公礼，收项王尸身，亲为发丧"将之葬于谷城的。刘邦泣读祭文，还称颂"项王坦诚盖世"并追忆当年彭城之战，是项羽"拘太公而不杀，虏吕后而不犯，三年留养，尤见性情。"鲁人被刘邦的行为感动，大开城门，迎接汉兵入城。可见，战争未必都是流血的政治。《孙子兵法》所言"不战而屈人之兵"，即不用发动或进行战争，就让敌人屈服、投降。恰是兵法的最高境界。

　　由此看来，刘邦智商不低，情商更高。

原载 2012 年 12 月 18 日《徐州日报》

向谋圣张良借鉴智慧

张良是个智慧型的英杰，自古人们把他与文圣孔子、武圣关羽、诗圣杜甫并列，尊称为"谋圣"。于是，张良成为智谋的化身，中国历史上的谋臣之"最"。做人都要成功，谁不想变得聪明起来。研究张良，借鉴谋圣的智慧总是有益的。

张良形象的审视

从徐州子房祠拾阶而上，翻过山顶，抵达子房美景花园。迎面而立的塑像栩栩如生，仿佛张良蓦然降临。那模样恰如《史记·留侯世家》所写，"状貌如妇人好女"。让人想不到的是，外貌纤弱俊秀，内藏大勇大智：惨烈的沙场角逐，铿锵的金戈铁马，竟逃不出貌似女人张良的神算，文弱姿态与煊赫生平，构成了奇特的反差。

怀古凭吊，祠堂的楹联荟萃人生精华。子房山祠堂门前原有的一副楹联："黄石授书识破玄机；留侯兴汉功垂千古。"横批："掌中乾坤"。古往今来，为子房祠题书的楹联颇多，最精彩的还是睢宁县古邳镇留侯祠大殿里的那副："义士、谋士、隐士雅号集一尊，功高震主，事就退身，论文韬武略，岂止同萧韩列位；伟人、哲人、仙人芳册传千古，业赫封侯，名成藏迹，授国策兵机，足堪与刘项齐名。"寥寥数语，活灵活现地推出一位旷世奇才。

汉朝的建立，是汉王刘邦与文臣武将共同创造的历史。刘邦说："我所以得天下，得力于三人。运筹帷幄之中，决胜千里之外，我不如张良；镇守国家，安抚百姓，我不如萧何；率百万之兵，战必胜，攻必取，我不如韩信。三位皆人杰，我能用之，所以取得天下。"刘邦尊张良为三杰之首，表明他对张良功绩和地位的肯定。对于张良智慧的评估，早在三国时代，水镜先生司马徽向刘备推荐天下奇才诸葛亮的时候，就作过比较："只有兴周八百年的姜子牙，旺汉六百载的张子房才能与之相比。"其实，把张良与姜子牙、诸葛亮等同看待，还是低估了张良。诸葛亮智谋虽然过人，蜀汉却以失败而告终，这与张良辅佐刘邦成就大汉帝业，显然是比不上的。将"谋圣"的桂冠授予张良，足以验证了他的卓越。

谋圣的智慧人生

纵观张良的一生，他不会像韩信那样奔赴战场叱咤风云，也不会像萧何那样主持内政、功勋卓著，他只是相随刘邦身旁，在关键时刻指点迷津，力挽大局，注定胜负。他的出谋划策，重视战机和政治效果的统一。刘邦的攻秦部队，由于遵从张良的策略，趁项羽率兵与秦军决战之际，乘虚入关，迅速占据秦都咸阳。刘邦为皇宫的豪华、珍宝和美女的众多所动心，却忘记了形势的严酷，想在宫里久住，纵情享乐。樊哙进谏，他不听。张良指明要害，说："忠言逆耳利于行，良药苦口利于病。愿沛公听樊哙言。"刘邦这才听从劝告，离开秦宫，返军霸上。范增闻讯就说："沛公居山东时，贪于财货，好美姬。今入关，财物无所取，妇女无所幸，此其志不在小。"项羽进入关中以后，刘、项关系紧张，战争大有一触即发之势，强弱悬殊，危于旦夕。张良劝刘邦在鸿门宴上卑辞言和，保存实力，并疏通项羽的叔父项伯，使刘邦得以脱身。汉高祖二年（公元前205年），刘邦在彭城一战惨败，张良又为刘邦推荐反楚主将，建议争取英布、彭越和韩信起兵反楚，牵制项羽，从而奠定对项羽的战略包围……

西汉开国，张良是第一功臣。论功行赏，"使自择齐三万户"。齐，是黄河下游富饶地区。张良倒谦让起来，说是当初我在下邳起兵反秦，是到留城与陛下会合，得以重用的，感激知遇之恩，"臣愿封留足矣，不敢当三万户。"刘邦尊重他的想法，便封他为留侯（留城在沛县附近，是诸侯中最小最不引人注目的一块封地，后被洪水淹没，沉于微山湖底）。这时，张良劝说刘邦封赏旧有怨隙的雍齿，以安抚功臣的不满情绪；提议建都关中，拥立刘盈为太子。这些谋略都有助于调整朝政关系，稳定社会秩序。

留侯张良，从不计较为自己留些什么。正当功成名就，文臣武将封官晋爵，享受荣华富贵之际，他就"功成身退，愿弃人间事"，彻底摆脱朝政，跟随赤松子云游四方，隐身匿迹。兴汉三杰命运各异：萧何与韩信虽都委以重任，但好景不长。刘邦对这些老臣萌生戒心，淮阴侯韩信以谋反罪名被杀，诛灭三族；相国萧何获罪下狱，唯有张良有所预感及早远离，躲过劫难而善终。

张良晚年去向不明，颇有神秘色彩。作为杰出的谋臣，刘邦病故后吕后专权，她特地下诏寻找张良，即便已死，也要查个水落石出。令吕后震惊的是，陡然之间全国冒出了上百个张良墓，扑朔迷离，无可奈何。真有意思，徐州故黄河坝子街桥附近还有一处风景——"张良墓道碑"。那碑是 1983 年从河底深处打捞出土的历史文物，曾写入《徐州百年大事纪》。从碑文"嘉靖十八年春正月立"等字句推测，是明代起运时坠入河底的，碑石为当年在任知州所制，欲运往留城故址的张良墓，那座墓在微山湖中的微山岛上。其实它与别处的张良墓一样，都不可确认就是张良的葬身之地，而选址又都与其生平相关。全国也有上百座张良庙祠，同样也都不是留侯生前所留，皆为后世的建筑，旨在纪念先贤。

张良对吕后的拒绝，显示他对政治的远见。皇权一度落入吕后之手，因她安插吕氏家人为臣，企图把刘氏天下变成吕氏天下，结果发生"诸吕之乱"，至汉文帝平乱，汉朝才进入文景盛世。

大智大勇的诀窍

张良的多智多谋令人叹服，人格魅力令人倾倒。研究他的智慧人生，追根求源也就是"隐忍"二字。常言说："人生的道路是漫长的，但关键的只有几步。"正是关键的那几步，决定了人生走向，铸就了事业成败。从人生的转折看，那关键的几步路，都是张良在明智地把控"自我"，显示出"隐忍"的奏效：

从博浪沙行刺秦始皇，到圮桥进履黄石公授书，是其第一个人生转折。他的祖父、父亲分别是五位韩国君王的宰相，战国七雄之一的韩国，是最先被秦国灭亡的。张良蒙受奇耻大辱立誓报仇，散尽家财，招募壮勇，远掷大锤袭击辇车，谋杀秦始皇失败，逃避追捕，潜藏下邳（今睢宁古邳镇）。当年在圮桥上，这个愤恨难消的汉子，遭遇一个弱小老人的作弄，故意把鞋远远地扔到桥下，不仅要他拾回，还让他亲自给穿上脚。这事换谁都按捺不住怒火的，轻则骂他几句，置之不理，重则动手揍人，借此解恨。张良却不，既遵命拾回了鞋子，又俯身恭敬地给老人家穿上了脚，还遵约起早摸黑地一再前来会见，表现出一副尊老敬贤的姿态。他与黄石公的相遇，不只是获得兵法之书，成全了智谋，更重要的还是改变了他的人生进程。他猛然醒悟，谋刺的成功概率极低，这也不是文人的强项，而且杀死一个皇帝未必能够颠覆一个王朝。运用智慧，做"王者之师"协助新兴的帝王打天下，才是正确的选择。与刘邦相遇留城，有如天赐机缘。

第二个人生转折，是辅佐刘邦，攻秦灭楚平天下。张良瘦弱多病的体质，在那复杂的战争环境和险恶的君臣关系中能运筹帷幄，决胜千里，且从容自

张成珠随笔选

如，举重若轻，离不了一个"忍"字。隐忍，不仅体现人的道德涵养，也是一种处世谋略。楚汉战争之初，敌我力量悬殊，鸿门宴上的卑辞言和，以及明修栈道，暗渡陈仓的智谋都有隐忍的成分。尤其是韩为秦灭的国仇家恨，总让他耿耿于怀，复仇的目的，当然是复国。然而，机会来了他却忍而弃之，打消原先的念头。公元前204年，刘邦被项羽围困于荥阳，听信谋士郦食其之言，准备分封包括韩国在内的六国，却被张良以八大理由批驳。当平定天下，刘邦论功行赏时，张良也没提过为韩国立王之事。任他选择封地，他不挑选朝思暮想的故国之都新郑，却要沛郡旁的留城。这是为了什么？考虑"大一统"的帝国利益，他的"国仇家恨"微不足道。于是超越一己私利的思想局限，将个人的恩怨情仇服从于天下大势。当人生的行程符合历史发展的客观规律时，他所付出的努力才会水到渠成。那后退一步的忍让，恰是阔步奋进的前奏。

第三个人生转折，是他的功成身退，名成藏迹。按刘邦的论功行赏，张良为三杰之首的第一功臣，"高官厚禄"理所当然。而他却放弃特厚的赏赐，心甘情愿自选了"留"这块最小的封地，还恭维刘邦，表明自己的知足常乐和感激圣上之情。进而又远离朝廷，从赤松子出游，彻底摆脱了政治险境。急流勇退时的这种隐忍，不仅出自淡泊名利的人生境界，也不失为保全自我的上策。"伴君如伴虎"，汉初三杰唯独张良能够善始善终，内涵深刻，奥秘无穷，所以成为千古热议的话题。

推究一个"忍"字：当刀刃对准了心口，你该怎么办？俗话说："心上顶着一把刀，忍得过来是英豪。"忍不容易，隐忍更难。苏轼在《留侯论》里这样评说张良的隐忍："古之所谓豪杰之士者，必有过人之节。人情有所不能忍者，匹夫见辱，拔剑而起，挺身而斗，此不足为勇也。天下有大勇者，卒然临之而不惊，无故加之而不怒。此其所挟持者甚大，而其志甚远也。"隐忍，是谋圣张良智慧的结晶。其实，隐忍是智商与情商的融合，隐忍对于世人都具有普遍意义。美国前总统林肯，曾幽默地注脚："宁可给一条狗让路，也比跟它争吵而被它咬一口好。被它咬了一口，即使把它杀掉，也无济于事。"上自国家首脑，下至平民百姓，古来的兴邦策略，至今的处世良策，思忖张良的经验，的确大有参照价值。

原载 2016 年第 2 期《乡土·汉风》双月刊

崇拜关公的人文揭秘

中国的老百姓，没有不知道关公的。尊孔子为"文圣"，尊关公为"武圣"，供奉关公的关帝庙比供奉孔子的孔庙还多。不仅如此，在日本、东南亚及海外各地的华侨中，膜拜关公也很盛行。美国有个崇拜关公的民间组织叫"龙岗总会"，它的140多个分会遍及华人世界。芝加哥大学博士David K. Jordan(汉名焦大卫)先生这样说："我尊敬你们的这位大神，他应该得到所有人的尊敬。他的仁、义、智、勇直到现在仍有意义，仁就是爱心，义就是信誉，智就是文化，勇就是不怕困难。上帝的子民如果都像你们的关公一样，我们的世界就会变得更加美好。"

的确，凝聚在关公身上而为万世共仰的忠、义、仁、信、智、勇，蕴涵着中国传统文化的伦理、道德、理想，实质上就是彪炳日月、大气浩然的华夏之魂。有意思的是，关公的成名、崇拜关公文化现象的产生，是从徐州起始的。让我们追寻历史踪迹，探索其中的奥秘吧。

历史渊源，来自徐州古战场

《三国演义》第二十五回"屯土山关公约三事，救白马曹操解重围"，故事里的土山，坐落在徐连高速公路旁，距邳州市区约15公里，土山古镇是以土山得名的。

"关公"是后人的尊称，他原名关羽（161年—220年），本字长生，后改字云长，河东解县（今山西运城）人。当年曹操与刘备争夺徐州，刘备和张飞偷袭曹军，不料军机败露，反被曹军打败，刘备与张飞失散，仅剩下关羽驻守下邳城(今睢宁古邳镇)。曹操采纳程昱的计策，利用刘备的降卒混进下邳城做内应，并令夏侯惇挑战，引诱关羽出城大战，又令徐晃和许褚截断关羽的归路，乘机占领下邳。关羽不能返回下邳，只得在土山停息。这时望见下邳火起，非常害怕刘备的夫人落难，却又无法相救。进退两难之际，曹操派张辽来到土山劝降。他给关羽列了三罪：一是违背了桃园盟约。二是将刘备妻子置之不管。三是关羽智勇双全，却不思报效汉室。关羽就这么被说服了，但他约定三件事：一是只效忠汉室不投降曹操。二是要照顾好二嫂（刘备的妻子）。三是只要知道刘备的下落，不管千里万里，立即辞别曹操去找刘备，以此作为投降的交换条件。曹操爱将心切，满口答应，对他的接待是三日一小宴，五日一大宴，并赠金钱美女、赐战袍和赤兔宝马（原是吕布坐骑）。后来，在白马（地名）之战中，袁绍的大将颜良、文丑勇不可当，是关羽出马先斩颜良后杀文丑，为曹操化解了白马之围，算是对曹操的报答。曹操以朝廷的名义先封关羽为偏将军，后又加封为汉寿亭侯，但关羽始终不为之动心。

关羽不看重高官厚禄，张辽前往试探，关羽表示："感谢丞相待我甚厚，只是吾身在此，心在兄处。"他把曹操赠的战袍穿于衣底，外罩旧袍，当曹操问起，说是"不敢以丞相之新赐而忘兄长之旧赐"。曹操赠赤兔马以示心诚，而他说是"吾知此马日行千里，今幸得之，若知兄长下落，虽有千里可一日而见面也"。不久，关羽打听到刘备的消息，便封金挂印，辞别曹操继续追随刘备去了。过五关斩六将，终于与刘备团聚。关羽的忠义之心由此一举成名，关羽被困和议约之地的土山，也因关公的佳话闻名天下。

成语"身在曹营心在汉"，分别是指关羽与徐庶二人。"屯土山关公约三事"的前后情节，突出地表现关羽的忠、义、智、勇。关羽也因此被后人神化，恭为"武圣"。

崇拜关公，兴起持久热潮

"桃园结义"虽然只是一个故事，但"不求同年同月同日生，只求同年同月同日死"却不仅是一句誓言，更是一种信念和承诺。为了这份信念，关羽奉献了他的一生。在公元200年的土山情结，是关羽第一次和刘备分手，他不幸成为曹操的降将，但由于这次变故，也让他成就了千秋大义。

凭吊土山古战场，其故址就是今日的邳州市土山古镇。拜见关公，必定游览那里的关帝庙。土山关帝庙始建于明朝天顺年间，距今约有530多年。当时的规模为全国第二大关帝庙（仅小于关羽家乡的庙），素有"北有文圣孔府（曲阜），南有武圣关帝（土山镇）"之说。

《三国演义》塑造的关羽形象，不仅有万夫不当之勇、披肝沥胆忠义之节，而且还有惜香怜玉的侠骨柔肠。关公被人神化了，全国各地修建无以数计的关帝庙。在我国漫长的封建社会，关公就是忠义的象征，自然成为宣扬儒家伦理观念的最佳人选。看来，关羽死后的意义远远超越他生前的业绩。各种褒美之辞，将他抬高到登峰造极的位置上，到明代万历年间，关公被谥封为大帝，使他从征战的马鞍飞升到神灵的宝座上。旧时的关帝庙比孔庙多得多，城市与乡村皆有，神龛遍及店堂、人家、山寨、车船。关庙有一副对联："儒称圣，释称佛，道称天尊，三教尽皈依。式詹庙貌长新，无人不肃然起敬；汉封侯，宋封王，明封大帝，历朝加尊号。矧是神功卓著，真所谓荡乎难名。"足见关公的影响深远。推究起来，人们对于这位武圣的信仰，倒是各取所需：封建统治者偏重于宣扬他的忠，而老百姓看重他的义。把这个视友情重于生命的男子汉，当作处世的楷模和供奉的神灵，表达出一种无比虔诚的爱。

扬弃分明，弘扬文化精神

武圣关公，是个被神化的人物。历史上的关羽虽然武艺高强，但也不是打遍天下无敌手。刘关张三英战吕布打了个平局，要让关羽单斗那是胜不了吕布的。他有温酒斩华雄、千里走单骑（过五关斩六将）、单刀赴宴、水淹七军等佳话，也有大意失荆州、败走麦城等憾事。武圣关公是个理想化的艺术形象，是出于人们心理和社会的需要，而逐渐形成的一个超现实偶像。他植根于历史沃土，生发于史书作者的笔耕，成长于民间文学的栽培和传诵，成熟于《三国演义》作者的匠心独运。总而言之，忠义以事君待人，勇武以尽忠报国，智慧以谋事成业，坚毅以修身养性。凭此，武圣关公已是民族精神和民族性格的一种化身。

不过，关公形象也有历史局限性，应该辩证地对待文化现象，取其精华，弃其糟粕。比如盲从忠义就会产生负面作用，因为意气用事，置大局于不顾，必定造成顾及小义而损失大义的恶果。《三国演义》的故事不乏这类的教训。关羽华容道义释曹操，就是因酬报曹操厚恩之小义而葬送兴汉业之大义，失去了消灭曹操的良机，使刘备长期屈居于西南一隅，无法实现兴汉图霸的大志。还有为了替关羽报仇，刘备、张飞不顾诸葛亮及众官的劝阻，执意进兵伐吴。结果由于意气用事，导致刘备在伐吴的夷陵之战中，几乎全军覆灭。刘备从此致病，死于白帝城。张飞也因义气冲昏头脑，而被部下所杀。他俩未死于战场上敌方的刀剑，却死于自己认定的义气。由此看来，弘扬大义，慎待小义，该是多么重要。

《三国演义》塑造关羽的艺术形象，把"义"写到登峰造极的地步，不仅对历史素材渲染、强化，还采用了虚构的手法。如小说里温酒斩华雄、华容道义释曹操、长沙城义释黄汉升等生动情节均属虚构。前一情节表现关羽勇武神威，后两情节则重在表现关羽知恩图报的义气。其实，华容道义释曹操的情节，在正史上是无记载的，评话里也只有"关羽拦住""曹公撞阵"寥寥数字。罗贯中为突出关羽的义气，却虚构了关羽违抗军令、冒死放曹的情节，以此表现了关羽的仁慈和重义，丰富关羽"义绝"形象的内涵。这么做，虽使小说增添艺术魅力，却使真实的历史人物丧失了政治立场，还误导了古今读者，贻害匪浅。

品读《三国演义》，耳畔总似萦迴那首主题歌词："滚滚长江东逝水，浪花淘尽英雄，是非成败转头空。青山依旧在，几度夕阳红……古今多少事，都付笑谈中。"然而，谈笑之中倒也是令人有所沉思、有所感悟。

原载 2011 年 8 月 1 日《彭城晚报》

公主为谁解忧

在湖光山色间，在天光云影的掩映下，徐州艺术馆前的滨湖广场，静静树立着徐州十大历史文化名人纪念碑。这10个人，是千古乡贤中的精英，是徐州五千年文明史的代表人物。而那个美丽的解忧公主，是10位乡贤中唯一的女子，历史星空中的半边天。

"解忧"的名字耐人思量，既是公主何忧之有？公主在为谁解忧？

云龙湖上的解忧桥，也引人遐想：是水切断了通途，隔开了两岸。是桥为前行的人解除阻隔之忧，并将两岸大地连成了一片，解忧之举也像桥梁似的，功德无量。徐州名人馆里有解忧公主的专辑，馆顶平台上的纪念像，展现着她的英姿芳容。只要了解她的非凡经历，能不由衷地称赞：公主，您因解忧而美丽！

刘解忧，彭城人，出生皇族世家，是霸踞一方的第三代楚王刘戊的孙女。刘戊因参与同姓诸王的"七国之乱"，兵败自杀。朝廷另立刘礼为新的楚王，从此，刘戊的家人以罪臣亲属的身份受到冷落和猜忌，陷入危难之中。当年，西北边陲常受匈奴侵扰，民不聊生。西域（今新疆一带）36国中乌孙最强，汉武帝决策，加封刘解忧皇室公主的身份，要刘解忧远嫁乌孙国的国王，以结和亲之好，从而巩固和乌孙的联盟牵制匈奴（今蒙古一带），以解除国家忧患。解忧公主肩负使命，远嫁异族他乡，步入壮丽人生。

从20岁远嫁，到70岁归来，解忧公主在西域生活了50年。她与乌孙王共同治理国家，以卓越才能积极参与政事，致力兴国安邦。不仅使汉朝中央政权与西域各国的关系不断得到巩固和加强，设立西域都护府，牵制匈奴侵扰，而且带去中原地区的先进文化科技，促进西域的发展。解忧公主言传身教，还培养了外交人才，其侍女冯嫽持汉节出使西域各国，功绩卓著，也获得西域各国的尊敬和信任，被尊为"冯夫人"。

可是，命运多舛，公主经受着严酷考验。乌孙的王位不是世袭的，按照习俗，国王死了王后必须改嫁继任国王，解忧公主竟然历经四王三嫁的人生波折。因受匈奴威胁和利诱，乌孙朝政的派别斗争激烈。亲匈贵族一度掌权，国王还接纳匈奴单于女儿做王后，无情地排斥解忧公主，甚至要把她当成人质交出去，讨好匈奴。解忧公主临危不惧，力挽狂澜。她说服王爷，上书汉朝皇帝请求支援。只因汉昭帝由病危至驾崩，出兵之事拖延不定。解忧公主沉着应对，力排亲匈派的干扰，抓紧备战，等待援军。直到汉宣帝即位，即派 5 位将军率领 15 万大军从长安出发，并派解忧公主的故友常惠校尉任特使监军，来到乌孙指导、监督出战。双方联合反击，匈奴惨败。不仅生擒领兵的王爷，连单于的亲眷和 39000 名的将士都成了俘虏⋯⋯

年至七旬，思乡心切，她上书汉宣帝表示"年老思故乡，愿得骸骨归汉地。"言辞哀切，宣帝为之动容，便派人把她接了回来。汉代自实施和亲政策以来，解忧公主是唯一得以回归的嫁女，皇帝亲自迎她进入京城长安。她享年 72 岁，随她回来的还有 3 个孙辈。她不顾个人安危，促进边疆的和平与发展，倾注了一生热血，化解种种忧患，在我国民族关系史中书写了精彩的一页。

解忧公主一生经历了汉武帝、汉昭帝和汉宣帝三代朝廷。要比后来汉元帝时昭君和番的下嫁匈奴，早了数十年，行程更远，功绩更不在昭君之下。昭君是中国古代四大美女之一，她的故事家喻户晓，而解忧公主的事迹却鲜为人知，有待弘扬。

"人不是因为美丽才可爱，而是因为可爱才美丽。"昭君的姿色怎样美丽，有谁目睹过？就"因可爱而美丽"而言，解忧是不逊色昭君的。古人以"沉鱼、落雁、闭月、羞花"的比喻赞佩四大美女，看来"落雁"并非昭君的"专利"。品读解忧公主行程万里，远嫁乌孙国的事迹，平沙落雁历历在目，思索边塞古诗的意境："大漠孤烟直，长河落日圆""劝君更进一杯酒，西出阳关无故人""秦时明月汉时关，万里长征人未还"⋯⋯那种苍凉、悲壮，尤其令人震撼。芳名"解忧"，为谁解忧？为自己，为亲人，还是为民族，为祖国？古彭城的这位女杰，令人思念，令人敬仰！

原载 2013 年 12 月 16 日《徐州日报》

开拓者的际遇

读罢《史记·孙子吴起列传》关于孙武的记载，我好奇地查了一下字数，不免为之一惊。通篇只有405字，而其中有关孙子兵法的雄文巨著和他毕生的煊赫战功，仅用30字一笔带过，却以370余字的绝大篇幅，详写其军旅生涯中的一段"小插曲"。剪裁技法独具匠心，虽是写史，实为出色的文学传记。情节是这样的：

孙武进宫，吴王看罢他的兵法13篇，要他以宫女和爱姬为兵将，当场一试。孙武听命，便把180名美女组成两队，指定吴王的两个宠姬做队长，并三令五申操练的规则。美女们只想着让大王寻欢作乐而蔑视孙武。军令下达，她们随即大笑，嬉戏无拘。孙武说："约束不明，申令不熟，将之罪也。"他重申军纪，继续操练，美女们仍然大笑，乱不成军。孙武更加严厉地说："约束不明，申令不熟，将之罪也，既已明而不如法者，吏士之罪也。"他以军法从事，下令将两个队长斩首示众。在台上观看操练的吴王大惊失色，连忙为爱姬讨饶，放下君主架子恳求："寡人已知将军能用兵矣。寡人非此二姬，食不甘味，愿勿斩也。"可是，孙武断然回答："臣既已受命为将，将在军，君命有所不受。"他执法如山，硬是当着吴王的面，杀了他的两个宠姬。继续操练，风纪一新，军威大振。孙武断言，这样的军队"唯王所欲用之，虽赴水火犹可也。"阖闾目睹爱姬被杀，虽然暗自伤心，但不怪罪孙武。尤其可贵的是，他由此发现孙武的才干与胆略，于是"卒以为将"。孙武受封后，"西破强楚，入郢，北威齐晋"，结果赢得"显名诸侯"的业绩。

一部吴国兴衰史，足以表明孙武和阖闾都是杰出的改革家，若不改变恶风陋习，岂能治军强国？开拓进取有勇气，孙武不避"犯上"之嫌，违抗吴王旨意，连一点面子都不留，杀了他的宠姬，怎能不担风险？简直是自讨杀身之祸。但他忠于将军职守，捍卫军纪威严，将个人安危置之度外。此刻，他若因怕死而后退一步，他的远大抱负就可能化为泡影，须臾间的抉择，势必影响毕生的事业。

吴王阖闾也不愧为当权者的榜样。如果孙武在他面前唯唯诺诺，俯首帖耳，倒是未必讨得他的欢欣与赏识。只要出于治军强国之心，确有真才实学，哪怕冒犯君旨，损其私欲，杀其爱姬，也无妨委以重任。做君主的敢于摒弃唯我独尊，实在可贵。事实上，阖闾的地位和名望，毫不因为孙武的才干而受损失，出于烘云托月的作用，倒使这个君主愈加英明起来。假如出于杀姬之恨，而拒绝或伤害孙武，那么，吴国不仅难以振兴"显名诸侯"，历史上也不会出现这位享誉世界的军事家。时过两千多年，重温这个故事仍然颇有启示。

原题《开拓者际遇面面观》

原载 1987 年 6 月 9 日《人民日报海外版》

流芳与遗臭

古往今来，树碑立传的人络绎不绝。碑丛如海，总有太多的碑石留存不下什么，早被忘却，但是唯独民族英雄的墓碑石刻总是令人敬仰，不可忘怀。

岳飞墓碑坐落在杭州西湖，栖霞岭南麓。南宋绍兴三十二年（1162年）孝宗帝即位，平反岳飞冤案，下诏将其遗体"以礼改葬"于此，左侧是与他一同遇害的长子岳云之墓。在岳飞墓前，除立有"宋岳鄂王墓"碑，还有石刻名联："正邪自古同冰炭，毁誉于今判伪真"。墓阙前的照壁题刻，是"尽忠报国"四个大字。面对伟碑，缅怀先贤，能不情思万千？而墓阙之下则是陷害岳飞的罪人秦桧、王氏、张俊、万俟卨的铁铸像，皆双手反绑，面墓而跪。石刻的楹联："青山有幸埋忠骨，白铁无辜铸佞臣"。白铁的无辜，只会激发人们愈加痛恨奸佞。据悉自明代铸就此像就是专供人们唾骂、笞击的，数百年间其身痰迹未断。看来，只要铁像存在，唾沫与痰液就会不止，真是彻底被人唾弃了。秦桧生前有言："大丈夫虽不能流芳百世，亦要遗臭万年。"历史果然应验了他的遗言。

岳飞墓地的碑廊，还陈列着篆刻名家所刻的岳飞手迹和后人的诗词，宋至清代的碑刻共计127件，其中有岳飞的《满江红》词。岳飞墓与庙，已定为全国重点文物保护单位、全国中小学生爱国主义教育基地。这里是杭州西湖景区的重要名胜古迹，自古游览西湖，就是必往之处。

传说，秦桧的嫡传后裔、清代文人秦大士曾经伴友凭吊岳坟，当场被人拦住，要他题词表明自己的心情。秦大士顿觉尴尬，难于表白。好在同伴袁枚是位诗人，为他解围拱手致歉："大士兄今日身体不适，请让小弟代劳吧。"便以秦大士的口吻吟道："人于宋后羞名桧，我到坟前愧姓秦。"秦大士点头称好，连声道谢。这般题吟，也确实反映了历史的状况：自秦桧以后，以松、柏、槐、柳等树为名者大有人在，但以"桧"为名的，竟然绝无。秦桧的后裔，也确有因羞愧于姓秦而改姓为徐的。推究缘由："秦"字的上边是"三、人"，下边是"禾"；而"徐"字偏旁是双人，右上又是个"人"字，合成都是"三、人、禾"，取代有理。这么一改，既与秦桧划清了界线，又避免了忘祖之嫌。

张成珠随笔选

传说未必属实，更不宜借此渲染血统论。秦桧的后裔也有民族英雄，非秦姓的人士也出民族败类。不过这种现象的意味，倒是折射出"自省"与"洁身"的可贵意识。历史代表人物的经验教训，总会让后人有所汲取的。

说到"流芳"与"遗臭"，岳飞与秦桧，的确树立了荣辱分明、正反相映的两种典型。秦桧之墓，据传在江宁县铜井乡牧龙镇。南宋诗人杨万里《宿牧牛亭秦太师坟庵》诗云："今日牛羊上丘垄，不知丞相亦嗔不？"可见早在宋代，其坟已经荒废。据方志记载：当年坟在时，"行道过之，无不指唾""亦为盗发，就中得金宝甚多"。是的，历史是公正的。对于岁月流程中的种种过客，它都会做出必定的裁决。而历史文物及其关联的非物质文化遗产，皆为这种审定展示充足的证据。

原题《鉴古思荣辱》
原载 1995 年 6 月 3 日《人民日报海外版》

城隍庙会往事

过罢春节，徐州的庙会像走马灯似的周而复始，年年轮回。别以为排头的庙会就是农历二月十九日的云龙山庙会，会期多达三天最是热闹。其实不然，按照传统，从前头号的庙会是城隍庙街上的城隍庙会，会期从正月初六一直热腾到正月十五。为啥这个庙会如此特别？因为城隍是神灵里的地方官，他要为百姓办事，刚过大年初五就开始忙乎起来。

旧时的城隍庙街，更名为现在的青年路。城隍庙的故址，在青年路266号大院内。往昔门外伏踞着一对石狮子，庙院里有殿堂和戏楼。大殿宏伟，琉璃瓦的屋顶飞檐展翅，房脊上饰有神兽，威严庄重。自北伐战争光复徐州以后，这里的房屋相继为铜山县和徐州市的机关和事业单位所用，近代先后成为市公安局、国家安全局驻所。新建的楼房，完全取代古代庙宇。城隍庙虽然无影无踪了，而往事的记忆未曾消失，每每钩沉，寻味无穷。

20世纪40年代，我家住在城隍庙街路北的大巷口，就读于城隍庙对面的公明巷小学校。每天往返都要途经城隍庙，尤其每逢庙会必去赶热闹，老少爷们都要欢乐几天的。观看民间的玩意，少不了踩高跷、划旱船、舞狮子、耍大头或特邀名角唱戏，这些都是庙会共有的品种，引人入胜的还是城隍庙会独有的内容。

正月初六，是城隍老爷启印审案的日子。这天一早，城隍的木雕神像就从后殿抬往前殿。举行升堂仪式，差役站立两排，手持肃静回避招牌，擂鼓鸣钟，道士朗朗诵经。庙堂横匾书写的是"你来了么"四个大字，悬挂两侧的对联："无心为善，虽善不善；有心作恶，是恶必罚。"城隍端坐正中，一副威严认真的姿态，令人敬畏。前往庙堂拜神的善男信女，络绎不绝，那旺盛的香火，显示出对城隍惩恶扬善的诚信。

我的邻居王大伯，见我跟同学赶庙会，看城隍，就跟大家讲起城隍老爷的故事：

古时候有个学生也在城隍庙街上的学堂读书。每天上学，往返也是必经城隍庙的。那天傍晚放学，巧遇惯偷李二去庙里求神，他就悄悄地跟在身后看个究竟。只见这贼敬上高香，就朝着城隍老爷连连磕头，口吐心愿，恳求神灵保佑今晚行事成功。如能如愿，明天一定前来报答、谢恩！

第二天放学回家，又遇这贼。只见李二喜形于色地钻进了城隍庙。学生是个有心人，仍然跟随身后再探实情。看到他敬上更多的香火，还解囊捐钱表示虔诚。这回的跪拜是前额着地，连磕了几个响头。贼吐真言："感谢城隍老爷的保佑，昨天发了大财。今来还愿，再求……"

学生大吃一惊。既做城隍，职责就是保护全城百姓平安，怎么可以支持盗贼为非作歹！他义愤填膺，连夜给上苍玉皇大帝写了状纸，状告城隍受贿，助贼作恶。可是，写好的状纸，怎么呈上去呢？他无奈地把状纸夹进了书页。

这个学生告状的事，可把城隍吓坏了。他连忙给学生的老师托梦，训斥他管教不力，纵容学生犯上作乱！如不制止，必受严惩。老先生被噩梦惊醒，吓出一身冷汗。早晨，学生到校，他手持戒尺，审问情由。学生如实禀报情况，又交出了状纸。先生接了过来，当即焚烧成灰。但他哪里知道，这么一烧，反把状纸送到了天庭。玉皇大帝查明实情，便将原来的城隍撤职严办。那么，由谁来填补这个空缺呢？斟酌再三，还是这个学生可靠。于是颁旨，加封学生。这个年轻人顿时死去，由他的魂灵接任城隍。

听罢故事，我和同学不禁肃然起敬。可是，当我们再次端详城隍的模样，倒是产生了疑问。适逢那年春旱，城隍出巡求雨，我伴随王大伯上街看热闹。鼓乐旗牌开道之后，是人们抬着行走的城隍神像，距离很近，看得清晰。我向王大伯质问："城隍既然是个年轻的学生，怎么还留胡须呢？"王大伯被我问懵了，"吱"地一笑说："我讲的是民间故事，你还当真？"

随着学识的增广，我更确信徐州的城隍不是那个学生，而是被神化了的汉代名臣纪信。史书记载，汉高祖三年（公元前204年），刘邦被项羽围困荥阳，危难之际，纪信假扮刘邦，率两千人马从东门突围，转移楚军视线为刘邦脱逃创造时机。纪信奋力拼杀，终了被俘。就在楚军误认为生擒了刘邦，沉迷未醒之际，刘邦已经从西门脱险远走。项羽识破纪信佯装，劝降未成，就将他活活地烧死。纪信舍身救驾的忠烈之举，功不可没。如果不是这样，刘邦的命运又将如何？哪里还有大汉王朝的帝业？关键时刻的某个人物的行为，总会决定历史的走向！刘邦称帝以后，厚赏、追封了纪信。历代帝王推崇城隍为冥神，纪信不仅受封为"赞化灵公徐州府城隍"，还封为十三省总城隍，连古都长安等城市，也都是由纪信当作保护神，敬奉为城隍。

徐州城隍庙的故址，20世纪70年代院内建楼施工时，在城隍大殿的地下数米，出土了被湮没的古代城隍庙殿宇废墟的琉璃瓦屋顶，呈现出庙下有庙，两庙上下重叠的奇观。原来，元代以前的徐州城隍庙连同古城，毁灭于元末的一场战争。明朝开国，洪武年间重建州城，洪武二年（1369年）知州文景宗重建城隍庙。可是，这座庙与古城又于天启四年（1624年），同时覆没于黄河大水，灾后被泥沙淤没。地下出土的琉璃瓦，就是历史的见证，后继的庙宇，当属清初的建筑。历史文化，就是城市的灵魂。如今的青年路尽管日趋现代化了，无论如何，我也不会因此而忘却记忆中的城隍庙街。那是一条晴天尘土飞，雨天一脚泥的古街。任凭城市千变万化，路况今已非昨，城之魂非但不会被人丢弃，而且在精神世界里还将有所强化。

原载 2014 年 3 月 8 日《彭城周末》

范增悲剧

　　纵览秦汉历史名人，范增是个典型的悲剧人物。刘邦对照张良、萧何和韩信，曾说："此三者，皆人杰也，吾能用之，此吾所以取天下也。项羽有一范增而不能用，此其所以为我擒也。"有范增而不用，既铸就项羽的悲哀，也给范增留下太多的遗憾与怨恨，让人产生深切的同情和惋惜。

　　云龙山以北的土山，长久以来俗称范增墓，就是古文献里记载的"亚父冢"。古往今来，这里寄托着无限的哀思。范增在楚军中深受爱戴，他悲愤至死，将士取土为他筑墓，堆成一座山。《魏书·地形志》《水经注》都有亚父冢掬土成山的记载。掬，是用两手捧的意思。民间传说，土山东边的沙家汪原名卸甲汪，当年楚军将士用手捧土、脱下战袍铠甲兜土运输，遂成洼地水汪。古人前往土山凭吊，还题刻碑石"楚亚父范增墓"。尽管世人感念万千，而含恨九泉的范增却未得安宁，至元代他的墓葬遭遇盗窃。据元朝官员宋本《初盗发亚父冢》记载：处心积虑的贾胡，在土山"筑室潜谋20年，一朝凿井穿其垄"，深挖40余尺，从"首踵完好"的尸骨旁边盗走宝剑等物，终被缉拿归案。文中描述了盗墓的情形，并表彰惩罚盗墓贼的陈太守。作者宋本，是翰林修撰、集贤学士，又任监察御史，他的记述应该是可信的。《徐州府志》和一些古诗文也有此案的记述。劫案轰动一时，文人墨客纷纷题吟，更为范增遗恨再添新怨。

　　可是，古来的共识动摇了。考古发掘，出土文物见证这座土山分明就是东汉某代彭城王的陵墓，倒是未见亚父冢的蛛丝马迹。科学是公正无情的，古文记述、民间传说一概不足为据，千古定论的范增墓之说，已被考古的新成果彻底否定。土山的东汉彭城王墓成为徐州博物馆的组成部分，其中的一号墓于1970发掘为彭城王王后的陵墓，墓中出土的银缕玉衣，是我国最早发现的一件银缕玉衣，曾作为"中国出土文物展"的主要展品到许多国家展览，颇有影响。和银缕玉衣一同出土的文物还有近百件珍宝。二号墓在土山的中心位置为彭城王墓，目前即待清理发掘，必将又有一批文物珍宝出土，墓室也将开放迎宾，供人参观寻访东汉文化遗存。真像已白，土山是在范增死后数百年的东汉时期形成，它与范增毫无关系，所以不再是缅怀或凭吊范增的去处。范增亡灵在哪安息？他的悲剧岂不又增遗憾？

历史的悲剧震撼心灵，难免让人不由地为之渲染，添加太多的不实之词，甚至于以讹传讹，以假乱真。剥离虚幻，显露原委总是有益无害的。名人也是凡人，帝王与大臣的处世之道与百姓亦然。分析悲剧的成因，探究"有一范增而不能用"的必然性，不必怨天尤人，也不该全都归罪于项羽，那是人际双方相互作用的结果，其中也有范增本人的失误和过错。

范增投靠项羽的叔父项梁起兵反秦，他智高多谋，颇得项氏叔侄赏识。项梁阵亡，他成为项羽的主要谋士。范增忠心耿耿，竭尽全力出谋划策。项羽受楚怀王之命随宋义北进救赵。在范增协助下，项羽杀死延误战机的宋义夺取指挥权，做了上将军，进兵巨鹿。当年20多岁的项羽，尊称年过七旬的范增为"亚父"。对于这位古稀老人来说，高官厚禄、珍宝美女已无多少意义。真情可贵，他之所以辅佐项羽是因为敬重故人，因视其叔父项梁如弟兄，而俨然项羽父辈。正是这种关系，范增在项羽面前无所顾忌，无不敢言，甚至不留情面，往往就像老子训斥儿子似的严厉。久而久之，刚愎自用的项羽能不产生逆反心理？

年轻气盛的项羽在范增辅佐之下打了几次胜仗，八千子弟兵扩大成数万人马，巨鹿之战一举歼灭秦军主力，他便觉得羽翼丰满了。长大的雏鹰急于翱翔长空，总想摆脱母鹰的怀抱，日渐成熟的主帅，也就厌烦亚父的唠叨。更不满意的，是他那倚老卖老、居高临下的架势。抵触的情绪不容易采纳意见，楚军攻入关中，范增建议以绝对优势趁机消灭刘邦，被项羽拒绝。鸿门宴上，范增又暗示项羽除掉刘邦，项羽犹豫不决，他就让项庄舞剑，寻机刺杀刘邦，却因项伯的干扰而使刘邦逃脱。暗杀的阴谋未遂，范增勃然大怒，拔剑劈碎刘邦赠给他的一双玉斗，愤斥项羽："唉！竖子不足与谋。夺项王天下者，必沛公也。"感情裂痕日渐深化，当刘邦被困荥阳，项羽胜利在望之时，竟中了刘邦手下陈平的离间之计，项羽怀疑范增和汉方私下勾结，就剥夺了他的权力。范增不设法破除猜忌，化解矛盾，反而意气用事，一怒之下辞官而去，他说："天下事大定矣，君王自为之，愿赐骸骨归卒伍。"项羽毫无留意，范增决然离去，背疽发作死在奔往彭城的路上。所谓"疽"，实际为愤懑淤积心力交瘁致病，那是范增心地狭隘，不善调整心态的恶果。项羽失去范增的辅佐，终于兵败自刎。

司马迁称赞范增"好奇计"。他善于为主帅出谋献策，却因自己人为的障碍，致使计谋落空。常言说："可怜之人，必有可恨之处。"悲哉！范增，如此命运怨得了谁？

原载 2013 年 1 月 22 日《徐州日报》

霸王项羽未必就霸气

项羽建都彭城，号称"西楚霸王"。做人霸气是他的特征，他的故事总意味着强势逼人，目空一切，刚愎自用。

通常在人们印象中，他是个盖世英雄。徐州戏马台以"西楚大观"著名于世。走进山门，迎面点题的四个大字，就是"拔山盖世"。《史记》记述："籍（项羽）长八尺，力能扛鼎，才气过人。"鼎，是威严的象征。当年，面对势吞六国，一统天下的秦皇嬴政，谁敢问鼎？刺客荆轲，壮士一去不复返；谋士张良，博浪沙谋刺未遂逃之夭夭。同代的历史主角刘邦与项羽，都曾目睹过秦始皇出巡的威风，刘邦说："大丈夫当如此也。"那是对秦皇淫威的赞佩，还是自我心迹的表白？半遮半掩，还流露些许惧怕。唯有项羽坦荡无畏，直言："彼可取而代也！"果然，他起兵吴中，亲率八千子弟，登上反秦斗争的历史舞台，巨鹿一战定乾坤，喝令诸侯称霸天下。霸气也是残暴的，楚军竟把秦军的20万人击杀坑埋于新安城南。

霸气显露狂傲，项羽是个死不认输的角色。兵败垓下仅剩28骑，溃退乌江岸边，乌江亭长已为他备好渡船。项羽拒绝求生的渡船，只把战马嘱托给好心的亭长，让它渡江逃命，自己却徒步拼杀迎战。寡不敌众，宁死不屈，还慷慨地对追杀的敌将说："刘邦以赏千金、封万户侯的代价换取我的头颅，我做个人情，割下来你拿去领赏吧！"刎颈至死，慨叹"天亡我也，非战之罪也"，决不承认自己有过点滴过错。项羽失败，是霸气铸就了他的刚愎自用。刘邦对照张良、萧何和韩信，曾说："此三者，皆人杰也，吾能用之，此吾所以取天下也。项羽有一范增而不能用，此其所以为我擒也。"楚军入关时，假如项羽采纳范增的意见，以绝对优势趁机消灭刘邦，或在鸿门宴上轻而易举地除掉刘邦，重写的历史，岂不是兴楚亡汉？评说项羽，若无霸气，也就没有霸王的本色？

常言说："江山易改，秉性难移。"性格人人不同，自幼形成的个性，至死不变。不过探究霸王生涯，倒也别说"秉性难移"。霸王也有收敛霸气的时候，他确曾平心静气地接受过别人意见，而且是被一个小孩教训得心悦诚服。

楚汉战争激战河南一带，刘邦派大将彭越袭击楚军的运粮车队，乘机连续攻下外黄等 17 座城池。项羽大怒，亲自领兵去攻打彭越，强攻多日才攻占外黄县城。彭越逃走了，而城里百姓面临一场灾难。

原来，彭越是项羽手下的将领，投靠刘邦与己为敌，已使他恼火，外黄县的百姓帮助彭越守城更让他愤怒。进城后项羽当即命令，活埋外黄县所有 15 岁以上的男子，以解心头之恨。消息传开，百姓惊恐，全城一片哭声。危难关头，一个 13 岁的少年挺身而出，闯进军营，要求拜见霸王。初生牛犊不怕虎，引起项羽的重视，那孩子郑重地说："彭越是强迫百姓帮他守城的，实际上外黄的百姓盼望您的到来。您领兵进城了，却要活埋他们，岂不毁了大王的名声？这样的消息传扬出去，各地百姓还有归附之心吗？"这番话说进了项羽的心坎，于是连忙改换命令，不杀百姓，争取民心。正是这个孩子从霸王的屠刀之下，解救了全城百姓。可惜的是，这个勇敢机智的少年没有留下姓名，后人只好称他"外黄小儿"。项羽继续进军睢阳，那里的百姓听到外黄的消息，就争着归附于他。这使项羽愈加钦佩，一生征战，胆敢面对霸王说"不"的，也只有这个孩子。

发生在西楚故宫（原址在徐州彭城路 1 号）霸王不"霸"的故事，是一则神话传说。

项羽死得 22 悲壮，他留下的宫殿多年不敢有人进驻。《广异记》和《铜山县志》有同样的记载：唐代刺史崔敏悫到任徐州任职，驻居当年项羽处理军政事务的大厅。一天，忽听空中有人吼道："吾乃西楚霸王也！崔敏悫何人，敢夺吾所居？"崔刺史倒也镇定自若，回敬说："鄙哉项羽！生不能与汉高祖西进争天下，死乃与崔敏悫争一败屋乎？且王死乌江，头行万里，纵有余灵，何足畏也！"此话刺痛项羽的心，他飘然离去，殿厅从此太平，霸王厅开始成为历代官府驻所。霸王厅后来改建为霸王楼，是老徐州四大名楼之一，留存至 20 世纪 50 年代。

原载 2015 年 12 月 21 日《徐州日报》

从《百戏图》观赏汉代杂技

徐州汉画像石艺术馆的珍藏，有多件作品表现汉代"百戏"的题材。杂技艺术在汉代统称"百戏"，因杂技演出有歌舞配合、乐器伴奏，又称"乐舞百戏"。这些藏品的观赏价值具有多重性：汉画像石是绘画和雕刻的结合，以阴线刻或浅浮雕的技法再现两汉时期的生活情景。就造型艺术而论，诸如构思构图、笔法刀功、神态刻画等都展示古代艺人的造诣，图像本身且是寻味无穷的艺术品；就题材内容来看，它表现的是"百戏"，通过图像又让我们欣赏到千年前的杂技艺术，这是留存形象唯一的载体；就历史价值而论，这些画像石刻是两汉时期（公元前206—公元220年）社会生活的实录，百戏图中的节目、场景、氛围既反映出中国杂技艺术的发展历史，还反映出汉代的开放、中外文化艺术交流的情况。

铜山县洪楼出土的《百戏图》，横282厘米、纵149厘米，长方画面的巧妙部局，依次展现种种精彩节目。为首面对演员的是主持人，手执火炬指挥演出逐一登场："吞刀吐火"先演吐火，艺人鼓腮劲吹一只喇叭状的道具，喷出了火焰，这是魔术；"水人弄蛇"和"象戏"都属驯兽表演，艺人耍弄蟒蛇，就跟玩耍绳子一样的得心应手。而骑坐象背的艺人，手持长钩制服大象，让它甩鼻晃耳，任人摆布；驯兽节目之间的"转石成雷"，是大力士的硬功夫，他奋力挥动贯穿一起的5个大石球，旋转撞击，轰隆作响；"鱼龙漫衍"是人与兽的联合演出，人扮兽、人扮神、人与驯服的兽相配合。图中并列的两套节目，一是三鱼驾云车，乘车人头戴鱼帽演绎雨师布雨；一是三龙驾鼓车，车上有熊罴的击鼓表演，皆属车技。图尾上角的两人，拱手作揖状，表现观赏演出前后宾主迎来送往的礼仪，借以烘托场景的气氛。综览全图，把按时间进程的不同情节，有序地安置在同一画面的空间，足见艺术构思的别具匠心。同在洪楼出土的另一方《百戏图》上，还有三虎驾车及虎面人击鼓、仙人骑麒麟、人鱼表演等节目。在汉代，这类佩戴面具，装扮成动物、人物、神仙的伎人称为"象人"，他们的表演概称"象人戏"。后世的舞龙、舞狮、人扮的驴马小品，都由此演进而成。

音乐和舞蹈亦属百戏，与杂技同场公演。汉王乡沿村出土的《乐舞图》，有剑鼓舞、长袖舞及弄丸（双手将4球顺序抛起，疾速旋转）的表演，另有摇鼓、吹竿的乐器伴奏。古文献的记载与汉画像石艺术互补印证，相得益彰。恰如张衡《西京赋》的描述："总会仙倡（指演艺家们），戏豹舞罴（指化装走兽之戏），白虎鼓瑟，苍龙吹篪，女娥坐而长歌，声清畅而逶迤（乐师与歌手相伴演出）。"

　　汉代实行开放政策，中外文化交流在"百戏"中也有体现。除我国传统节目的继承发展，还有中亚、西南亚、安息（波斯）、大秦（罗马帝国）、身毒（印度）、都卢（南洋诸国）等外来的杂技艺术传入中国。据《史记·大宛列传》记载：汉武帝曾于元封三年（公元前108年）宴请外宾，举行盛大的百戏会演，中外艺人同场献艺，相互学习交流。这些节目传至东汉，已在民间普及。吞刀、吐火、屠人、截马等魔术始于黎轩（埃及亚历山大港）幻术表演家的授艺。在出土的百戏图中，还有"都卢寻橦""陵高索履"的节目，是在高悬的绳索上做惊险动作，近似现代的"走钢丝"，这类技艺是从南洋传入的；还有"安息五案"重叠道具攀高而上，做精彩的表演，来自古波斯……种种节目的图像，都在徐州汉画像石中屡屡可见。汉代是中国杂技艺术的形成期和成长期，各类节目遂成系列，为其后世发展，奠定了厚实基础。

原载 2007 年 3 月 30 日《人民日报海外版》

第四篇
文化景深

从无字碑看见了什么

中国多碑。出自"树碑立传"的念想，似乎只要刻在碑石上的文字尚在，便可名扬千古。游苏州，游西安，游泰山，观赏到三处迥然不同的无字碑。索源探秘，倒也奇怪，竟从无字的品读中，瞻仰到非凡的人物生平。而常见的那些有字之碑的立传显耀，却相形见绌。

巍巍碑石，铮铮铁骨

苏州的无字碑，是玄妙观十八景之一，坐落在三清殿东侧。高6米余、宽2米余，光洁如镜，不见一字。民间有个美丽传说：明代的苏州一度流行瘟疫，弄得封门绝户，路断人稀，萧条不堪。危难关头，来了一个神通广大的道士，妙手回春，拯救了百姓。人们感念他的功德，立起一座镌刻洋洋万言的巨碑。可是，这却惹恼了道士，他挥臂拂袖，顿将碑文拭得一干二净，本人也随同无影无踪。

可是，一旦揭开神话的帷幕，展现的倒是一场触目惊心的历史悲剧。原来，碑上确实有字，那是明代大学士方孝孺撰写的一篇纪念道教活动的文字，与上述的神话故事毫不相干。明太祖朱元璋在位时方孝孺当过宰相，还是皇太子的老师。朱元璋死后，惠文帝继位，其叔父朱棣篡夺皇位。为安抚臣民，平息舆论，朱棣命令方孝孺起草登基诏书。方孝孺宁死不从，朱棣威胁说，不服从就满门抄斩，罪灭九族！而方学士毫无惧色，昂然表示：灭十族，也不从。皇帝果真灭其十族（九族外加学生），这场惨案丧生870余人，堪称中国历史上的株连之最。尽管封建暴君可以任意杀戮抗旨的臣民，却无法改变这个学士的意念。事发后，苏州官员因怕株连，就凿净玄妙观碑上原有的文字。从此，这块无字碑仿佛化作不屈的形象，矗立至今。

方孝孺殉难处在南京雨花台下，已成游览景点。2002年6月24日，是方孝孺殉难600周年纪念日，这一天，举行了纪念方孝孺殉难的学术研讨会暨其铜像揭幕仪式。令人惊叹的是，前来祭扫赴会的人竟然还有方氏后裔。原来方孝孺十族全诛时，幼子方朗被义士冒着生命危险悄悄送到江阴陆姓外公家抚养，便依从这家人姓陆，他长大得知身世以后，又将"陆"改为"六"，凭字形的近似，暗示不忘姓"方"。方孝孺墓前原有一副楹联："十族殉忠天遗六氏，一杯埋血地接孝陵。"那个"六"字的底蕴，不言而喻。方孝孺人称正学先生，通往其墓的路又叫"正学路"。思念其人，铁骨铮铮，气贯长虹。

千秋功过，自有后人评说

在西安乾陵，竖有唐代女皇武则天的无字碑。碑高 7.53 米、宽 2.1 米，碑首镌刻八条龙纹，巍然壮观。武则天在位数十年间，唐朝是以统一强盛著称于世的。中国历代王朝对世界影响力最大的，莫过于汉朝与唐朝。在乾陵的石刻中，还有一组各国使臣前来朝拜的雕像。中国历史上，虽然有过三位女子把持中央政权，她们是吕雉、武则天和慈禧，但唯有武则天尊为正统女皇帝，而且享年 82 岁，属高寿帝王之一。鲁迅有言："武则天在世，有谁还说男尊女卑？"

武则天倒也明智，据说生前就没打算让人为她撰写碑文，本意就是留下一座空碑，让千秋功过任后人评说。于是"不著一字，尽得风流"，传为佳话。可是来到碑前一看，倒是不由地吃了一惊：偌大的碑面竟然刻满了种种文字，自唐以来，宋元明清，历代的文人雅士皆以一孔之见，舞文弄墨，或褒或贬，不屑一顾。碑外更有权威性的评论，宋庆龄："武则天是封建时代杰出的女政治家。但就家庭角色而言，不难看出武则天也是个好妻子。"毛泽东："武则天确实是个治国之才，她既有容人之量，又有识人之智，还有用人之术。她提拔过不少人，也杀了不少人。刚刚提拔又杀了的也不少。"

据悉，史学界也有人认为，武则天在世时，确曾让人为她撰写过碑文，待她死后，因为朝臣争议不休，只是未能刻上碑石。那篇碑文，可能陪葬于陵内，有待考古揭晓。

无字胜有字，无碑胜立碑

泰山峰巅称玉皇顶，那里立有汉武帝刘彻的无字碑。碑高 6 米、宽 1.2 米，犹如擎天之柱。汉武大帝曾经七次登临泰山封禅，煊赫一世的君主，在此对天朝拜，低下了从未向人间低过的头。西汉王朝的这位皇帝，雄才大略，他不仅是杰出的政治家、战略家，还是多才的诗人。汉武盛世，誉为古代中国的三大盛世之一。丰功伟绩让他甚感自豪，有心于万世流芳。

相传，刘彻曾经广召天下文士，为他撰写碑文。遗憾的是，来者用尽奉承恭维之词，也没能满足这位帝王好大喜功的心愿。结果篇篇落选，似乎他的功绩太大，已非文字能够表述。因此，这碑只好载着一片空白，度过了千古岁月。

游访泰山，攀登十八盘，越过南天门。在那苍天与大地的衔接之处，目睹这块无字之碑，能不让人浮想联翩？"无字"的洁净，酷似一种人生境界，孟子说："仰不愧于天，俯不怍于人。"纵览华夏碑石，汉武大帝也算是"聪明一世，糊涂一时"了。

其实，做人一世，何必要为自己树碑立传？有字的碑也好，无字的碑也罢，总不如无碑。"人过留名，雁过留声"，唯有口碑、心碑，才是不可磨灭之碑。人们之所以记得汉武大帝，绝不是因为竖立了什么样的石碑。

原题《透视无字碑》

原载 2007 年 7 月 6 日《人民日报海外版》

后换题增添内容重写

风景触发另样情怀

诗人千古尽风流

唐代诗人白居易自幼在徐州长大，他把徐州称为"故园"，许多诗篇写在徐州，或是专为徐州故友而写的。想起这位老乡总有一种亲切感，游览洛阳龙门石窟时，就前往琵琶峰拜谒了他的陵墓。其墓地"白园"属国家重点文物保护单位，是个非同凡响的文化景区。依山所筑的松风亭、白亭、翠樾亭、道时书屋、乐天堂，古风遗韵，典雅诱人。但有两处风景令人意外，一处是入园经过的碑石廊道，怎么是由日本书法家书写修造的？另处是在白居易墓附近，怎么会有日本人竖立的一块碑石，碑文还是用中日两种文字刻写的？

对于日本，国人似乎没有什么好感，难忘当年侵略者的铁蹄蹂躏国土，尤其当今还有政要人物参拜靖国神社的战犯亡灵，为军国主义扬幡招魂，谁不义愤填膺！风景与日本关联，难免产生抵触情绪。但一细看，那方碑石刻写的是："伟大的诗人白居易先生，您是日本文化的恩人，您是日本举国敬仰的文学家，您对日本之贡献，恩重如山，万古流芳。吾辈永志不忘，谨呈碑颂之。"署名是日本国中国文化显彰会诸多会员的姓名，立碑时间是"一九八八年戊辰七月吉日"。而碑石廊道里的书法作品，飘逸精彩，也深得中国神韵。书写的内容，皆具情意。品味再三，未见星点恶意，而日本人民对于中国文化的传承与发扬，却让我萌生出一种好感。本来嘛，文化是世界文明的体现，大和民族与中华民族的友好交往，是不该与侵略者罪行混淆的。而对于那些拒不反省侵略罪恶的败类，想必也是当头一棒。

唐代大诗人白居易长眠之地，处于翠柏丛林环抱之中。砖砌矮墙围成圆形的墓丘，墓碑上刻有"唐少傅白公墓"六个大字。墓顶芳草萋萋，不禁想起诗人对芳草"一岁一枯荣"，"春风吹又生"的赞颂。而枯荣之间，岁月的脚步迈过了千年，墓中人的肉体早已化作黄土，而诗人的品格与成就，却在时空中赢得永生。他在日本国，怎么会这样的令人崇敬？

燕子楼的中日诗碑

白居易为什么被崇拜为"日本文化的恩人"？探访白居易在徐州的踪迹，即可知晓其中的奥秘。

云龙公园知春岛上的燕子楼，是一座飞檐展翅的古典建筑，犹如紫燕春归，驻足于柳暗花明之中。楼体配以长廊角亭，亭内关盼盼纪念像亭亭玉立，而更加引人注目的，还是中日双方合立的燕子楼诗碑。这碑与洛阳的那块日本诗碑遥相呼应，探景审物，思绪万千。

　　"关盼盼独守燕子楼"的爱情故事，感人至深。唐代贞元十九年（803 年），白居易曾在尚书张愔家里见过婀娜多姿的关盼盼，并观赏了她的《霓裳羽衣舞》，关盼盼给白居易留下了美好的印象。多年过后，他远在江州偶遇张愔的堂兄张仲素，得知故人的信息。如他在《燕子楼诗序》中追记："尚书既殁，归葬东洛。而彭城有张氏旧第，第中有小楼名'燕子'。盼盼念旧爱而不嫁，居是楼十余年，幽独决然……"关盼盼孤守燕子楼，情真意切写下数百篇怀念爱情的诗，合为《燕子楼集》。张仲素特借关盼盼口吻吟诵三首。白居易为之感动，即唱和了三首。如此一唱一和的《燕子楼》诗，在文学史上传为千古佳话。

　　此诗影响深远，历代名人如文天祥、苏轼等皆为燕子楼留下诗篇。元、明、清的戏剧和小说也都涉及这一题材，兹不赘述。尤其不同凡响的是其国际影响。自古日本与中国友好交往，派送大批遣唐使来华留学，带回中国的文化精品。白居易的诗篇，在他活着的时候已经传到日本。当时的著名诗人大江千里，奉宇多天皇御旨，把中国的诗歌编纂成《句题和歌》。而且还在贞亲王的歌会上，当场朗诵他拟白居易《燕子楼》诗所作的和歌："仰望明月辉，遗物种种依然在，令人不胜悲！顾影惟有我一身，秋来夜冷守空闺。"大江千里与白居易的唱和，收入日本《古今和歌集》。如今燕子楼前，中日双方合立的诗碑，所篆刻的是我国赵朴初先生所书的白居易《燕子楼三首并序》诗第一首的后两句："燕子楼中霜月夜，秋来只为一人长"；与其相配的是日本名人冈崎嘉平太先生所书的大江千里为白居易诗而作和歌中的两句。

　　大江千里的《题句和歌》，搜集中国汉代至唐代的大量诗作，并且逐一后附和歌，以供其国人鉴赏和学习。另据《日本国见在书目》记载，当时传到日本的还有《白氏文集》70 卷、《白氏长庆集》29 卷。白居易在徐州生活多年，把徐州当成自己的第二故乡，取材于徐州的诗作很多，许多传入日本。他的作品，成为学诗者的范本，惠及当代。洛阳白居易墓前，于情理之中才出现那方中日两种文字镌刻的感恩之碑。

　　唐代的燕子楼毁于战火。历时千载，屡毁屡建，1985 年再次重建燕子楼时，日本国徐州会的朋友参与捐资，楼成以后多次前来游访。燕子楼中日诗

张成珠随笔选

碑的联合署名是：徐州市风景园林局、日本国徐州会合立。日本国徐州会，是以促进中日友好为宗旨的民间组织，其会员多是当年侵华战争服役时到过徐州的人。这个署名，令人勾起沉痛的回忆。这些日本老兵，重返当年曾经被践踏过的土地，都不免为之愧疚、反省。良知可贵，在于他们怀有"干戈化玉帛"的心愿。对于日本军国主义亡灵的追随者，这是有力的反击。

从韦驮佛像归来说开去

徐州竹林寺，是一座始建于东晋时代的古刹，中国第一比丘尼净检法师的道场。原庙毁于日军侵华战争时期，如今重建竹林寺，再现名刹风貌。竹林寺的风景，也寄托着一位日本老兵的情愫。

步入山门，一方照壁刻有"净检明道"四个大字，是以古今两位住持尼僧的法名，喻示1600余年的历史跨越。从照壁登山，进入韦驮殿。关于"韦驮"，曾经发生过这样的事：原狮子山竹林寺，曾经供奉一尊明代木雕贴金韦驮菩萨像，1938年日军侵占徐州后，僧人为躲避战火，便将佛像埋藏地下。寺院被日军强占当作营房，军中翻译中岛吉一挖出了这尊佛像，他一直随身携带，祈求菩萨保佑，战后回国仍然供奉家中。他耿耿于怀，难于排解，但终有省悟，直至辞世前夕，嘱咐女婿森秀敏，一定要将佛像归还竹林寺。为了却岳父遗愿，75岁高龄的日本九州僧人森秀敏多次专程来徐，先与市佛教协会商谈归还事宜，后又亲自护送佛像回归，一再表示有生之年要为中日友好做贡献。这尊韦驮菩萨已是竹林寺的镇寺之宝。现今的竹林寺住持明道法师，是位非同凡响的尼僧。出家前曾经留学日本，她熟知日本文化，与日本友人的交往也因此愈加亲密，日本友人捐赠的樱花林苗木，已在竹林寺茁壮成长。

佛门禅悟，说是"放下屠刀，立地成佛。"这使人忆起另一则往事。当年参加侵华战争的老兵犯下了罪恶，只要不失良知，彻底反省，是会得到宽恕的。陇海铁路东线某小站的驻防日军，有个士兵兽性发作，强奸过一位农家妇女。半个多世纪以来，他一直自我谴责，悔恨不已。当他随同"徐州会"成员一行再次踏上徐州这片土地，更是痛不欲生。由他恳求，经有关部门协助，终于找到了当年的受害者。他跪地忏悔，捶胸认罪，心灵这才稍得安抚，不然将会死不瞑目的。他的行为，对于企图重操"屠刀"的某些日本人来说，就是郑重的告诫。

原载 2013 年 11 月 30 日《彭城周末》

山水因苏轼而美丽

放鹤、招鹤与饮鹤

徐州的云龙山和云龙湖，是享誉古今的名胜。从北麓登临云龙山顶，圆门上额，题刻"张山人故址"五个隶字。步入院门，场地开阔，几处景观都凸现一个"鹤"字。放鹤亭坐东朝西，飞檐高翘，展翅欲飞。取自苏轼墨迹"放鹤亭"的匾额两侧，用其诗句作楹联："窈窕山头井，潜通伏涧清；欲知深几许，听放辘轳声。"放鹤亭近邻有一口古井，名叫饮鹤泉。往南十余米高耸的亭台，又叫招鹤亭。放鹤、招鹤与饮鹤，蕴含着怎样的情节？只有解读苏轼的文学作品，才能有所知晓。

苏轼在徐州写下的诗文中，有个人物频频出现，他就是云龙山人张天骥。除许多诗篇标明为他而作，苏轼散文的代表作《放鹤亭记》，也是专为他写的。此文属于文学经典，收入《古文观止》。常言说"文以景成，景以文传"，云龙山的闻名遐迩，有赖于《放鹤亭记》。张天骥这个原本寻常的山野村夫，凭仗着苏轼诗文也陡然提升了知名度。一位朝廷任命的州城最高长官，不仅跟这个平民百姓情投意合，而且张山人驯养的两只白鹤，也构成苏轼笔端的亮点。这究竟为什么？

张山人家住黄茅冈，有田宅、花园，筑有草堂。他爱好诗文、音乐、种植花木，饲养仙鹤陶冶情操，躬耕农田，闲时入山采药。他与父母都深受道家思想影响，张山人不求闻达，不愿婚娶，侍奉双亲，品行高尚。苏轼赞赏他的闲适生活，诗云："读书北窗竹，酿酒南园水"，"堂成不出门，清名满朝市。"二人所以投合，因为苏轼早年就曾受到道家思想的熏陶，后来儒、道、释三家思想他都有所接触，理念上有了共识。尤其苏轼仕途坎坷，在政治上屡遭挫折，因而向往遁迹山野的隐士生活。张山人清高、避世、宁静的日子，是苏轼可望而不可即的。

张山人与双鹤的事情，《放鹤亭记》这样记述："熙宁十年秋，彭城大水。云龙山人张君之草堂，水及其半扉。明年春，水落，迁于故居之东，东山之麓。升高而望，得异境焉，作亭于其上。"接着，就亭上所见展开视野："彭城之山，冈岭四合，隐然如大环，独缺其西一面，而山人之亭，适当其缺。春夏之交，草木际天，秋冬雪月，千里一色。风雨晦明之间，俯仰百变。山人有二鹤，甚驯而善飞。旦则望西山之缺而放焉。纵其所如，或立于陂田，或翔于云表；暮则傃东山而归，故名之曰：放鹤亭。"所写的人居环境，适宜隐士修身养性、避世离俗。所写仙鹤的独立与飞翔，象征隐士的人格魅力和人生境界。苏轼常与朋友来亭饮酒玩赏，文中写他与山人的游宴之乐。通过鹤与酒引古证今，嗜好养鹤是隐士的雅事，却是帝王所不能享受的，春秋时卫懿公就因好鹤而亡国。又借古人言志，纵酒狂歌是隐士的爱好，晋代的刘伶、阮籍就如此保全真情，名传后世。透过云天翔鹤与隐士风尚，折射出苏轼在政治失意时的超然心态，和他向往清闲高远、逍遥自在的人生追求。

《放鹤亭记》篇末的放鹤歌："鹤飞去兮，西山之缺。高翔而下览兮，择所适。翻然敛翼，宛将集兮，忽何所见，矫然而复击！独终日于涧谷之间兮，啄苍苔而履白石。"写张山人放鹤，那是以鹤的状态再现自然与生命的原始意味；而招鹤歌："鹤归来兮，东山之阴。其下有人兮，黄冠草履，葛衣而鼓琴。躬耕而食兮，其余以饱汝。归来归来兮，西山不可以久留。"写山人招鹤归来，笔锋一转回到人间，则是隐士生活的真实写照。山人驯养的双鹤，清纯、高雅，远离尘世的烦恼，在此已是人的精神化身。人与鹤结成了一体，那仙鹤是谁？恰似文章的作者苏轼。

清代诗人朱迈《云龙山》诗云："名山与高士，人地两相倚。"而今，当人们游览放鹤、招鹤、饮鹤的山水景观，自然思念双鹤的人文情节。从那飘逸洒脱的鹤影，让人领略到苏轼豪放无拘的性格，及其对人生哲理的探求。

醉卧黄茅冈的千古唱和

在云龙山下的黄茅冈，苏轼曾经酒醉，即兴赋诗《登云龙山》："醉中走上黄茅冈，满冈乱石如群羊。冈头醉倒石作床，仰看白云天茫茫。歌声落谷秋风长，路人举首东南望，拍手大笑使君狂。"九百多年前，这里本是一片极其寻常的山野石冈，从来未有谁对它关注过。自苏轼吟出这首千古绝唱，从此黄茅冈蜚声天下，引得历代的名人雅士乃至帝王慕名而至，有赋诗唱和的，有歌咏苏轼韵事的，也有为景观题写字词的。由此形成三四十方摩崖石刻，从东坡石床到白鹿洞口，连连不断，长达五六十米，蔚为大观。为保护文化瑰宝，建成覆盖石刻的护碑亭和倚山长廊。一尊苏轼石雕像，就石倚卧，纵笔随思，倾吐情怀，栩栩如生。

黄茅冈的群羊坡，是云龙山主要景区之一，中外游客纷至沓来。恰如清代诗人刘廷玑《黄茅冈》诗句所说："满丘乱石亦平平，一醉坡仙便著名。"苏轼的《登云龙山》诗，妙在哪里？全诗七句，有人误为是律诗故意少写了一句。其实不然，这是"柏梁体"的诗作，不按平仄粘对的格律，句句押韵，一韵到底，七句收笔更显得风格的迥异。

这诗的意蕴耐人寻味：诗人逼真地自述醉酒时的感受，视觉模糊，满冈的乱石化作群羊而活跃起来。他那倾倒仰望天穹的神态，流露着几许迷茫。青石为床，正当醉困欲睡的时候，秋风又从山谷送来了悦耳的歌声，惬意无比。那样的洒脱无拘，纵情抒怀，恰是苏轼豪放性格的写照。"知州"的身份相当于现代的市长，古往今来，作为地方的最高官员，谁能不顾及为官的"体面"，掩饰着真实的自我呢？苏轼的一反常态，正是他的人格魅力所在。身为"使君"，放下身份，不摆架子，百姓能够无所顾忌地对他的"癫狂"拍手大笑，足见那是多么的平易近人，和蔼可亲。苏轼素日与民无间，曾以"遇民如儿吏为奴"的心声，表白过自己的民本思想。苏轼在诗后的跋文，写有"元丰元年九月十九日，张天骥、苏轼、颜复、王巩始登此山。"张天骥家居黄茅冈的草堂，就是苏轼和好友饮酒谈心的好去处。

东坡石床一带崖壁上的诗刻，风格各异，字体多样。明代著名哲学家王守仁（字阳明）途经徐州，寻访苏轼留迹，至此题写"黄茅冈"三个大字，勒石成景，并赋诗《云龙山次乔宇韵》："几度舟人指石冈，东西长是客途忙；百年风物初经眼，三月烟花正向阳。芒砀汉云春寂寞，黄楼楚调晚凄凉；唯余放鹤亭前草，还与游人藉醉觞。"题中的乔宇，是当时的礼部尚书，他咏云龙山的诗是："鹫峰千仞俯崇冈，暂谢长途半日忙；海内帆樯通汴泗，江南形势控淮扬。川原雨过烟花绕，殿角风回竹树凉；笑指云龙山下路，放歌无惜醉华阳。"清初徐州户部分司主事徐渭弟有诗云：《黄茅冈步苏长公韵》，为苏轼之诗的原韵唱和："公余便上黄茅冈，一官潇洒岂藩羊。醉来无处非石床，云水满眼何苍茫。坡仙风流千载长，我纵五斗如相望，冈头放歌不知狂。"

除步韵唱和苏轼诗作的摩崖石刻，还有其他与苏轼相关的碑文与诗刻，如《续喜雨亭记》碑、《新修紫翠轩》碑和《紫翠轩》诗刻等，也都耐人寻思。崖壁上的刻字，又是一道风景：明代王守仁所留下的"黄茅冈"三字，因风雨侵蚀已模糊不清。清代的乾隆皇帝，重写的"黄茅冈"三个大字，又刻于峭壁之上。

从尔家川到云龙湖

苏轼在徐州做官不足两年时间，离去时依依不舍。《江城子·别徐州》一词的下阕："隋堤三月水溶溶，背归鸿，去吴中。回首彭城，清泗与淮通。欲寄相思千点泪，流不到，楚江东。"不难理解他的惜别之情，皇命难违，身不由己，实属无奈。诗中的隋堤，指的是隋朝开通济渠之后，旁筑御道，航程景色秀美；背归鸿，意味南下时背对北归的大雁；清泗与淮通，指沿河南下的路程，楚江东的"楚"字，是指西楚故都徐州。

惜别的赋诗，还有："归耕何时决，田舍我已卜，卜田向何许？石佛山南路。下有尔家川，千畦种粳稌。"所指的石佛山、尔家川就是现在的云龙山、云龙湖。说他企盼有朝一日辞官归田，来此安度晚年呢。回归徐州，是他的一个梦想。

感念苏公的情意，云龙湖的金山公园命名"圆梦园"，金山塔称为"苏公塔"。塔内粉墙四周依次镶嵌 35 幅《苏轼行迹图》，其中涉及徐州的有彭城抗洪、石潭祈雨、醉卧石床、黄楼诗会等 7 幅。苏轼当年惦记的尔家川，变成了今日的云龙湖，那是国家级水利风景湖泊和国家 4A 级风景区。倘若在天有灵，他定然是无比欣慰的。

原载 2010 年 8 月 3 日《徐州日报》

三道苏堤

"为官一任造福一方"。九百多年前，宋代文豪苏轼曾分别在徐州、杭州和惠州做官，在那里先后筑有大堤，统称"苏堤"。三州的苏堤连成一道文化风景线，共同见证苏轼的辉煌政绩。历史文化的积淀，为三座名城增添了光彩。

1995年，在宁波举行的中国历史文化名城文化研讨会上，我的发言谈及名城由于名人效应，产生城际间的"亲缘"关系，不同的城市演绎不同的故事，共同印证祖国历史文化的丰富多彩。杭州日报社的同志当即向我约稿，不久《姊妹苏堤》一文在该报发表。此文引起杭州市西湖风景管理处的关注，他们特将报纸寄给徐州市云龙湖风景管理处，希望两市共同深入探讨这个文化课题。时任云龙湖风景管理处副处长的惠光启先生，向我通报信息，说：此前，在中国城市湖泊会议上，苏杭两市鉴于历史文化根脉相连：苏轼出任徐州知州之前曾任杭州通判，离徐之后又曾任杭州知州。他为二州的湖山，都倾注过心血和汗水，留下了美好诗文和辉煌政绩。苏轼治理山水的贡献，造福两州世代人民，是永远不可忘怀的。徐杭二州湖泊管理处旨在密切双方往来，促进文化交流，决定结缘攀亲，正式签约，杭州西湖与徐州云龙湖结为"姊妹湖"。也是由于苏轼文化牵缘，惠州与徐州的关系，同样显得亲切。

徐杭惠三州的苏堤，虽然同名，但历史背景、地理环境和实际状况大不相同，人文情节纷呈异彩。三道苏堤按年龄为序，徐州苏堤最早，筑于北宋熙宁十年（1077年），排行算是大姐。

那年四月，苏轼由密州调任徐州知州，到任刚三个月，黄河在澶州决口泛滥，洪水夺取泗水河道，冲向徐州，城外水深二丈八尺，大雨夜以继日，苏轼有诗描述"南城夜半千沤发，水穿城下作雷鸣"，情况危急。据《宋史》记载，他临危不惧，首先下令关闭城门，安定民心，避免慌乱。同时征发五千民工，抢筑一道"首起戏马台，尾属于城"的抗洪大堤，又亲自到武卫营动员朝廷直辖的禁军参加抢险。他这位州城长官拿起工具，布衣草履，"以身帅之，与城存亡"。苏轼夜宿城上巡查险情，过家门不入。临危时刻，还以诗言志："坐观入市卷闾井，吏民走尽余王尊。"一旦堤防溃崩，他甘愿像汉代东郡太守王尊那样，以身填堤，力挽狂澜，确保百姓和属下安全脱险。经过连日奋战，终于转危为安，保住满城的生命财产。

一个擅长写诗的官员，人们充其量只会记住他的几首好诗；而一个敢于为民请命且有才情的好官，才会像苏轼那样，成为世代人民永远怀念的先贤。

那道"首起戏马台，尾属于城"的大堤，因城区发展变化早已消失。后人能够见到的苏堤，是云龙湖之北，东起云龙山下，西到段庄的长堤。据清代乾隆二十三年（1758年），徐州知府邵大业的《重修苏堤记》："徐城之西有堤焉，起云龙山黄茅岗，至西关止，长六百余丈，废坏不治。世传为宋苏文忠公（苏轼谥号）所筑以御黄（水）者，因名苏堤。"当初，这堤是洪水退后，为防黄河再次泛滥而筑。云龙湖的前身叫石狗湖，又称"簸箕洼"，就是宋代苏轼诗中所写的"尔家川"。这一带，古《徐州府志》这样描述："地卑下，岁旱可成田，雨潦则南山之水尽汇于此，久积不退"，东西南三面都有山，唯独北面向城区敞开着。城里是盆地，洪水的俯冲之势，威胁百姓的安全。苏轼在城南筑堤，除防止黄河水患之外，也有防御山洪倾城的意义。可是，这堤还不足以蓄存地面径流，形成稳定的水位。自古民谣所说的："堤边尽是垂杨柳，只比杭州少一湖"，那是表白徐州人的一个梦想，期盼有个水位稳定的湖泊，来跟杭州的西湖媲美竞秀。

自1958年军民共建"八一"大堤，筑起一道东起云龙山西至韩山的防洪屏障，继而开凿横穿云龙山的溢洪道，并建设水闸及辅助工程，拦蓄地面径流，完善水利系统，形成了一座多功能的大水库。这不仅彻底解除水患之忧，还使库区成为水位稳定的风景湖泊，从此定名云龙湖。后经疏浚，取土加宽大堤建成滨湖公园，云龙湖经全面开发，成为国家级水利风景湖泊和国家4A级风景区，现又创建国家5A级风景区。至此，滨湖大堤取代并提升了苏堤的功效，人们便将旧民谣改动一字，说是"堤边尽是垂杨柳，不比杭州少一湖"。自滨湖大堤取代苏堤之后，以古苏堤为基础，现今已拓成一条市区干道，更名"苏堤路"。

说罢徐州苏堤，再说杭州和惠州的苏堤。

北宋元祐四年（1089年）七月，苏轼出任杭州知州。为改善杭州水环境，他上书朝廷，并亲自组织民众疏浚西湖，利用湖泥堆筑成长堤。这条苏堤比徐州苏堤年轻12岁，当为"姊妹堤"的二姐。她南起南屏山麓，北到栖霞岭下，全长约3公里，是一条贯穿西湖南北风景区的林荫大堤。苏堤不仅为西湖增添景色，更为行人提供交通之便。传说苏轼疏浚西湖的当初，正为解决湖泥堆放的问题犯愁时，偶听西泠渡口传来一曲渔歌："南山女，北山男，隔岸相望诉情难。天上鹊桥何时落？沿湖要走三十三。"歌声使他茅塞顿开：仿佛就是献计献策嘛。天上可架"鹊桥"，湖上难道不能修长堤吗？这样，既解决了湖泥堆放的难题，又方便了南北两岸交通，可谓一举两得。堤上的六座拱桥，自南向北依名为映波、锁澜、望山、压堤、东浦和跨虹，造型古朴典雅，诗意盎然。每逢阳春三月，长堤杨柳夹岸，鲜花争艳，掩映湖面、风趣横生，"苏堤春晓"是西湖十景之首。

苏轼遭受政治迫害，屡遭贬谪降职处罚，后来到惠州做官。惠州也是以西湖著称的，苏轼到来之前，湖上无堤，湖边只有一座破旧不堪的木桥，交通不便，往返两岸，需乘船摆渡或涉水而行。苏轼念及民众疾苦，日有所思，夜有所梦，竟然梦见亡妻王朝云。她葬于孤山，留下的婴儿没奶吃，整日啼哭。苏轼卧床入眠，忽见浑身湿透的妻子来给孩儿喂奶，便问："你怎么像是被水泡过的？"回答是涉水过湖而来。被梦惊醒的他，更加惦记百姓涉水的苦衷，于是托付并资助栖禅寺僧人希固操办筑堤修桥之事。竣工时，惠州官民设宴庆贺，苏轼有诗记述当时的庆祝场面："父老喜云集，箪壶无空携，三日饮不散，杀尽西村鸡。"这堤是北宋绍圣三年（1096 年）竣工的。她比徐州苏堤小 19 岁，比杭州苏堤小 7 岁，算是"姊妹堤"的小妹。惠州苏堤也是观赏西湖风景的通道，每至月圆，游堤赏月尤为心旷神怡。清代文学家吴骞有诗云："茫茫水月漾湖天，人在苏堤千顷边。多少管窥夸见月，可知月在此间圆。"由此"苏堤赏月"，成为惠州西湖八景之一。苏轼本来是仁宗皇帝为其子孙选中的后备宰相，虽遭政治迫害而沉浮宦海，但他抱定民本思想，"宁为民碎，不为官全"。每到一地为官，不论境遇如何，他总要为百姓谋取福利。姊妹苏堤的佳话是世代人民为苏轼树起的口碑、心碑。

原载 2013 年 10 月 26 日《彭城周末》

两座快哉亭

荣膺"国家园林城市"的徐州，园林众多，其中最古老的公园是解放路上的快哉亭公园，自唐宋以来这里已成名胜之地。

寻根历史，北宋神宗熙宁十年（1077 年），徐州节度使李邦直，在唐代徐州刺史薛能所建的阳春亭旧址重建新亭。他是苏轼的朋友，适逢苏轼来徐就任知州，特请苏轼为新亭命名。亭子居于高台，坐南朝北，暑日登临，清风爽怀。苏轼步入亭子，心情舒畅，挥毫作赋："贤者之乐，快哉此风……"苏轼这篇《快哉此风赋》，就是该亭名称的由来。从此，快哉亭取代了唐代的阳春亭。苏轼在徐州任职期间，常同宾客文友前往避暑消闲，每当清风徐来，不禁连呼"快哉！快哉！"。现在的快哉亭，仍在快哉亭公园高出地面五米多的一座院落里。亭为庭院的主体，配有花木秀石和碑记，古朴典雅。院外的池塘植莲，池边的石刻，题书"阳春观荷"四字大字。古时的"彭城八景"就有阳春观荷一景，唐代的阳春亭虽然更换为宋代的快哉亭，并未中断文化的脉络，景观"阳春观荷"的意蕴透露对先人的尊重。

千百年来，快哉亭屡毁屡建，亭内除在正中方位悬挂苏轼手书的"快哉亭"匾额，另有"快哉快哉""果然快哉"等名家题书。游人凭着直觉，总以为意思都是说到此避暑，凉风爽怀，给人快意。但一经品味苏轼《快哉此风赋》里的语句，便有新的认知。文章将"快哉此风"定格为"贤者之乐"，内涵绝非寻常。

若从苏轼生平探察，会有深刻的理解。他一生坎坷，性格倔强。遭遇当朝权贵排挤，宁愿离开朝廷，下往地方做官。熙宁末年从密州来徐任职不足两年，又于元丰二年（1079 年）三月调往湖州，元丰二年（1079 年）八月因"乌台诗案"遭人诬陷而受尽牢狱之苦。出狱后降职为黄州团练副使，官职低俸禄微薄，生活窘迫，竟不足以养家糊口。他只好于公事之余，带领家人在城东一片坡地开荒种田，聊补生计。这便是自号"东坡居士"的由来，足见人生的跌宕起伏。

元丰六年（1083 年），与苏轼同时期谪居黄州的张梦得，为观览江流风景，便在住宅西南处建造了一座亭子，也请苏轼取名。苏轼思量再三仍然重复选定"快哉亭"的名字，并且为亭作词，写成《水调歌头·黄州快哉亭赠张偓佺》，留下"一点浩然气，千里快哉风"的警句。这篇作品，成为豪放词的代表作之一。

　　他先后为两亭取名的时候，正当人生的重大转折。宦海浮沉，经受苦难磨砺，思想升华，他从贤者之乐的感悟，进而从逆境中焕发出大义凛然的精神风貌。黄州之作是在徐州之作基础上写成的，也从此迎来他文学创作的高峰期，产生传诵千古的代表性作品，如《念奴娇·赤壁怀古》"大江东去，浪淘尽，千古风流人物……"此词对于一度盛行缠绵悱恻之风的北宋词坛，具有振聋发聩的作用。任凭命运多舛，境遇难料，只要具备浩然之气，就能超凡脱俗，坦然自适，感受到快意无穷的千里雄风，这就是取名快哉亭的真谛。苏轼这种履险如夷、乐天安命、从容不迫的人生境界，是怎么生成的？这是文化精神的传承与开拓。"浩然之气"源于儒家思想。《孟子·公孙丑》云："我善养吾浩然之气""其为气也，至大至刚，以直养而无害，则塞于天地之间。"做人凭仗浩气长存的精神力量，才会拥有：富贵不能淫，贫贱不能移，威武不能屈的高尚情操。从徐州到黄州，苏轼的履迹显示人生境界的升华，他为快哉亭而作的词赋也酿浓两座名城的文化亲缘。

原载 2015 年 9 月 7 日《徐州日报》

寒山古刹未了情

寒山寺名声斐然。稍有文化的人，无人不晓唐诗《枫桥夜泊》："月落乌啼霜满天，江枫渔火对愁眠。姑苏城外寒山寺，夜半钟声到客船。"谁不向往这座古刹，期盼聆听那里的钟声。

我是1956年考取苏州大学历史系的，当年就由老师带领游览过寒山寺。50年后的入学纪念和毕业纪念，老同学相聚母校，我们又重访寒山古刹。在这大半个世纪里，对该寺的历史文化大家也都一直关注、研究，致力于深入发现。每每重游，触景生情，感悟颇多。尤其是有关古钟的情结。

古钟的历史恩怨

唐诗《枫桥夜泊》作为文化精品，早在唐代已由日本的遣唐使带回日本，广为流传。至近代，在日本还被选入小学课本，越发家喻户晓，老幼皆知。据清光绪三十二年，国学大师俞樾（红学专家俞平伯的曾祖父）在《新修寒山寺记》中说："寒山寺以懿孙（张继）一诗，其名独脍炙于中国，抑且传诵于东瀛。余寓吴久，凡日本文墨之士咸适庐来见，见则往往言及寒山寺，且言其国三尺之童，无不能诵是诗者。"寒山寺及其"夜半钟声"如此引人的关注，前来游访，如果不见古钟未听钟声，必定是最大的遗憾。

寒山寺收藏的古钟很多，供人观赏、研究。历经千年，唐诗所写的那口钟，已无踪影，明代嘉靖年间重铸的一口铜钟，传说被盗，流落日本。为此，康有为题诗感慨："钟声已渡海云东，冷尽寒山古寺风。"这种说法，也引起日本朋友的不安。

寒山寺收藏的古钟，有一口来自日本。铜钟铸有日本明治三十八年（1905年），侯爵伊藤博文的《姑苏寒山寺钟铭》，曰："姑苏寒山寺历劫年久，唐时钟声，空于张继诗中传耳。尝闻寺钟传入我邦，今失所在，乃将新铸一钟赍往悬之。"考查此钟的来历，日本僧人山田润（又名山田寒山）仰慕中国寒山寺，渡海而来，曾经在寒山寺当过住持僧。他立愿：重返日本找回丢失的古钟，物归原主。回国寻觅，四处奔波，不得下落，便募捐铸造一对姊妹钟。将其中一口留在日本馆山寺，另一口赠送给了中国姑苏寒山寺。山田润的另一个心愿，是在日本选址长冈，建造一座寒山寺，他操劳五年，不幸逝世，却未能完成建寺的计划。

另一位日本朋友田中米舫（原名田中茂一郎），也于明治十八年（1885年）游访中国，曾和寒山寺住持僧祖信结下深交。他回国时，祖信赠送一尊释迦牟尼佛像。田中米舫珍惜中日友谊，为了供奉这尊佛像，他得到青梅电气铁道会社长小泽太平的资助，在东京郊外青梅山的多摩川岸边，建筑一座日本寒山寺。庙宇附近，架设在御岳峡谷的桥梁是以枫桥命名的。寺里不仅有《枫桥夜泊》的诗碑，而且取意"夜半钟声"，建筑一座钟楼，以此寄托对于寒山寺失落古钟的惋惜。

随着历史研究的深入，寒山寺古钟丢失之谜终于大白。据《百城烟水》古籍记载，唐钟早被明钟取代，"僧本寂铸钟建楼，钟遇倭变，销为炮"。倭，指日本海盗。明代倭寇侵扰我国东南沿海，造成严重灾难，民众毁钟造炮用来御敌。枫桥镇上与寒山寺近邻的铁铃关，就是当年抗倭的堡垒。城楼屹立，门上高悬的匾额，写有"御寇安民"四个大字。查阅方志，《太湖备考》还有这样的记述：嘉靖年间，倭寇侵扰太湖一带，乡民同仇敌忾，东山脚下有位农妇被寇所掠，"过独木桥，二倭前后扶曳而行，妇双手握倭臂，奋力跃入水。两倭所牵，俱溺毙！"民情如此激愤，毁钟铸炮理所当然。一旦了解这样的历史事实，日本的那些曾为寻钟而辛苦奔波的人们，以及年年前往寒山寺听钟祈福的人们，能不因之痛心疾首吗？

明代的倭侵、清代的甲午战争和20世纪的侵华战争，三次罪恶行径都伤害过两国人民的感情。日本民间与我国的友好交往，与日本侵略者的铁蹄蹂躏，形成巨大反差。痛定思痛，更应愈加警惕日本军国主义的阴魂不散。

钟声萦回寄深情

几十年前，寒山寺一带原是郊外乡野环抱的枫桥古镇。相随城市拓展，现已变成繁华闹市裹包的一处景区。寒山寺、枫桥、铁铃关等古迹保护完好，风貌依然。古寺钟声魅力无穷，到此游览总有钟声陪伴。按佛经所说："闻钟声，烦恼清，智慧长，菩提生"，有人甚至专为听钟而来。中国和日本，自古就有听钟祈福的习俗。在中日邦交恢复以后，每年除夕，都有成千上万的日本朋友前往寒山寺聆听钟声，人数甚至多过华人，而来者也没有不会背诵唐诗《枫桥夜泊》的。日常游客，想象唐代诗人张继当年夜半听钟的情景，都会探访夜泊枫桥的地方。

寒山寺庙门右侧约百米，经铁铃关拾阶而上过枫桥，在寒山寺的对岸，碑石有字"枫桥夜泊处"，墙上镶嵌张继《枫桥夜泊》诗碑。岸边是停靠船只的码头。亲历目睹，抒思古之幽情，总会不由地追溯千年前的一幕：

赴京赶考的张继落榜了，内心该是多么的羞惭、沮丧！在京城他无心观看新科状元锦袍加身，披红巡街的贺喜盛况。就在皇上召见榜上人登殿，封官授爵的时刻，他已悄然离京。在返回途中夜泊苏州枫桥，他静卧船舱，思绪纷繁，夜不成眠。十年寒窗苦读，多少个"悬梁刺股"的日日夜夜，所期盼的金榜题名、荣宗耀祖，都化作了泡影。归来所能携带的唯有惆怅，一旦见到乡亲，让他的那张脸面往哪摆放？船家沉睡了，张继还醒着。夜色朦胧，河面上闪现点点渔火，凉风里传来了凄厉的乌啼和悠扬的钟声。触景生情，他抚平了千思万绪，灵感油然而生，脱口吟出了这首千古绝唱。不可思议的是，《枫桥夜泊》诗作的成功，竟让他消除了落榜的烦恼，继而发奋读书，终于中了进士，圆了科举美梦……

往事越千年，这首《枫桥夜泊》的深远影响，产生不可估量的价值。跟随这诗的传世，枫桥、寒山寺及其钟声的名望也都远扬世界。世人探索寒山古刹的文化底蕴，聆听悠扬的钟声，漫思红尘事事，总会自然地净化心灵。中日两国，中华民族和大和民族，亿万生灵，能不思量寒山古刹的未了之情？

原载 1992 年 2 月 11 日《人民日报海外版》

后改题扩充

名楼荟萃人文精华

游览江南三大名楼：岳阳楼、滕王阁、黄鹤楼，秀丽山水固然不可忘怀，而景中的抽象所在，更是触动心灵，受益终生。

名楼成名，来自文学魅力

名人登楼观览风景，触景生情写下诗文。作品中的非凡意境，让景观产生灵魂，才使名楼传世不朽。始建三国时代的岳阳楼、黄鹤楼都已1700余年，始建唐代的滕王阁也已1300余年。时过境迁，这些名楼屡屡毁于战火，毁后重建皆达二三十次。重建和维修的价值何在？楼只是文化载体，实际价值是楼所承载的文化。历代人不惜代价地保留它们，四方人纷至沓来地观赏它们，都出自精神的需求。

以湖南省岳阳市洞庭湖滨的岳阳楼为例，自唐代已有孟浩然、李白、杜甫、韩愈、刘禹锡、白居易、李商隐等留下佳作，虽初具影响，但它的著称于世还是因北宋范仲淹写下的《岳阳楼记》，才享有"洞庭天下水，岳阳天下楼"的盛誉。

《岳阳楼记》是岳阳楼的亮点，也是范仲淹的人生亮点。范仲淹祖籍苏州，但生于徐州死于徐州。他一生坎坷，宦海沉浮，深有所思。他的人生辉煌，在于登临岳阳楼，观景时的那番感悟："先天下之忧而忧，后天下之乐而乐。"这种人生追求，恰如洞庭山水之秀，给人以永恒的美好念想。"先天下之忧而忧"的境界，来自做人的胆识与志向，固然十分难得；而尤其可贵的是，这位"先忧"之士，当他凭着业绩足可坐享作乐之时，仍然想着"后天下之乐而乐"。如此抱负能不令人敬仰、效仿？

名楼文化，超越名楼的自身

在我国，自古稍有文化涵养的人，无不赞赏《滕王阁序》的文采，人们向往江西省南昌市的滕王阁，大多由此生成。滕王阁原为唐高祖李渊之子李元婴任洪州都督时兴建，现在的滕王阁落成于1989年，9层仿古结构，屹立赣江东岸。大厅里的汉白玉浮雕《时来风送滕王阁》，是描绘王勃赶赴洪都滕王阁盛会，挥笔作序的情景。

王勃誉为"初唐四杰"之首。当年，他前往交趾看望其父途经南昌，巧逢都督阎伯屿新修滕王阁落成，于重阳之日大宴宾客而赴会。本来阎都督早有安排，为炫耀女婿吴子章（别名孟学士）的才学，已备好序文，让婿假作即兴而作以赢得喝彩，邀请来宾动笔只是故作客套。众人皆知其意，都推辞不写，唯有王勃毫不谦让，挥笔而书。阎都督心烦，拂袖入帐，叫书童通报其文。当听得"落霞与孤鹜齐飞，秋水共长天一色"时，当即起立致敬，称赞："此真天才，当垂不朽！"果然，滕王阁因此序而名扬古今。

其实，王勃的传世佳句很多。"海内存知己，天涯若比邻"也出自他的笔下，就《滕王阁序》而言，如"物华天宝，人杰地灵""高朋满座""虹销雨霁""渔舟唱晚""雁阵惊寒""萍水相逢""老当益壮，宁移白首之心；穷且益坚，不坠青云之志""东隅已逝，桑榆非晚"等，许多名句、词组，经过1300多年的流传，至今仍脍炙人口，甚至融入中华语言文化的宝库。有的还作为成语、熟语运用于书面和口头语言之中，成为全民族的思想遗产和精神财富。

落笔《滕王阁序》翌年，王勃渡海溺水而亡，年仅27岁。生命的短暂虽令人惋惜，但生命的精彩又令人感奋。人生的高度，总比长度或宽度显得重要。

登名楼，妙在一览宇宙意象

黄鹤楼原址在湖北省武昌蛇山的黄鹤矶，三国时代孙权始建的初衷，是为"以武治国而昌"（"武昌"的名称由来于此），筑城为守，建楼瞭望。唐代诗人崔颢一首"昔人已乘黄鹤去，此地空余黄鹤楼。黄鹤一去不复返，白云千载空悠悠……"成为千古绝唱，更使黄鹤楼名声远扬。

放眼武汉三镇，巨厦林立，黄鹤楼竟然"霎"地显现而出。虽仅5层高50余米，但因矗立一片开阔地的蛇山之巅，而且面前大江浩荡、长桥横卧，更以寥廓的气宇烘托出它的雄伟。这种气势，恰好迎合国人喜好登高远眺的民风习俗、亲近自然空间的意识、崇尚宇宙的哲学观念。

登楼逐层观看史实陈列，饱览古今风采。至顶层凭栏远眺：武昌、汉口、汉阳三镇鼎立；长江、汉水两河交汇，一派恢宏尽收眼底。而那滚滚东去的江水、蜿蜒向前的蛇山、直插云霄的鹤楼相得益彰，更构成"江、山、楼"浑然一体的绝妙佳境。至此，不仅获得愉快，更使心灵融入宇宙意象，从而净化。这些，恰是黄鹤楼历经风雨不衰，游人络绎不绝的魅力所在。

缅怀先贤，李白、崔颢、刘禹锡、岳飞、陆游，乃至孙中山、毛泽东、周恩来、恽代英……他们都曾登临黄鹤楼或其故址，指点江山，抒发情怀。大江东去，涛声依旧，今已非昨。面对时空的波澜壮阔，愈觉人生短暂，历世百年仅似浪花一朵，而浪花的一往无前，又象征人生的壮丽行踪。志士仁人，朵朵浪花，推动历史潮流汹涌奔腾。

中华古典名楼，远不止江南三座，南京的阅江楼也在江南。放眼全国，诸如烟台蓬莱阁、永济鹳雀楼、昆明大观楼、西安钟鼓楼以及徐州的黄楼与燕子楼，哪一座不是文化的宝库、探胜的佳境？

原载 2013 年 10 月 28 日《徐州日报》

寻味户部山上古民居

缅怀老庭院

旧城改造，高楼大厦林立之日，便是平房院落消亡之时。

端详几幅老照片，想起徐州旧模样。满城房屋不高，大同街的钟鼓楼，仅有四层，已是制高点。登高俯瞰，平房围合成的院落比比皆是，再由院落连接街坊，从前的城市，就是无数庭院的合成体。当年在城里，大多是明清至民国时的建筑。无论是官宦府邸、富贵豪宅还是寻常人家，主要的生活空间，都在庭院里。

庭院在中国，自古以来就是城市建筑的主要形式。院落是生活载体，不仅反映各座城市不同的生活状态，还刻画出各座城市自身的特有面孔。

千家万户搬进楼房，提升生存条件的同时，也出现负面效果。楼层越来越高了，人情倒是越来越薄了。同楼为邻，那种老死不相往来的冷漠感，取代了出入四合院，远亲不如近邻的亲密感；院落的消亡，也使城市的模样趋向雷同。人人都会觉得，徐州和别的城市都在变，变得面目愈加相似，拔地耸天的楼房，给人留下"千城一面"的印象。这才隐约看见，城市文化的传承出现了变异和断裂。不由地缅怀庭院的景象，缅怀院落承载乡土民情，缅怀院落为城市显现过的地域特征，以及庭院生活蕴含的人文情趣。

随着城市院落濒临消亡，令人欣慰的是，一些经典式的院落，当作珍宝，都被完好地保存下来。在山西，以乔家大院为首的几处大院，在皖南，以古徽州为代表的西递、宏村等古民居，晋商徽商巨大的财富和荣耀虽然已经远逝，而他们的古宅院落，历经风雨洗礼过后，风韵犹存，还印记昔日的辉煌；江南私家园林中的苏州精品、北京皇家园林里的颐和园等，分别以小巧、精致、素雅和大气、凝重、华丽的不同风格，各具千秋，扬名中外。这些中国庭院建筑的典范之作，不仅成为人们向往的旅游胜地，还被收入世界文化遗产名录。在徐州，也庆幸户部山连片的古老庭院，修旧如旧，经国务院批准，列入国家重点文物保护单位。

出自缅怀，游览观光，有所发现。天南地北的庭院，虽然共同传承中华文明，但因地理环境、文化渊源、乡土民情、气候条件等的差异，各个著名庭院总有自己的特质，风采异样。古老庭院是历史文化载体，蕴藏无可取代的内涵，见证时代变迁。户部山的老庭院，也如此。

"穷北关，富南关，有钱的都住户部山"，揶落民谣的岁月尘封，展现古城变迁：户部山原名南山，从西楚霸王操练兵马，到南北朝时刘裕北伐，至宋代苏轼上书神宗皇帝，陈述其战略意义，南山一直是军事要地。后因黄河改道，流经徐州，水灾频发，因北关地势低洼，首当其冲，富户们才不惜重金，纷纷向地势趋高的南关搬迁。至明代，连掌管朝廷漕运的户部分司衙门也迁徙南山，山名遂称户部山，这更促使官绅富商争相择地，攀比建宅。山坡地陡，欲求建筑完美，势必各显其能。具有乡土特征的庭院，因地制宜，孕育而生。

从李蟠状元和崔焘翰林的官宦府邸，到郑家翟家余家等八大院的富绅豪宅，营造法式，从不有悖传统，都以纵横轴线布局，由若干庭院串联而成。鳞次栉比，参差错落的建筑，构成正院、侧院，前院、中院、后院。层层递进，恰如唐宋诗词中的赞叹，"庭院深深深几许！"房屋的使用安置，内外分明，长幼有序，尊卑有别，一概遵循古来的伦理观念。这里的老庭院，体现中国古宅院落共有的特质，鲜明的艺术效果，与西方相比，迥然不同。欧式住宅建筑，显得一目了然，而中国的庭院古宅，却像渐进拉开的国画长卷，循序观览。它不仅是一种居住形式，还凝聚国人独有的民俗情结。

户部山的庭院是徐州院落的代表，与外地著名院落比较，它兼容并蓄，融和了北方庭院的庄重恢宏、江南庭院的幽雅娟秀，因而别具一格。大到房体围院造型，小至石雕、砖雕、木雕装饰，无不显示这一特征。尤其倚山就势，酌情创造，更显智慧卓越。庭院串联进深，不仅有前后顺序，还有上下落差。翰林府和翟家大院的"鸳鸯楼"，就是一绝。上下两层一体的房屋，外观似一层，而实际是利用地势落差，建成各自独立、门向相反的两层。它们分别属于上下两层庭院。屋内无楼梯，上楼或下楼，经由院落间的过邸（门楼）到达，两层房屋连接着三进院子。到此观光，那种稀奇感，不亚于闽南的土楼、西双版纳的竹楼。魅力，在于天下无双。

步入积善堂

户部山上遗存明、清、民国古老房屋千余间，较完整的大院达20多处。山东坡的余家大院和翟家大院，辟为徐州民俗博物馆。与西坡的李蟠状元府、崔焘翰林府不同，这两处住宅是百姓的大户民居，更富有民俗文化的内涵。余宅故居位于民俗博物馆的前部，院落呈三纵三横的建筑格局。这种九宫格式的结构，体现主次尊卑的秩序空间。

余家大院的客厅，设在正中心的一个院落里，是宅中最大的建筑，五层台基，面阔三间。大厅门前的楹联写道："向阳门第春常在；积善人家庆有余。"步入厅内，迎面的上方，匾额耀眼，书有"积善堂"三个大字。迎客大厅，用"积善"二字定名，意在彰显主人的为人之道。堂号和楹联，犹如家训，既是人格的标志，也是治家的格言。

积善堂的陈设十分讲究。梁悬宫灯，墙壁挂有书画，长案上摆置时钟、花瓶和古玩，长案前是会客的桌椅。来客至此，逗留之际，目睹堂号与楹联，自然有所思索。

余家诗礼传世，虽然历代没有出过显赫的高官，但日子过得殷实，声誉甚好。他家祖籍安徽歙县，那里盛产茶叶，凭着门路熟悉，往返苏皖之间，于雍正年间来徐州经营茶庄。家人也有行医的、开药店的，药店的名称就叫"积善堂"。寻思古来的一幅店联："但祈世间人无病；何愁架上药生尘"，也重在一个"善"字。行医是为治病救人，据说穷人患病无钱买药，凡经他家治疗和取药，都是免费的。践行了儒家的修身准则，普济弱者，惠及苍生。

善，是品德的核心；善，是好人的名片。积善的行为，总以简单、朴实而自然的方式，为他人排忧解难：或给淋雨者送去一把伞，或为迷路离家的孩子购买一张车票，或给行路的盲人递上探路的手杖，或将发病倒地的人送往医院，或向灾区人民捐赠一笔善款……在善良的字典里，尽是同情、关心、热爱、友好、慈祥之类的词汇，但绝无丑恶二字。

善与恶，是对立的两极。与人为善，心向光明的人家，好比沐浴阳光，让明媚的春天永驻人间，这便是上联"向阳门第春常在"的本义。下联的"积善人家庆有余"，是说积善厚德的人家，喜庆的事情就会比比皆是，多不胜举。

这副楹联的原意，出自《易经》："积善之家，必有余庆；积不善之家，必有余殃。"余庆与余殃，是指善与恶各有不同的因果报应。人世间，"善有善报，恶有恶报，若然未报，时间没到。时间一到，一切都报。"这样的因果关系，司空见惯。

俗话也有"人善被人欺，马善被人骑"一说。善良的人无心为自己设防，常被别人当成坑害、欺凌的对象。善良不该是软弱，"害人之心不可有，防人之心不可无"，如此忠告，道破了症结所在。丑恶是善良之敌，确保行善，必须提防邪恶，惩治邪恶。要做好人，就得"从善如流，疾恶如仇。"

古院深处读书楼

户部山的古老宅院，数不胜数。官宦府邸，豪富人家，书香门第，户户都有自己的故事，不同的风景。余家大院和翟家大院，两户比邻相连，从前结为儿女亲家，如今又统一合成民俗博物馆。

穿过积善堂前行，庭院深深，但见坐落一栋专供古人读书的小楼。数百年的老屋，历尽沧桑，修旧如旧。人，是匆匆的历史过客。谁还记得，曾有多少书生，抱定信念，"学而优则仕"。躲进小楼，励志奋读？一代又一代的读书人，都演绎过追梦的生平。想象他们"头悬梁，锥刺股"的情景，多么艰辛；度过十年寒窗之苦，是名落孙山，还是金榜题名？谁能不望眼欲穿，忧心忡忡！

这栋小楼的往事，写照户部山的众多人家，那是历代书生的缩影。

这些书生，功成名就的大有人在。且不说康熙大帝钦点的状元李蟠，怎样脱颖而出，一举成名，享有"天下第一人物"的美誉。崔氏翰林府邸，经由科举，步入仕途，明清两代，共出5位进士，2位翰林，13人先后任知府、同知、通判等职，其中以崔炘、崔焘兄弟俩名气最大，他们又都怎样光宗耀祖；张竹坡科举落榜，仕途虽然不顺，但他专心治学，评点《金瓶梅》，成为杰出文学评论家，依然名扬古今；李兰致力绘画，誉称清代画界"江北第一人"，朝廷召为"供奉"，赴京作画，闻名宫廷内外，作品《金碧山水》，开华人获取国际大奖之先河……当然，更多的书生，还是一生平淡，毫无惊人之举，有人竟至悲惨凄凉。命运悬殊，如何安抚心中动荡的天平？

奋读中的书生，崇信"尽志无悔"。既然是尽志无悔，只要努力过，奋斗过，即使失败，又算得了什么？人生，是多味的。生活的意义，在于品尝。无论成功或失败，盛衰或荣辱，幸福或苦难，都是生命进程的体验。尝尽甜酸苦辣，历经悲欢离合，方才形成人生的丰富多彩。李蟠享受过大福大贵，一场冤狱却让他削职为民，历尽磨难，那种"穷达尽为身外事，升沉不改故人情"的经历，恰好诠释他的人生高尚；张竹坡如果没有名落孙山的逆境，哪来成就文学事业的雄心，他是以相反相成，来辩证人生的成败……

目睹这栋读书楼，追念户部山麓过往的书生。往事如烟，消散殆尽。审视这个寂静的读书处，物是人非。油然而生的感受，是百川归海，万事如一，心底平静。

楼门是虚掩着的。通过"时光隧道"，似乎还能寻觅书生们的踪影。

游客推门欲入，却又止步。

"请勿打扰读书人的安宁！"氛围异常的沉寂，就是一种提醒。

楼里楼外两重天，古今分明。"科举取士"，不过是个早已破灭了的梦幻。而门上的那副楹联："读古今书；友天下士"，书生们的感悟，真真切切，仍让今人受益无穷。

闺阁年华

从余家大院到翟家大院，观赏寻味，楼房种种，最诱人之处，当数绣楼。

绣楼，又叫闺阁，古时那里住着千金小姐。

恪守戒律，男女授受不亲。女孩待到青春年华，就像小鸟似的，关进了笼子。未婚女子，在闺阁里过着锁闭的日子。

她们不可以轻易下楼，男子也不可以随便上楼。闺阁是个敏感的禁区，涂染着神秘的彩色，隐避在宅院深处。

时代变了，古老的闺阁已经开放。那是民俗博物馆的展厅，日日接待来客。

观赏陈列，借助从书籍或影视里获得的印象，细细地寻味。当年，深锁闺阁的妙龄少女，她们都在做些什么？

透过笔墨纸砚，琴棋书画，针线绣品，仿佛感触到女儿家的那种细腻、温婉。而从书案陈列的《女儿经》《列女传》，又会想到她们捧读三从四德经典的模样，如何潜移默化，折服于旧礼教之下。

打量闺床，撩起轻盈透明的帐纱，现出绣花的枕头和被褥。掠过梳妆台上的明镜、粉脂、梳篦。探问深锁闺阁，对镜自赏的小姐，都在憧憬什么？

哪有少女不思春，唐代诗人白居易早有披露："不如缝作合欢被，痽瘰相思如对君。"谁不期盼觅到如意的郎君？

女孩踏过岁月脚步，"十三盘头，十四上楼，十五说媒，十六待嫁"。闺阁中的小姐，成长为知书达理、端庄典雅的丽人。转眼之间，已至谈婚论嫁的年纪。

看过室内陈列，再看闺阁的外景，满楼披红挂彩，庭院高悬大红灯笼。民俗节日，曾经在这演绎当年的嫁娶：千金小姐，从楼上抛下绣球，如意郎君接过球来，将新娘迎走。

犹如笼中小鸟，栖息他人之树。

闺阁，自此空楼。

2014 年分篇载于《都市晨报》《彭城周末》

试剑石，底蕴好精彩

冷兵器时代所有的兵器，唯有剑最富象征意义，它的精神价值，远远超过剑的本身。剑是侠义和正义的化身，也是权力和力量的象征。剑在现代兵器中虽然早已淘汰，但"亮剑"一词，仍作英武军魂的意义沿用至今。古往今来，相关剑的传诵形成一种文化现象。许多风景名胜都有试剑石，历代名人以石试剑，激励豪情壮志，留下种种遗迹。光怪陆离的岩石，生动有趣的故事，构成一道道别具风采的风景线。

一

传说刘邦一生曾经三次以石试剑，遗迹分别留在徐州和汉中。第一处试剑石，在徐州东南汉王乡拔剑泉附近，原高皇庙内。宋代苏辙撰有《彭城汉高祖庙试剑石铭》描写此石"高三尺六寸，中裂如破竹……"铭中说刘邦斩蛇起义，呼唤四方英豪奔赴疆场，灭秦亡楚兴汉，壮举可歌。第二处试剑石在汉中，南宋诗人陆游赋诗，有"剑分苍石高皇迹"之句。当年项羽自封西楚霸王，为控制刘邦发展，划给偏远的巴蜀之地，封他为汉王。刘邦虽然不服，因实力悬殊，只好暂且听从。但他暗自积聚力量，再次以石试剑，立下消灭项羽，统一天下的宏愿，自此拉开了楚汉战争的序幕。第三处试剑石，在徐州东南萧县境内的皇藏峪。汉王二年（公元前 205 年），刘邦出师汉中平定三秦以后，联络诸侯兵马讨伐项羽，乘楚军攻齐后方空虚之机，夺取彭城。项羽反扑，汉军败退到这一带山林，被楚军追击，陷入困境。刘邦藏身岩洞侥幸脱险，人疲马乏，口渴难忍。为找寻山泉，他用宝剑试刺岩石，猛力一插将剑拔出，山岩顿现深深的裂隙，清泉喷涌外溢。这就是皇藏洞、拔剑泉和皇藏峪的由来。三处试剑石的传说，演绎刘邦成就大汉帝业的历程。

二

三国时期的刘备，致力复兴汉朝帝业，也曾两次试剑表达雄心壮志。连云港石棚山和镇江北固山，都留下他的试剑石。

刘备起兵一度失败，流落海州朐县，该地富豪糜竺倾囊相助，使他坚定东山再起的信心。刘备来到石棚山，看准一块高一米余，宽约三米的大卵石，挥剑猛劈，"嚓"地石分两半。如今前往观光，两瓣巨石剖痕清晰，口面完全吻合。

镇江北固山附近，据说是三国时期东吴宫殿的故址，也是刘备招亲的地方。当时，周瑜和孙权定下了美人计，打算假意将孙权之妹孙尚香许配给刘备，引诱他前来招亲，以乘机扣押，充当人质，逼他交出荆州。可是，诸葛亮早有预料，且授给刘备锦囊妙计，以弄假成真，办妥婚事。刘备到达东吴后，孙权陪他游览北固山，路上遇到两块巨石。他俩心照不宣，各人选定一块，劈石试剑，以卜成败、祸福。刘备默默祷告："但愿成全婚事，安然返回荆州。"孙权也默祷："只盼夺取荆州，振兴东吴。""嚓！""嚓！"他俩各自挥剑，两块顽石几乎同时劈成两半。事后，刘备和孙权的默祷，都得到了应验：先是吴国太（孙权之母）察看刘备甚合心意，真把女儿许配给他，不久刘备平安返回荆州。若干年后，孙权也夺取了荆州。所以，都算如愿以偿。

三

桂林伏波山，有东汉名将马援的试剑石。伏波山拔地挺秀，矗立于桂林城的东北隅。这山包容着一个玲珑洞穴，名曰还珠洞。从山上步入洞中，在幽暗中几经迂回曲折，临近出口，豁见天光大亮，已到漓江水边。在洞穴出口的中央，只见巨大的钟乳石迎面矗立，好似一根上粗下细的擎天石柱，支撑洞顶，承担着大山的重压。唷，神啦！石柱的底端竟然与地面截然断开。伸手触摸剖面，光洁平整，直径大如盆底。古人描绘它"悬空而下，状若浮柱"。就直觉而论，那石柱真是被利剑砍断，才成"悬柱"的。相传持剑人是东汉的伏波将军马援，他奉命远征交趾。三军集结待发，挥剑斩石，以表视死如归的决心。马援不仅试了宝剑，还试了弓箭。他左右开弓，"嗖！嗖！"射穿了两座山。山因射穿透明成洞，命名为"穿山"和"月亮山"，都成为桂林山水的著名景点。

安徽黄山的景点有明太祖朱元璋试剑石。传说在一次战斗中明兵被元兵击败，将士逃散，战马阵亡。他只身冲出重围，来到石旁，悲愤万分，举起宝剑，面对巨石发誓："不推翻元朝，誓不为人。"接着，手起剑落，将巨石劈为两半。石上"试剑石"三字，为明代左司马汪道昆所书。在闽南南安县石井县的海边，山岩上刻有"海上誓师"四个大字，旁边的巨石被剑劈开。那是郑成功率军乘船起航时，一表收复台湾的决心，在此留下的历史见证。另外还有安庆鲁肃试剑石、泉州黄巢试剑石、永安杨家将的杨八妹试剑石等。

四

最早试剑的故事，发生在苏州虎丘的试剑石。春秋时期吴越两国争霸，军事的较量反映在兵器制造上，那是科技实力的对抗。吴国的干将、莫邪，越国的欧冶子都是造剑高手，当年的冶炼水平驰名华夏，领先世界。

干将、莫邪制造"鱼肠""扁诸"等名剑，献给吴王阖闾，请他一试锋利。阖闾挥剑砍石，山岩迎刃而开，留下这块试剑石。石旁刻有元代顾瑛的一首诗："剑试一痕秋，岩倾水断流。如何百年后，不斩赵高头？"只是借景抒情之作。由试剑石前行，到虎丘剑池。据说阖闾之墓就深埋在剑池底下，"鱼肠""扁诸"等三千把宝剑当作殉葬品一起入葬，墓道暗设机关，确保安全。后来秦始皇、孙权等先后派人探墓取剑，都没成功。当时造剑的科技含量究竟怎么样？以石试剑的风景虽然纯属传奇之说，但造剑的科技水平也确实让人惊奇。

吴王墓藏剑之谜至今没能揭晓，所幸同时代的宝剑相继出土。吴王夫差和越王勾践所用之剑，在地下埋藏了两千四五百年，重见天日，仍然相当锋利。秦始皇陵墓出土的古剑比吴越宝剑仅晚二百多年，有一把剑被陶俑压弯了，弯曲超过45度，当将陶俑搬开，那剑竟在瞬间反弹平直。另有一同出土的19把剑，剑身都有八个棱面，使用游标卡尺测量，八个棱面的误差，不足一根头发丝。这些古剑的表面都有一层10微米厚的铬盐化合物。而这种铬盐氧化处理技术，原以为只是现代的科技成果（德国于1937年、美国于1950年先后发明，申请专利）。难怪，当这些秦剑在国际展览会陈列时，闹出了笑话：某国一位董事长提出质问："这项技术，属本公司专利，神圣不可侵犯，两千多年以前贵国怎么可能……"他要求鉴定真伪。经文物鉴定公司使用同位素测定，荧屏显示制剑年代：2100＋50年。那位先生完全信服了。

原载 2014 年 1 月 6 日《徐州日报》

唐宋诗人的杏花情结

　　杏花春雨，是徐州云龙山西麓和云龙湖东岸的名胜。由它不禁联想宋词佳句"杏花春雨江南"。相比江南，总又觉得杏花在徐州有着更多的情结，它牵连着甚多的唐宋诗词名家，有着许多耐人寻味和探索的去处。

　　适逢花期，从黄茅冈到小金山，绵延九节的山峦之下形成一片花海。花丛中的摩崖石刻，两副大字"十里一色"与"杏花村"，都出典于苏轼诗词。苏轼《送蜀人张师厚赴殿试二首》的第二首诗"云龙山下试春衣，放鹤亭前送落晖。一色杏花三十里，新郎君去马如飞。"写的就是这里的杏花林，怎么刻成了"十里一色"呢？云龙山上立有《试衣亭诗辨》碑。乾隆亲书这首诗后，在跋文中指出这诗的后两句曾沿用俗本讹传，拙劣不堪，是他按《眉山集》的出处，予以纠正，并仿苏体字迹书写刻碑，以存胜迹。所谓讹传的诗句，即"一色杏花红十里，状元归去马如飞。"真的是"讹传""拙劣"吗？推究起来，倒是显得这个皇帝佬儿自作聪明，弄巧成拙了。其实"俗本"流传的作品，可能是苏轼的另一稿。从修辞学衡量，"红十里"是以序换的手法，堤前一个"红"字，强调花色之美，不比"一色杏花三十里"逊色。再说"状元"一词，那是对赴殿试者的祝福，也没错。乾隆的纠正，难脱卖弄之嫌。

　　关于"杏花村"之典故。苏轼在《陈季常所蓄朱陈村嫁娶图二首》的第二首诗，写道："我是朱陈旧使君，劝农曾入杏花村。"诗句犹如引线之针，把唐宋时代的几位大诗人，串联一起，构成中国文学史上的一段佳话。先说诗中提到的"朱陈"与白居易的关系。白居易诗《朱陈村》，开篇便说："徐州古丰县，有村曰朱陈"，他描写的朱陈村，简直是个理想的世外桃源："去县百余里，桑麻青氛氲。机梭声札札，牛驴走纭纭。女汲涧中水，男采山上薪。县远官事少，山深人俗淳。有财不行商，有丁不入军。家家守村业，头白不出门……田中老与幼，相见何欣欣。一村唯两姓，世世为婚姻……既安生与死，不苦形与神。所以多寿考，往往见玄孙……"好一派和睦安康的田园景象。而"朱陈"也同"秦晋"的字眼儿一样，变成美好姻缘的代称。难怪白居易在篇末感叹："一生苦如此，长羡村中民。"这个村庄，曾是苏轼在徐州任职时的管辖之地，苏轼劝农时曾去过那里。与白居易的感触不同，苏诗的后两句："而今风物哪堪画，县吏催钱夜打门。"却打破"世外桃源"的幻影，道出了封建社会的阴暗。

二是苏诗"劝农曾入杏花村"之句的暗示，朱陈村就是杏花村。这么一来，徐州又与唐诗人杜牧联系上了。莫非《清明》诗中"牧童遥指杏花村"的那个村子，与这里是同一个村庄？由此推论，杜诗所写的杏花村，就在徐州的古丰县。如今，按杜牧《清明》诗对号入座，各述情由的，全中国已有二三十个杏花村。纷纭众说，哪一处才是真？其实，文学艺术讲究空灵之美，何必"打破沙缸璺到底"呢。含糊一些，倒能为想象开拓驰骋的空间。或许《清明》诗中的杏花村，本来就不是实名。牧童遥指的杏花村，是那个杏花盛开的村庄。"杏花村"表达的是一种境地，不是村庄名称。杏花村的魅力，也许恰是它的扑朔迷离。

朱陈村在哪里，也众说不一。按苏诗的自注是在萧县，这与白居易说的古丰县对不上号。《辞源》注："朱陈，古村名。在今江苏丰县东南。"现在丰县西北赵庄镇的朱庄和陈庄，也被人认定是朱陈村。诸多说法，皆有质疑。与徐州接壤的各省还有几个村子都被说成朱陈村。为弄清朱陈村遗址究竟在哪里，黄新铭先生花费三年时间，访察了以徐州为中心的临沂、丰县及萧县、宿州等地现名"朱陈村"的十一个村庄（它们皆曾为徐州辖地）。逐一排查、勘验，得出结论：当今宿州市夹沟镇的"草场村"，才是唐代白居易诗中的朱陈村。

原载 2010 年 3 月 30 日《徐州日报》

品味七里山塘

懂诗的人，都说诗贵意境；懂得苏州山塘街的人，是说古往今来的七里山塘就像一首长诗，那街的意境也美好。从14岁起，我去苏州读中学，至大学毕业，曾经多次到过山塘街。24岁返回故乡，在徐州从业之后，仍未忘怀那条水陆相依的古街，重返多次。直至今年春游，八旬高龄的我随同老新闻工作者协会一行探访苏州，又来到这里。屡屡走进山塘，回回都似寻味诗的意境。

"江南好，风景旧曾谙。日出江花红胜火，春来江水绿如蓝，能不忆江南。"白居易的诗意，恰好表达我的心情。对于这位大诗人，我感觉有一种亲切的缘分——白居易把徐州称作"故园"，其父白季庚赴任彭城县令全家迁居彭城，他是在徐州长大成人的。后来，他任苏州刺史，为了便利苏州水陆交通，开凿了一条东起阊门西至虎丘的街河并行的通道，长约7里，故称"七里山塘"。因河道顺势筑有长堤，山塘街又称"白公堤"，以此纪念他的政绩。

山塘街被誉为"姑苏第一名街"，典型的江南水乡风貌：家家户户前街后河，街上店铺林立，河上桥梁高架，小船穿过桥洞来往如梭。乾隆皇帝对它情有独宠，南巡归来即模仿山塘街的模样，在颐和园里修建一条"苏州街"，愈加抬高了它的声望。

"七里山塘到虎丘"这句俗话，是说一条驰名的游览线路。几十年来，虽然我已数不清多少次游过山塘，但有几次的印象始终那么清晰。读中学的时候，称春游叫"远足"。有一回春游就是"七里山塘到虎丘"。不过为避免举足之劳选择了游船。水乡人说"进城下乡一支橹"，就由三只木船装载全体师生，凭艄公操橹，摇荡着轻盈的节奏，浏览着美景如画的七里山塘，逐波迎浪地驶向虎丘。一路上，风格各异的古桥目不暇接，放眼两岸尽是粉墙黛瓦的古典民居，寻味"人家尽枕河的境界"，美不胜收。而格外别致的感受，还是全程的花茶飘香。当年虎丘一带是花农集中地，盛产茉莉花、白兰花、玳玳花，适逢大量上市，成交的鲜花一笆笆地满载船舱，送往城里的厂家烘制。船只交错驶过，花朵美丽，清香扑鼻，令人陶醉。文艺委员领唱起一首民歌，同学们和声共鸣："好一朵美丽的茉莉花，芬芳美丽满枝桠，又香又白人人夸……"那种雅兴，是毕生难以忘怀的。

对比中国名城的文化特质，素有"南秀北雄"之说。自古苏杭二州出美女，莫以为苏州城如同古装仕女一般，俊俏而娇柔。实则不然，山塘街上的有些古迹就从阴柔之美里，透出了阳刚之气。一处古园有葛贤墓、五人墓，筑有义风堂和"义风千古"石坊。早在20世纪50年代，我在苏州大学历史系就读时，就曾探访山塘，前往凭吊。那是发生在明代万历年间的故事，惊天动地，催人泪下。葛成是手工业工人的领袖，率领工匠反抗压迫，被打入牢狱，受刑13年。后来他又参加颜佩韦等五义士反对奸臣魏忠贤、毛一鹭的市民暴动。五义士壮烈牺牲，出自敬佩，葛成自愿为五义士守陵，直至病死而终，葬于五人墓旁。详述五义士事迹的《五人墓碑记》被收入《古文观止》，还曾选入高中语文课本；葛成主持正义，宁死不屈，深受民众敬仰，尊称为葛贤、葛将军。他的坟前立有碑石，刻有《葛将军墓碑记》。疾恶如仇、视死如归的精神与日月同辉，古今传颂。

这次游览苏州，欣赏山塘街夜市。夕阳西下，古街华灯初放。目睹的情况要比原有的印象热闹许多。林立的商店不乏名扬中外的老字号，顾客盈门，信誉依旧；五花八门的风味小吃，色香味俱佳的大菜美餐，招徕游客一饱口福；吴韵香茗、姑苏刺绣、紫檀木雕、桃花坞木刻年画，种种精品汇集长街，一展乡土工艺风采。有人问起七里山塘留下怎样的印象？概括地说，该是吴文化的窗口，老苏州的缩影。

原载 2014 年 7 月 7 日《徐州日报》

黄楼那碑石

《黄楼赋》碑的由来

风景名胜的楹联，具有画龙点睛的效果，黄楼就是一例。上联"江山信美黄楼千载雄三楚"中的"三楚"，泛指广大地域。古时称江陵为南楚，吴中为东楚，彭城为西楚，语意是黄楼雄姿为中华大地添锦绣。下联"人物风流赤县万民忆二苏"的"二苏"，是指苏轼和苏辙亲哥俩。他们同属"唐宋八大家"中的名人，苏洵、苏轼、苏辙父子仨，在"八大家"中占据了三席。苏轼和苏辙还是同科进士，一起踏上仕途。哥俩亲如手足，是师生、是诗词唱和的良友，在政治上志同道合，荣辱与共。在人生之旅，相互勉励、安慰。"赤县"指中国，像苏轼与苏辙这样的风流人物，亿万国人能不思念？

黄楼大厅正中，竖立《黄楼赋》碑刻，这方碑石，凝聚着哥俩的深情大义。北宋熙宁十年（1077 年）四月，苏轼由密州调任徐州知州，七月十七日黄河在澶州决口，洪水波及徐州，大水围城，水深二丈八尺。抗洪保城，是苏轼来徐上任接受的第一个重大考验。他采取应急措施，在制止富人争先逃离稳住民心的同时，征集 5000 民工开通清冷口，疏浚下游河道，日夜加固外城以备不测。又亲自到武卫营动员禁军参加抗洪，禁军归朝廷直接掌管，知州虽无权调动，但也被苏轼的精神感动，听从调遣与民工共同筑起"首起戏马台，尾属于城"的护城大堤。临危不惧，他身先士卒，操起铁锹投入抢险战斗，还曾以诗句表示："坐观入市卷闾井，吏民走尽余王尊。"说的是万一堤防溃崩，他会像汉代东郡太守王尊那样，以身填堤，力挽狂澜，首先确保百姓和属下脱险。

历经了四十多个昼夜奋战，保全了州城。水灾过后，请求朝廷免除徐州赋税，为预防水患重泛，他一面整堤护岸，一面加固城墙，并在东门城上建筑"黄楼"，庆祝胜利。抗洪保城胜利之际，当年九月九日的黄楼盛宴，各地名士聚会彭城，诗词唱和，留下许多不朽篇章，标志着苏轼已被推崇为全国文坛之首，既是徐州地方史也是中国文学史上的一大盛事。苏辙虽然未能到场，但他为志贺抗洪胜利而撰写的《黄楼赋》，由苏轼亲笔书写刻制成碑。二苏的携手合作，产生了强烈的名人效应，构成流芳千古的文坛佳话。

碑石浮沉见荣辱

元丰二年（1079 年）三月，苏轼调任湖州（今浙江吴兴）知州。不久，因"乌台诗案"入狱。这是一场文字狱，由御史中丞李定、舒亶、何正臣等人摘取苏轼《湖州谢上表》中的语句和此前所作的诗句，以谤讪新政的罪名逮捕了苏轼。苏辙奔走营救，奏请朝廷赦免兄长，他仿照汉代缇萦救父的典故，愿免一身官职为兄赎罪，最后被贬监筠州盐酒税务。苏轼被释放，苏辙前去接狱。

苏轼在政治上的受挫，屡遭贬逐，也殃及《黄楼赋》碑的相随沉浮。1100年，宋徽宗赵佶即位，大赦天下，"党禁"稍有放开。《黄楼赋》碑再次引人注目，日夜有人拓印，争相收藏。陈师道在《黄楼绝句》诗中写道："楼上当当彻夜声，与人何事有枯荣？已传纸贵洛阳市，更恐书留后世名。"讽刺那种低俗的习气和世态的炎凉。

1102年，蔡京任宰相把持朝政，又下令将苏轼等人的文集雕版"悉行焚毁"，碑刻也在劫难逃。但徐州官民感念苏轼恩德，不忍毁坏《黄楼赋》碑，就把它投放城壕中隐没起来，黄楼也改名"观风"楼，暂避风险。至宣和末年，禁令松弛，富户人家收藏苏轼墨迹遂成风尚。这时的徐州太守苗仲先，利欲熏心地从壕沟捞出《黄楼赋》碑石，墨拓数千份带到汴京出售，大获其利。日夜摹印之后，为抬高墨本的价值，就借口"苏氏之学，法尚禁止，此石标何独存"将碑砸碎，妄图就此"绝版"。可是自有后来人，以墨拓为本，重新刻制，《黄楼赋》碑仍然传承于世。当代，《黄楼赋》碑经历"文革"浩劫时，所幸被人涂上石灰，佯作屋墙隐蔽起来，才躲过了劫难。1988年重建黄楼，《黄楼赋》碑又回归楼中大厅，加罩玻璃珍藏起来，供人瞻仰。古往今来，刻意树碑立传的人比比皆是，历史长河大浪淘沙，而能够永恒无毁的碑，唯有民心所向之碑。《黄楼赋》碑，当为千古范例。碑石巍巍，犹如二苏身影。

知子莫若父，苏洵对苏轼和苏辙二子的际遇早有担忧。果然，两人的光荣与梦想、坎坷和侮辱都在父亲的预感之中。他俩的名字是父亲所定：轼是车的横梁，辙是车的轨迹。这哥俩有如行进的车，颠簸终生，阴晴圆缺、悲欢离合常相随。手足情意之深，苏轼诗云"与君今世为兄弟，更结来生未了因"，说是来生还要和苏辙做兄弟。当苏轼屡遭放逐，一天天远离富庶安稳的区域，奔波在穷苦蛮荒的流放地，苏辙也一直牵挂他的苦旅。当苏轼自顾不暇的时候，也由苏辙照顾他的家事。在苏轼与世长辞后，苏辙抚恤他的儿孙，死后还葬在哥的坟旁。

原载 2012 年 9 月 8 日《都市晨报》

煦园石舫在航行

游览南京，煦园不可不游。

这座园林，是中华民国总统府旧址里的花园。在江南园林中，它因经历非凡而独具魅力。明代，是明成祖之子朱高煦汉王府的花园，故以"煦"字定名；清代，成为两江总督署的花园，太平天国定都南京，又作洪秀全天王府的西花园；辛亥革命胜利，孙中山是在这处古老府邸就任临时大总统的，并组建中国历史上第一个共和制的国家政权——中华民国临时政府；之后，又曾是"民国政府"和蒋介石的总统府；至新中国成立，这里先后作为江苏省省委、江苏省人大常委会、江苏省人民政府、江苏省政协等机关的办公处。时代变更，给这座古老府邸留下多彩的印记。府中的煦园，不仅以园艺卓越与瞻园并称"金陵两大名园"，更以历史文化内涵的丰富，使任何园林无可比拟。1982年，初以太平天国天王府遗址的名义列入全国重点文物保护单位，1998年后，又以总统府旧址为标志，筹建中国近代史遗址博物馆，至2003年建成正式开放，接待参观游访。

就造园艺术而言，清水碧潭、假山奇石、亭台楼阁、花木芳草，这般景色于江南经典园林并不罕见，煦园的精巧，是在不罕见中见稀罕。园的格局以水为主，水体南北走向，为突破单一狭长的感觉，用建筑物把水体分割成各自独立又相互联系的景区，南舫北阁遥相呼应，东榭西楼隔岸相望。就石舫而论，这种船型建筑物，在苏州狮子林、北京颐和园等南北园林都有，司空见惯，而煦园石舫那种寥廓的时空感与沧桑感，却是独有的。

漫步煦园，沿曲径，穿柳林，由石制跳板登上石舫。当你俯视水域，但见波光粼粼，风浪拍岸，便会觉得这艘石制船体似在航行，行进在历史的长河上。抬头间，匾额上"不系舟"三字映入眼帘，那是乾隆皇帝南巡时留下的墨迹。他6次南巡，竟有4次登临此舫，十分得意。乾隆爱写诗，题书"不系舟"颇有想象力，意味石舫不被缆绳拴住而放荡行驶。可是这个皇帝佬儿想象不到，当他离去若干年后，万千民众竟然树起"太平天国"大旗，造了朝廷的反，而且就在他尽兴游乐之处坐了天下！石舫分前后舱，舱内桌椅排列有序，太平天国的首领们曾经在此商讨军机大事。当年，岸上有令牌警示：

"此系议奏机密之地，不得擅入，违者立决"，令人肃然。可是，到头来，居然演出一幕悲剧：洪秀全自封天王，享福作乐，死后葬于煦园。曾国藩率领湘军攻破天京，占领天王府，挖出他的尸体，于石舫附近"焚尸扬灰"，情景凄凉。

伫立石舫船头，掠过天京历史风云，让纷繁思绪跨入20世纪。从石舫向两侧眺望，西岸院内，便是推翻满清王朝之后，孙中山就任临时大总统的办公室，院里塑有他的纪念像；东岸一处小院落，又曾是他和夫人宋庆龄的居室所在。日理万机，朝出暮归，在石舫停泊的岸边，屡屡闪过他俩的身影。煦园以东，是原中华民国国民政府、总统府及所属机构的用房。蒋介石及其夫人宋美龄，也曾游览煦园，登临"不系舟"。复原的总统办公室里，有1948年蒋介石在"行宪国大"当选总统的留影。显赫一时的他何曾想到，才只一年过后就远离而去，败退台湾。

岁月流逝，犹如长河之水滔滔东去。古老的石舫虽然原地未动，但历史却驶过了许多世纪。石舫坐落的古老府邸，进进出出的不乏王爷、皇帝、总督、天王、总统等，要员或名士。追溯历史长河的波痕浪迹，尚能浮现他们的音容笑貌，行为举止。一部浩繁的中国近代史，可不浓缩于此？

多年以前我曾几次步入这座府邸，皆是出差到机关部门办理事务。日前，适逢国庆假日重游南京，特意参观南京中国近代史遗址博物馆（简称"南京总统府""总统府"），还是首次以游览探胜的名义造访煦园，登临石舫"不系舟"。相随众多游人走出这座府邸，流连回首之际，顿觉门庭那么熟悉。不禁寻味，原来是在历史文献影片、历史图册里多次见过它的镜头：解放南京，攻占总统府，人民战士登上门楼欢呼胜利！历史瞬间的这个留影，标志着时代的伟大转折。在此之后，而今的煦园石舫，又驶过了大半个世纪。

原题《煦园石舫的历史进程》

原载 1991 年 10 月 25 日《人民日报海外版》

后改题扩写

舫和船厅的意境美

舫，是中国园林特有的船型古典建筑。在北京颐和园、苏州狮子林和南京煦园等经典园林，那里的舫，都是著名的水上建筑珍品。徐州彭祖园不老潭的水榭，名为"龙吟舫"。远远望去可不就像一艘待发的航船？也是游玩的好去处。

舫，建造舱厅或舱楼的艺术法式，司空见惯。舫的内涵，尤其耐人寻思。中国文化人讲究含蓄，西方文化人习惯直白。中国园林的景致，十分看重意境，而西方园林却不把意境当作一回事。西式园林如果有船型建筑，也不会称"舫"，更没有舫的那种文化底蕴。在我国，借用南京煦园石舫的名称，人们通常把舫称为"不系舟"。这个"系"字，是繁体字"繫"的简体字，读"jì"。"繫"的基本意思是约束，不系舟是指不受缆绳控制的船。

不系舟的寓意，丰富而深远：就以不老潭岸边的龙吟舫为例，它是静止的不动的，无须缆绳拴住，但凭游者意念，园中的水该是活的，船该是动的。"不系舟"意味着无拘束的航行，游人登临龙吟舫眺望，触景生情，浮想联翩，便是放飞思想的化静为动。神游随想：那彭祖祠、福寿二山、不老潭的人文景观，能不触动心灵，从中领悟到生活的真谛？那遍布于潭水岸边、樱花丛林的乡贤名人塑像，尊尊栩栩如生地与你不期而遇，能不产生见贤思齐的敬仰？那比比皆是的奇花异卉，枝枝叶叶总关情，又怎能不引发爱绿护绿造绿的思量……思想大于主题，对于"不系"的理解，总会超越舫体的本身。由舫的底蕴领会园林的意境，也就触摸到园林的灵魂。

在云龙山放鹤亭的北侧，有一座船厅。它与龙吟舫同属仿船造型，不同的是船厅并不临水，而在山顶上。就整个建筑物来看，也是一座两层砖木结构的厅堂。上层东部形为甲板，西部状如船舱，凭栏远眺，彭城景象尽收眼帘。船厅与放鹤亭相邻，900年前苏轼登临放鹤亭远眺，曾经这样赞赏："彭城之山，冈岭四合，隐然如大环……春夏之交，草木际天；秋冬雪月，千里一色。风雨晦明之间，俯仰百变。"如今的放鹤亭周边因有物体遮掩，已经不能远望，但游人可以来到船厅俯瞰，也会有苏轼当年同样的观感。徐州多山，号称"72峰"，岗峦起伏而且山山绿化，从船厅居高临下，仿佛乘船航行在碧波绿浪之上。进入船厅的茶馆品茶，欣赏悬挂的楹联："春水船如天上坐；秋山人在画中行。"对照舱外的风景，也正是这般意境。

船厅另有一幅佳联："大地俯青徐，看残落日平原，百战山河谁楚汉；孤亭绕翠嶂，倚遍疏栏画槛，千秋雪月共苏张。"楹联是清代名人王琴九撰写的，他将史志佚闻与美好景色交融一起，十分贴切，耐人寻味，但用长句子写船厅，竟然没有写到船的意趣，总感觉有些缺憾。近年来，徐州名胜征集佳联，为龙吟舫和船厅而写，带有船的意趣楹联倒是不少。例如："春波荡漾，放胆休惊三尺浪；意兴飞扬，行舟更借一帆风。"有言道"文学即人学"，楹联作为一种格律文学，也是贵在写人的。面对"春风荡漾"，可以安乐自适，当浪高三尺迎险行船，也须遇变"休惊"，而且还得"放胆"前进，这才无愧于人生的崇高境界。另有从船写到水的楹联："楼船载覆皆因水；世事兴衰总在人。""借得东风追大浪；载将春色到彭城。""舵尾生风行万里；船头无浪钓一竿。"佳句连连。因为船厅位于山巅，也是赏月的好地方，所以又名"问月厅"。联语云："是舫是船？送将万里清风去；载花载酒，邀得五湖明月来。"精华之笔，全在意境之中。

云龙山顶的船厅，始建于清代光绪三十二年（1906年）。辛亥革命以后，淮军一度驻扎云龙山上。因士兵烤火取暖造成火灾，船厅化为灰烬。在民国期间修复，规模尚小。1979年拆除扩建，维持至今。徐州荣膺国家园林城市，继而荣膺国家生态园林城市，为提升风景名胜品位，船厅以及相邻的碑廊、放鹤亭等张山人故址院内的所有古迹，都经修缮，维护历史风貌，重新开放。张山人故址大院之外，在船厅之下，还开辟了观景广场。在场上能够阅览船厅的幽雅环境，仔细探求和品味景象的人文底蕴，进而深刻领会船厅和龙吟舫的意境之美。

原载 2016 年 8 月 1 日《徐州日报》

刘备泉水似泪流

徐州云龙山西麓的刘备泉，一泓清水倒映陡崖峭壁，岩石上刻有"刘备泉"三个大字，诗云："苔遥踏新绿，缓步龙山曲。清泉石罅中，澹澹流碧玉。"这泉又称流碧泉，以前水旺的时候，一股清流从石隙喷涌而出，过往行人或张口接饮，或装瓶带走，络绎不绝。如今水源不足了，仍有泉水从石缝间渗出。由于标有"刘备"的姓名，令人油然想起好哭的刘备。有位游客手指岩隙上的水珠："瞧，可不就是刘备眼缝里流出的泪。"还说那任凭泉水浸湿的岩面，就是"刘备那张哭湿的脸！"如此想象，引起人们趣说《三国演义》的话题。

"刘备的江山是哭出来的"，这话出自清初毛宗岗批注《三国演义》："先主从来善哭。先主基业，半以哭而得成。"民间常以刘备的哭打比方，谚语形容人的痛哭，就说"哭的跟刘备似的"，训斥好哭的孩子，就说"你是刘备啊，只会哭！"

《三国演义》与徐州相关的情结颇多，陶谦三让徐州就是让给刘备的，让他接任了徐州牧，在刘备泉附近建有三让亭。不仅陶谦敬仰刘备，就连曹操也曾坦诚而毫不谦虚地称颂刘备和自己："今天下英雄，唯使君与操耳。"既然是英雄，就该是英雄有泪不轻弹、英雄流血不流泪，为什么刘备反而好哭呢？《三国演义》至少有二十多处写了他的哭。天下真的是他哭来的吗？当然不是。一部《三国演义》充满血雨腥风，曹操四次争夺徐州，涂炭生灵，"鸡犬亦尽，城邑无复行人。"敌我厮杀，谁还在乎什么眼泪？面对残酷战争，哭能有啥作用？从刘备起家来看，这个一无地盘，二无实力，三无资历的手工业劳动者，倘无高超的政治手段，怎么可能与曹操、孙权鼎足而立，三分天下？《三国演义》也是一部启发智慧的书，我市学者冒昕、叶维泗等就出版过《三国演义》与当代经管谋略的专著。许多学者对于刘备的"哭"，也多有研究。

刘备虽然好哭，但吕布夜袭徐州，夺取他的立足之地却没哭，投袁绍、附刘表，屈尊檐下也没哭，即使被曹操打得大败，与关公、张飞失散，妻子生死不明，仍然没哭，足见他的坚强。可是，欲得人心时，那不轻弹的男儿泪便随之而来：

一是求贤若渴的"哭"。刘备一直打败仗，自有徐庶当军师，才打了许多胜仗。可是徐庶因为曹操接走其母，被迫离开了刘备，若强留则意味不仁不义。刘备送行一路啼哭，依依不舍。分手时更是"放声大哭""凝泪而望"。徐庶被感动走后又返回，特向刘备力荐诸葛亮，"乃天下第一人耳"，"若此人肯相辅佐，何虑天下不定乎？"而且专程跑到卧龙岗，先跟诸葛亮做了工作。再说刘备"三顾茅庐"，起初诸葛亮愣是不肯出山。刘备握住诸葛亮的手哭泣，说"先生不肯匡扶生灵，汉天下休矣！"甚至"泪沾衣襟袍袖，掩面而哭。"刘备不说自己需要诸葛亮辅助，而说是汉朝天下、黎民百姓需要诸葛亮"匡扶"，这一招果然见效。毛宗岗批注："请诸葛亮，则哭而请之，不哭则亮安得有出山之心？"

二是笼络民心之"哭"。刘备驻居樊城，曹操出兵征伐，刘备拒降，弃城撤往襄阳。十万民众扶老携幼，拖儿带女跟随渡江而去，两岸哭声不绝。刘备悲痛万分地哭着说："为我一人而使众多百姓遭此大难，我生有什么意思呢？"说着就要投江寻死，被左右救护制止。一路与百姓同行，有人劝说奔往江陵要塞，可以转危为安，但为摆脱曹兵追击必须抛弃随行百姓的累赘。刘备又大哭，说是："举大事者必以人为本。今人归我，奈何弃之？"兵民都被他的哭深深感动。

刘备的哭，是"仁君"心性的流露，"义士"性情的表现，还是征服人心的一种情感韬略、心理战术？见仁见智，莫衷一是，但刘备的所作所为，显示情商极为重要。情商又称情绪智力，它是与智力和智商相对应的概念。事业的成功，不可忽视情商的作用。

原载 2011 年 5 月 24 日《徐州日报》

五十三参大士岩

　　五十三参是云龙山上陡峭的 53 级石阶，由此登高至顶就是古庙大士岩，那里供奉的"大士"是观音菩萨。仰望这条朝圣路，仿佛架起了登天梯，既考验众多游人的毅力，也检验佛门善男信女的虔诚。看毅力，有青少年比赛速度，争先为荣，也有老年人，举步维艰，不耻为后，同样令人鼓舞；说虔诚，《云龙山庙会竹枝词》早有描绘："村妇不顾人害羞，只缘娘病把神求。山颠上下路高远，一步一趋一磕头"，又是那么扣人心弦。

　　大士岩是享有盛名的观音道场，农历二月十九为观音诞辰，也是云龙山庙会的会期，这个庙会原由观音兴起，成为淮海地区接壤四省的民俗文化盛典。古往今来，不论到此游览的还是赶会的，有谁不曾登上五十三参，探访大士岩？大凡徐州人都熟知大士岩和五十三参的名称，但对其内涵却未必了解甚多，谁能没有求知的念想呢？

　　先说古刹大士岩的由来，这里原来是一片荒山野岭，清代康熙五十七年（1718 年），徐州知州姜焯重修张山人故址放鹤亭以后，为维护名胜古迹，打算在西麓山岗建房供僧人住守。施工开山，意外发现有块高大岩石，材质优良。他受兴化寺大佛殿的启发，改变了初衷，决定如法仿效，也来倚山就势造佛筑殿，供奉观音。专请精工石匠仿照唐代名画家吴道子《观音大士像碑》上的画像，雕刻一尊观音像。奇妙的是，石上有一条七毫米宽的方解石（天然碳酸钙）纹脉，洁白如玉，自然天成，恰好围绕菩萨的腰间形成玉带，因此得名"玉带观音"；又因菩萨造型右手怀抱婴儿，亲切感人，又称"送子观音"。纵览中外寺庙的观音形象，大士岩观音像的特征是独具一格的，可谓徐州一绝。这座观音殿，定名"圆通宝殿"。

　　观音原称观世音，唐代避太宗李世民的名讳，简称观音。被省去的这个"世"字是十分重要的，意思在于凡世人所求，有求必应。按佛经里的说法，观世音是极乐世界的上首菩萨，为"西方三圣"之一。他神通广大，普度众生，能够引渡所有的人，脱离苦海，登上幸福彼岸。每逢庙会朝拜者络绎不绝。于钟声悠扬、香火缭绕之际，人们顶礼膜拜，各自许愿，念念有词，寄托种种希望：求的是时来运转，去病免灾，平息仇怨，升官发财，成婚生子等，不一而足。慈眉善目的菩萨也似含情默许。佛教所宣扬的菩萨心肠，倡导的积德行善，有益于净化世人心灵，促使社会和谐。

宗教是一种信仰，也是一种文化。溯源佛教从印度传入中国，广为传播，实际上是个中外文化交流融合的过程。观世音本为男子形象，在古印度他原是天竺国的王子，名叫不眴。佛教传入中国当初为男像，敦煌壁画里的观音还是个有胡须的男神。由于传播趋向民族化、世俗化，唐代以后的观音逐渐变成女子形象。女像更显得端庄美丽，温和可亲，尤其徐州大士岩的玉带送子观音注入了母性内涵，愈加赢得民间认同，是文化演进的标志。无愧为外来文化融入中国元素的典范之作。玉带送子观音毁于"文革"浩劫，令人惋惜。拨乱反正之后，为弥补历史缺憾，1979年大士岩圆通宝殿重塑了观音像。如今，在大士岩北侧扩大观音道场，新雕成的一尊花岗岩观音像，艺术魅力不亚于原来的玉带送子观音。

五十三参与观音的文化渊源，来自佛教善财童子的故事。据《华严经·入法界品》记述：善财童子是一位胁侍菩萨，他尚未成佛之前，常在佛陀身边，协助佛陀弘扬佛法，教化众生。据佛门图画描绘，观音身旁，那个身穿兜肚双手合十的儿童，就是善财童子。自幼他的修行觉悟得到文殊菩萨指点，依次参拜求教于海云比丘（比丘为和尚）、善住比丘、弥迦长者等53位"善知者"（即诸位高僧名师），最后是从观音处得道成佛的。53级石阶旨在拟人化，赞扬善财童子艰难求知的意志，及其进取的历程。俗话说"世上无难事，只要敢登攀"，53级台阶的象征意义，不言而喻。

民间自古就有"赶庙会看大戏"的习俗。五十三参之下还有一座石台，那是乾隆年间由延寿庵募资修建的戏楼。从前每逢云龙山庙会，总有戏曲演出。53级石阶就成为观众的座席，赶庙会的人观看演出毫无遮掩。时过境迁，庙会中心转移到兴化寺，自1936年戏楼改建成半山亭。五十三参的往事渐渐被后人淡忘。

原载 2016 年 4 月 11 日《徐州日报》

永不消散的芳魂

　　900多年前，苏轼在徐州任知州。府署故址，在彭城路1号原来的古院，苏轼的居家安置在后院逍遥堂。时代变化，旧城改造，原址景物虽被拆除建成商业市场，却总抹不掉历史的记忆。重返故地，还能找到古代府署和逍遥堂的方位。尤其不可忘怀的，还是古院内苏轼女儿的坟墓，民间尊称"苏姑墓"。据古籍《庸庵笔记》所记，古代历任知府"岁祀其墓"，每年清明节，都要代表州民前来祭扫的。州府后墙外的路叫"州后巷"，那里遗存的古城墙上，还筑有黄楼庙，供奉苏姑娘和其父母的神像。

　　从前每年正月十六日的苏姑庙会，是徐州民俗一大盛典。因苏姑是少女，为表示对她敬重，赶庙会的人必须是妇女或孩童，成年男子需回避。所从古诗有云"苏姑香火满黄楼，有女如云拥陌头"。世代相继的苏姑香火盛会，直至20世纪50年代古黄楼庙消失终止，苏姑墓又毁于"文革"劫难。尽管如此，任何力量也未能制止苏姑佳话的流传，磨灭不了世人对先贤的崇敬。如今，虽然苏姑墓和黄楼庙会尚未恢复，但故黄河风光带上的显红岛却完美起来，成为追念苏姑娘芳魂的好去处。

　　和平桥一带的水面，是故黄河上最开阔的水域。它由东岸的水经石柱，西岸的百步洪新景和河心的显红岛，构成全河溯水而上的第一个风景区。故黄河的前身是古泗水，水流湍急的河段称"洪"，这段河水，民间俗称"下洪"，是古泗三洪之中的百步洪（另有吕梁洪、秦梁洪），显红岛原是百步洪的一片沙洲。"显红"的名称，来自苏姑娘的故事。这个河心小岛，铺设凌水栈道，相连亭台和水榭，以有限空间开拓出无限的意境。劫波亭、安澜堂等景点颇有纪念意义。

　　游客至此，面朝来水的方向，睹物思人，总会想起脍炙人口的故事，情不自禁地说：苏姑娘"显红，就是在这里！"当年苏轼来徐就任不久，黄河泛滥冲向徐州，大水围城，波浪与城顶持平。他亲率军民抗洪抢险，誓与州城共存亡。洪水毫不示弱，险情频出，面临倾城之危。黄河自古就有"不见红埽，不得合龙"之说。埽，是抗洪填堵决口的料物，红埽是用活人祭祀河神（另有"河伯娶亲，洪水自退"的神话）。苏轼女儿深明大义，为父分忧，决心解除水患，身着红妆，毅然从城墙投入激流，尸体被浪涛吞没顺河而下，霎时洪水骤退，苏姑漂至百步洪浮出水面，露出鲜艳的红衣裳……感念献身保城的苏姑娘，古人不仅以谐音"显红"改称百步洪叫下洪，还在黄楼附近建起苏姑庙，就此有了一年一度的苏姑黄楼庙会。

徐州曾经为名胜古迹征集楹联，显红岛景观多有获奖的联语。它们以点睛之笔，揭示人文景观的丰富内涵，如："一纵洪涛佳话远；千秋红岛丽魂芳。"不过，美好的苏姑娘，只是民间文学虚构的艺术形象。考证历史，确无苏姑娘其人，事实上苏轼没有女儿，他还写诗感慨："平生无一女，谁复叹尔耳。"无独有偶，在艺术形象塑造中，苏轼不仅有一个大义凛然、为民献身保城的好女儿，而且还有一个文才出众的小妹，因"三难新郎"而扬名天下的苏小妹（故事收入《三言二拍》和《今古奇观》）。她的形象塑造，则着重突出女子才华。如三难新郎的第三题，小妹出对"闭门推出窗前月"，新郎是大诗人秦观，应对下联为"投石冲开水底天"，这个圆满的答案又是经苏轼启迪得到的。苏门二女艺术形象的产生，是史学和文学融合。另有楹联说是："才气文思，岂不千秋扬粉黛；侠肝义胆，何曾半点逊须眉。"上下联语，分别写的当是苏轼的小妹和女儿二人。这种文化现象，出自世代人民对于苏轼的敬仰。以小女突显忠义，以小妹突显才智，意在有其父方有其女，有其兄方有其妹，借以烘托苏轼这个真实的历史人物。而显红岛上，永驻苏姑娘舍生取义的芳魂，更为古城徐州铸就崇高的人文精神。

原载 2015 年 11 月 16 日《徐州日报》

欣逢二仙说和合

随同老记者协会一行，游览苏州名胜。最感欣慰的是来到寒山寺，在寒拾殿探访和合二仙。

寒拾殿位于藏经楼之下，"寒拾"是指唐代的两位高僧寒山和拾得，即被神化了的和合二仙。他俩的美好形象，在民间多见于年画和门神画：寒山、拾得化身为两个仙童，各自身穿红缎绿绸。一个高举绽开的荷花，一个手捧精美的篦盒。莲，并蒂花开；盒，象征好合。五只蝙蝠，寓意五福临门，大吉大利。他俩的职责，就是主宰世人的婚姻幸福、家庭和睦，所以著称"和合"。相传，他俩又是文殊菩萨与普贤菩萨的化身。

步入寒拾殿，仰视立于神坛的塑像，犹如喜逢故知，亲密无间，似有满心的话儿要倾诉。二仙言传身教的往事，也即在脑际中浮现。他俩是这样对话的："寒山问：世间有人谤我，欺我，辱我，笑我，轻我，贱我，骗我，如何处治乎？拾得曰：只要忍他，让他，避他，由他，耐他，敬他，不要理他，再过几年你且看他。"

端详如此模样，会想到民间故事的传颂：寒山和拾得同村异姓，亲如弟兄。二人共同爱上了一个少女，却互不知晓。当拾得临婚时才被寒山察觉，便毅然出家，削发为僧。寒山的忍让使拾得感动，竟然也放弃了婚恋。离家寻找寒山，历尽艰辛终于找到了他。二人相见，拾得献上盛开的荷花，寒山捧出丰盛的宝盒。从此拾得也同寒山一起做了和尚。"荷盒"的物象，演化成"和合"的意蕴。和合二字，就此成为一种爱神的代名词。和合二仙，就此名扬天下。至清代，雍正皇帝还加封寒山为"和圣"，拾得为"合圣"。

探究史实，寒山和拾得确有其人，但"和合二仙"是神灵的化身，或者说是以他俩的人物原型，塑造成的艺术形象。真实的历史，虽然不同于民间故事，但他俩确实先后出家，同在苏州古刹"妙利普明塔院"做了和尚，后来那庙也因此改名为"寒山寺"。寒拾殿为纪念他俩而筑，殿外那口名称"和合泉"的古井，想必曾是二人共同饮用过的甘泉。他俩都是诗人，后人曾将他们的诗汇编成《寒山子集》三卷。佛殿壁上也嵌其诗刻 36 首。他俩的诗，深浅适度，雅俗共赏。20 世纪我国"五四"新文化运动时期，胡适还曾经推崇寒山与拾得为古代的白话诗人。早在唐代，鉴真法师东渡日本时带去他俩的诗作，影响深远。日本人对于寒山、拾得二人评价极高，当成文化渊源中的二位诗僧。每年除夕之夜，许多日本友人到寒山寺聆听钟声，且礼拜和合二仙。他们与华人共同祈福：事业顺利、生活美好。另外，和合二仙对美国也产生影响，自20世纪以来，成为嬉皮士派文化渊源的宗师，在西方世界也有了立足之地。

探访寒拾殿，体会"和合二仙"的文化内涵，不禁思量起人情世故。做人常遇伤害，有的是故意伤害，例如本文开头，寒山与拾得对话中所指的那种人；有的是无意伤害，例如关于寒山与拾得的爱情故事。不论哪一种伤害，寒山与拾得都是采取宽容、忍耐的态度。佛门禅悟，说是"苦海不苦是心苦，净土非乐是心乐"，甚至还说"要把微笑留给伤害你的人"。和合二仙的洒脱豁达，品尝了多少的酸甜苦辣，显示了怎样的涵养？和合二仙的形象，就是忍耐宽容的现身说法。

要做高尚的人，就该以仁者爱人的姿态善待他人。包括对你不公的人和对你曾有伤害的人，都该一视同仁。北京潭柘寺有一副楹联："大肚能容，容天下难容之事；开口便笑，笑世间可笑之人。"弥勒的容与笑同二仙的和与合，内涵是一致的。对于那些做了难容之事的人，也得回之以笑。这样的笑，通常是带有蔑视意味的嘲笑，而佛门倡导的佛之笑，则是善意的微笑。意在普度众生，洞开心扉，催熟他们弃恶从善的机缘。提倡和合，也就是构建和谐。

寒拾殿位于藏经楼内，楼的屋脊上雕饰《西游记》人物故事，是唐僧师徒自西天取得真经而归的形象，主题与藏经楼的含义十分贴切。寒拾殿的和合二仙，是祥和吉庆的象征。寒山与拾得诗风朴素自然，通俗易懂，素有"家有寒山诗，胜汝看经卷"之说。探访寒拾殿，所能取得的经典，可不就是为人处世的真经！

原载2014年第3期《乡土·汉风》双月刊

原味苏州

春游苏州，从高速公路进入市区。经环城高架通道，先至城东的博物馆、耦园，又去城南的盘门三景，再往城西的寒山寺、七里山塘，观览了苏州古城的一个侧面。早年我在苏州读过中学、大学，晚年故地重游，心境难以平静。

透过车窗目睹城市巨变，那巨厦林立、道路立交、车流纵横的情景，对照往昔的旧样感叹不已。市区范围扩展了许多倍，导游小姐介绍：现代的苏州是老苏州、新苏州和洋苏州三位一体。老苏州，指古典依旧的老城区；新苏州，指吴县和吴江乡镇变成的繁华闹市；洋苏州，指新加坡参与开发的高科技工业园区。新苏州和洋苏州我一概陌生，所熟悉的只有老苏州的古城区，那里曾经是我多年生活过的地方。我尤其关心的还是老地方的变化，担忧古城丢失了原味。

这种担忧是难免的。阔别苏州期间，我游览过许多城市，给人的感觉常是"千城一面"，没啥看头。那是因为经典性的历史遗存消失了，代之兴起的新建筑任其华丽、宏大，已非历史文化的载体，也就抹杀了城市特质，使之丧失原有的魅力。甚感欣慰的，恰是苏州老城区的原汁原味非但没有改变，而其文化精髓还得以传承弘扬，愈发增强了城市的魅力。

以护城河和环城高架立交道路为界，任凭高楼大厦在新苏州、洋苏州比肩而生，摩天林立，但在古城苏州里鹤立鸡群的建筑物，仍然是北寺塔、瑞光塔、方塔和双塔等历代宝塔。登高眺望，尽收眼底的就是满城一色的粉墙黛瓦的古典式民居。我浏览市容街坊，适应新生活的需求虽然多有变迁，但每处的改变决不更改吴文化风韵。这也如同满口吴侬软语的江南女子那般，总透露着娟秀幽雅的气质，让人从心底默默赞好。以博物馆新馆的设计为例，其出自世界级建筑大师贝聿铭之手，身为苏州望族之后的他，将睿智融和桑梓深情，作品也不追赶什么世界新潮，还是尊重吴文化的传统，使建筑风格与周边环境协调一致，似乎那就是东邻拙政园的延伸，就是苏州古典园林现代版的诠释。

放眼全城古老建筑，风采依然，都是屡经维护日益加固的。游览盘门三景，观察修缮中的瑞光宝塔，浩大的工程，旨在"修旧如旧"，决不制作假古董取代真文物。苏州誉称"宝塔之城"，古城内外尚存古塔20余座，其中宋塔14

座，毁掉这些年逾千古的土木工程，轻而易举，但保住它则十分艰难。例如意大利比萨斜塔堪称世界奇观，苏州虎丘斜塔也不逊色。此塔落成于公元961年，早于比萨塔400多年，现在的倾斜角度接近于比萨斜塔，如此危局，硬是凭仗精良施工，稳固塔体，化险为夷。文物因毁而不可复生才成为无价之宝，即便照样重筑十座新塔，也赔不上原塔的价值。历史遗存，如此彰显名城的厚重。

"江南园林甲天下，苏州园林甲江南"，一句老话把苏州园林推崇极致。这话并不过分，1997年苏州古典园林作为中国园林的代表列入《世界遗产名录》，以其小中见大的园艺特征，获得"咫尺之内再造乾坤"的殊荣。苏州园林起始于春秋，成熟于宋代，鼎盛于明清。至清末计有170多处，现保存完整的有60多处，对外开放的有19处。从历史脉络来看，文化的传承在于守护经典。列入国家文物保护单位和国家5A级景区的几处名园，都是古典园林的经典之作。这次游览的耦园只是其中之一。苏州园林多为历代官宦的归隐之居，耦园的名称就泄露了天机，古时两人耕地为"耦"，耦与偶字相通，寓有夫妻归田隐居的意思。历史的发展是不以个人意志为转移的，而今的耦园每日接待游客成千上万，这处原本旨在躲避尘世干扰，锁闭式的私家天地，已向世界敞开。古代园艺家的成就，再不会锁闭于个人的私囊之中，它是苏州的，中国的，也是世界的，当为人类共享。

苏州因园林众多而称园林之城，其实那城本身就像一座大园林。古城周长36里，始建于春秋时代吴国的阖闾大城，吴王阖闾命令伍子胥造城要"相土尝水，象天法地"，城市的格局自古就透出园林的秀气。引太湖水入城，河流和街道相依，纵横交错。唐代诗人白居易描绘的是："绿浪东西南北水，红栏三百九十桥"；宋代《平江图》碑镌刻的苏州地图，街坊与河道交织的景象，依然似唐；时至如今，古城区格局始终未变，许多街巷、河道、桥梁等都在宋代城图上留过踪影。这次游览，每当步行登桥过河时，总会情不自禁地逗留观赏，不仅是"人家尽枕河"的意境如旧，而且河水较往更加清澈。在过往的船只上，发现那摇橹的农妇，还是头戴乡土特色的草帽，身穿印蓝花布的衣衫，姿态轻柔，楚楚动人，无不延续着水乡人固有的风采……

苏州原味是啥？也许就是忠诚守护着的这座名城独有的气质。

原载2014年6月7日《都市晨报》

孙悟空老家的奇观

花果山是孙悟空的故乡，位于连云港市的云台山区，"猴嘴"是出入花果山的要道。瞧，那山峰上自然天成的一尊石猴，据说是孙悟空的化身，它坐北朝南，尖嘴鼓腮，正瞭望山外，期待您的光临！攀登十八盘，跨越九龙桥，山道分成两股岔，从不同方向通往水帘洞，沿途的景色都跟《西游记》有着千丝万缕的关系。

那八戒石，真像下凡的猪八戒。它从树丛探出脑袋，耷拉着大耳朵，撅起了长嘴巴，东张西望地找什么？兴许是犯了馋病，瞒着师父和师兄，躲在山林里去偷吃仙果了。这一带的果树好多，桃、杏、李、梨、枣、柿子、山楂、苹果、板栗……正如《西游记》里所说："四季好花常开，八节鲜果不绝。"从暮春到寒冬，随时都能让游人饱享口福的。

要说怪石，娲遗石最怪。它高五米宽七米，中间开裂缝隙，缝中嵌着一块卵状巨石。这不禁令人想起《西游记》第一回"灵根育孕源流出"，描写孙猴子出世的情景："那座山正当顶有一块仙石……内育仙胞，一日迸裂产石卵，因见风化作一石猴，五官皆备，四肢齐全。"眼前的卵石，难道就是那活猴脱胎出世的情景重现于世吗？

前往齐天大圣府第——水帘洞，途中有"七十二洞"，各洞自有名称：海天洞、法龙洞、白云洞、二仙洞……洞洞纷呈奇景。记得《西游记》第三回是这样写的："孙悟空从傲来国弄来兵器，教练群猴，早惊动了满山怪兽，都是些狼、虫、虎、豹……各样妖王，共有七十二洞，都来参拜猴王为尊。"既然猴王为尊，水帘洞当然位居群洞之上。水帘洞为猴王洞府，洞口恰如《西游记》中的描绘："一派白虹起，千寻雪浪飞……潺潺名瀑布，真似挂帘帷。"来到洞前，的确赏心悦目。

游访云台山区，无论险峰之巅、岩洞深处，还是涧溪岸边、密林丛中，几乎处处都能觅寻到孙悟空的行踪：抵达南天门，自然想到天兵天将扼守通往天庭的大门，却挡不住孙猴子的进出；玉皇宫，那是孙悟空大闹天宫的处所，玉皇大帝竟拿它无可奈何；老君堂，当年太上老君炼制仙丹的地方，孙大圣在此炼就了火眼金睛；牛王庙，孙悟空在此与牛魔王和铁扇公主斗法，各显神通；还有沙河口，孙悟空在那里又如何结识了师弟沙和尚……

至于孙悟空的师父唐僧，花果山的团圆宫里不仅有他的塑像，碑文还记录其父兄的身世，而且在云台山区还广为流传《西游记》以外的民间故事：当唐僧师徒取经归来，在海上遇到风暴翻了船，多亏孙悟空神通广大，将师父和师弟搭救上岸。可惜，历经千辛万苦取来的佛经都被海水浸湿了，有的被海浪冲散，收回的也已字迹模糊。师徒们忙不迭地把佛经搬上岸来，摊开晒干，然后堆叠捆扎，这便是海边的那些怪石——"万卷书"的由来；至于字迹不清的经书，也不要紧。孙悟空拔了根猴毛，"噗"地一吹，变成了神笔，让唐僧补抄了一遍，这支笔完成使命后，化成了"文笔峰"，至今还竖立在云台山下……

以往探讨孙悟空文学形象的诞生，有人主张"外来说"，认为印度古代叙事诗《腊玛延那》的故事，随佛经传入中国，产生了影响，诗中的猴王便是孙悟空的原型；有人主张"传统说"，认为中国古代神话里的淮水、涡水的河神——无支祁，是孙悟空文学形象的直接先祖……众说纷纭，都似有些道理。唯有游访云台山，观赏孙悟空老家的奇观以后，才愈发令人深信：吴承恩创作《西游记》，虽然汲取了中外文化的营养成分，但他既未"食古不化"，也没"食洋不化"。他的成功，主要还是植根于社会生活和自然环境，进行独特的艺术创作。

原载 2008 年 6 月 5 日《徐州日报》

姑苏名桥多佳话

苏州河多，桥也多。唐诗佳句，早已将她写得引人入胜，"绿浪东西南北水，红栏三百九十桥"（白居易《正月三日闲行》），"君到姑苏见，人家尽枕河。古宫闲地少，水港小桥多。夜市卖菱藕，春船载绮罗"（杜荀鹤《送人游吴》）。时过千载，桥梁有增无减，窥豹一斑，"三步两桥"的景观就让人领略到苏州桥梁的密度。据说有人做过计算，苏州城里平均每平方公里有桥十五座。游览古城，真是举目见桥。是那纵横的河流把吴中大地分隔开来，又是星罗棋布的桥梁将之连成一气。如果没有桥，路为河断，人被水隔，将会如何？由此，不禁令人崇敬桥的形象，它们都像拱腰曲背的力士，分明是以自己的身躯连接着两岸。任凭行人接踵践踏、车辆络绎滚轧，也总是屏息静气，鞠躬尽瘁。

许多桥都流传着发人深省的故事。比如葑门外横跨京杭大运河上的觅渡桥。"觅渡"二字，也许会令人迷惑不解。从桥上过河既方便又安全，何须觅寻渡船呢？原来，这桥本名"灭渡"，只因谐音误传换了个"觅"字。推究起来，一字之差，竟然篡改了原意。相传，古时候这里确实是个渡口，河宽流急，隔断了城乡交往。当地土豪设渡，趁火打劫，没钱的休想渡河，有钱的欲渡也只有听凭敲诈勒索。天然的隔阻，又加上人为的障碍，千家万户望水兴叹！据《苏州府志》记载，元代大德二年（1298年），来了个和尚，募捐造桥，有钱者出钱，没钱者出力，把百姓动员起来，搭成这座洋洋大观的石拱桥。迎来送往，迄今已屹立七百余年。而澹台河上五十三孔的联拱石桥，在我国现存的古代石拱桥中，是最长的一座。这桥始建于唐代，苏州刺史王仲舒为筹集建桥资金，献出一条价值连城的珠玉宝带，因此将这桥命名"宝带桥"。

尽管造桥者的无量功德不乏其例，但冒天下之大不韪的拆桥人，也是有的。地处胥江和运河交汇口的胥门一带，是苏州商业区之一。那里的万年桥，本来是紫石砌成的五孔大桥，桥型宏伟，雕凿精细，桥栏上的两百多只石狮子栩栩如生。现今从古画《万年桥》图卷上，还能观赏当年它的壮丽风貌。可是，明代嘉靖年间，这桥却平白无故地遭受一场劫难。臭名昭著的大奸臣严嵩到过这里，他一眼看中了万年桥，赞叹不已。地方官吏出于献媚讨好，全然不顾民众的愤懑与谴责，竟把这庞大的桥梁拆运京城，去建造严氏的相府了。桥毁路断，大河两岸一时变得冷落、萧条。好在搭桥自有后来人，事隔两百多年，百姓又集资重建了万年桥。历史上短暂的缺陷，还是容易弥补的，而拆桥者却由此声名狼藉，遗臭万年！

原题《桥"公"之丰碑》

原载于 1987 年 3 月 2 日《人民日报海外版》

删改重载于《苏州日报》